Z.

16832

MÉMOIRES

SECRETS,

Pour servir à l'histoire de la république des lettres en FRANCE, depuis 1762 jusqu'à nos jours,

OU

JOURNAL D'UN OBSERVATEUR,

CONTENANT

LES *Analyses des Pieces de Théatre qui ont paru durant cet intervalle ; les Relations des Assemblées littéraires ; les Notices des Livres nouveaux, clandestins, prohibés ; les pieces fugitives, rares ou manuscrites, en prose ou en vers, les Vaudevilles sur la Cour ; les Anecdotes & bons Mots ; les Éloges des Savants, des Artistes, des Hommes de Lettres morts, &c. &c. &c.*

TOME VINGT-UNIEME.

hùc propius me,
vos ordine adite.

Lib. II. Sat. 3. *v.* 81 & 82.

A LONDRES,

Chez JOHN ADAMSON.

M. DCC. LXXXIII.

MÉMOIRES

SECRETS

Pour servir a l'Histoire de la République des Lettres en France,
depuis MDCCLXII, Jusqu'a nos
Jours.

ANNÉE MDCCLXXXII.

1 *Juillet* 1782. LA péroraifon vigoureufe de
la feuille de Geneve eft remarquable, & commence en ces termes:

« Telles font les finceres difpofitions de nos
cœurs. Le bien de la patrie vouloit que nous en
fiffions une profeffion authentique ; mais il nous
preffe auffi de déclarer unanimement à vos fei-
gneuries , qu'après avoir rempli cet offre de paix
envers elle , fi les négatifs perfiftent à ne compter
pour rien la nation dont ils ne forment que la plus
petite partie , il ne nous refte plus qu'à nous hu-

milier devant l'Etre suprême, à implorer son appui, & à faire tout ce qui eſt en nous pour repouſſer le ſort dont nous ſommes menacés ; il ne nous reſte plus qu'à proteſter , comme nous le faiſons à la face de l'Europe, que nous n'avons à nous reprocher aucune des calamités auxquelles notre patrie poura être expoſée ; que ce ſont nos adverſaires qui , malgré le ſyſtême de prudence & de modération que nous avions conſtamment ſuivi , ont forcé , par leurs intrigues , ces deux priſes d'armes , dont ils ſe ſervent pour nous peindre comme des oppreſſeurs ; que notre état n'ayant jamais ceſſé d'être libre , indépendant & ſouverain , le droit des nations doit nous mettre à l'abri de toute crainte de la part de nos auguſtes voiſins ; que plus ces puiſſances veulent le bien de la république , plus elles doivent conſidérer ſa foibleſſe ; que ſi , trompées par d'infideles expoſés , elles paroiſſent en ce moment ne penſer qu'à leur force , nous ne nous en confions pas moins à leur juſtice ; que nous ne ceſſerons de la réclamer qu'à notre dernier ſoupir ; & que ſi la providence veut que nous périſſions , ce ſera en hommes libres & en citoyens vertueux. "

2 *Juillet.* On a parlé en **1779** de la bienfaiſance magnifique avec laquelle l'imperatrice de Ruſſie avoit acheté les porte-feuilles d'eſtampes du ſieur Clériſſeau , peintre célebre pour la partie de l'architecture. Il a depuis obtenu le titre de premier architecte de ſa majeſté impériale de toutes les Ruſſies , & a été reçu aſſocié libre & honoraire de l'Académie Impériale de Saint-Pétersbourg. Tant de faveur ont mis cet artiſte dans le cas de venir faire ſa cour au comte du Nord. Mais ce perſonnage , très-vain vraiſemblablement , n'a pas

trouvé qu'il ait été affez bien accueilli dans fa premiere vifite, & en a gardé un profond reffentiment.

M. le comte & Mad. la comteffe du Nord ayant defiré voir la maifon de M. de la Reyniere, un des riches financiers de cette capitale, celui-ci a engagé le fieur Clériffeau, fon architecte, à s'y trouver, & l'artifte a profité de l'occafion pour reprocher au prince fon défaut dégards. On ajoute qu'il a eu l'infolence de lui dire qu'il avoit déja écrit à l'impératrice fa mere, & de lui rendre compte du peu de foin qu'il avoit eu de lui témoigner les bontés qu'il avoit droit d'en attendre. En vain le comte a fait tout ce qu'il a pu pour le rendre à lui-même par les propos les plus honnêtes, ce furieux à continué de fe répandre en difcours très-indécents; & cette fcene qui s'eft paffée devant M. de la Reyniere & fa compagnie, a donné beaucoup de chagrin au comte & à la comteffe.

2 *Juillet.* Dernierement le roi demandoit au maréchal de Noailles ce qu'il penfoit des répétitions du nouvel opéra qu'on doit donner aujourd'hui, & dont il avoit vu quelques-unes? Sire, lui répondit-il, quant au poëme, il ne vaut pas le diable, & pour la mufique, elle eft d'un éleve de Gluck, & conféquemment doit ne pas être meilleure. La reine qui étoit préfente & qu'on fait aimer beaucoup le chevalier Gluck, fon maître de chant, ainfi que fes œuvres, lui dit en riant: M. le maréchal, je vous entends très-bien, mais continuez: vous avez ici votre franc-parler, comme fous le feu roi.

Le jugement du maréchal eft trop févere. Le poëme, autant qu'on en a pu juger aux mêmes

répétitions, n'est point mauvais. La marche en
est dans la simplicité grecque ; à l'égard de la
musique, elle est forte, expressive ; il y a des
morceaux qui ont causé une vive sensation ; on
y trouve seulement trop de criaillerie & de monotonie : mais cet ouvrage fera toujours beaucoup d'honneur à un débutant comme M. le
Moine.

3 *Juillet. Dissertation sur l'histoire universelle,
depuis le commencement du monde jusqu'à présent, composée, d'après les auteurs originaux,
par une société de gens de lettres d'Angleterre,
& sur les diverses éditions & traductions qu'on en
a faites, avec ce qui reste à faire pour en avoir
une édition complette en françois:* Tel est le titre
d'un ouvrage critique de M. l'abbé Mann, dont
le résultat est, que les nations étrangeres ne connoissent qu'imparfaitement l'histoire dont il s'a-
git, puisqu'elles ne la connoissent tout au plus
que comme elle étoit dans la premiere édition de
1736, & nullement comme elle a été perfec-
tionnée dans celle de 1747; que les François
sur-tout n'en ont encore aucune traduction proprement dite, puisqu'ils n'ont que la compila-
tion de Hollande.

Cette dissertation est rare & recherchée des savants de cette capitale, parce que, quoiqu'imprimée à Bruxelles avec approbation depuis 1780,
les traducteurs & imprimeurs de l'histoire universelle ont interposé l'autorité des chefs de la librai-
rie pour en empêcher l'introduction en France,
dans la crainte que le public, en s'éclairant, ne
rejetât leur travail, & que quelques gens de lettres, mieux instruits, ne fissent tomber leur édition en en annonçant une autre sur le plan de l'abbé

Mann, qui, fans contredit, la rendroit infiniment meilleure.

3 *Juillet*. *L'Electre* jouée hier, n'a pas été applaudie avec l'enthoufiafme qu'occafionnoient les chefs-d'œuvres du chevalier Gluck. Il y a cependant eu quelques morceaux qui ont produit cet effet. Mais il faut convenir que cette tragédie n'a pas encore été exécutée dans toute fa perfection ; il y a à efpérer qu'aux repréfentations fuivantes on goûtera mieux la mufique favante & difficile de M. le Moine.

Le commencement du premier acte a paru d'un caractere neuf & vraiment dramatique. Il a excité merveilleufement la curiofité. On a trouvé beaucoup de langueur dans le refte, aux airs d'Electre près.

Au fecond acte, l'auteur a eu l'adreffe d'y amener une fête qui n'eft point étrangere à l'action, & fert à adoucir le ton lugubre fur lequel tout le refte de la tragédie eft monté. On trouve encore du vuide & du froid dans la plupart des fcenes de cet acte.

Le troifieme, où il y a plus de chaleur & de fpectacle, a auffi été mieux reçu, & le parricide commis fur le théatre & aux yeux du fpectateur, ne l'a point révolté comme il auroit fait il y a vingt ans ; le François s'eft familiarifé avec toutes ces horreurs.

On doute que Mlle. le Vaffeur puiffe foutenir long-temps fon rôle d'Electre, qui ne confifte guere que dans des cris criminels, & qui fatiguent à la fin jufqu'aux auditeurs. C'eft proprement le feul qu'il y ait dans la piece ; tous les autres lui font fubordonnés & réduits à peu de chofe. *Orefte* même n'a que deux fcenes, dont le

A 4

fieur Larrivée fe tire fupérieurement comme de coutume.

4 *Juillet*. Une dame . marquife de Valory, a enyoyé lundi premier de ce mois à une douzaine d'avocats des plus célebres, une confultation diffamante contre M. Courtin avocat, qu'elle avoit menacé d'envoyer à tous. Le but en femble moins d'inftruire les juges que de le décrier dans l'efprit de fes confreres. En conféquence, il a cru ne pas devoir perdre de temps, & s'eft hâté de rédiger un *mémoire à confulter* pour lui, qu'il a également adreffé circulairement à tous les membres de l'ordre. Il a mis une telle diligence à cet envoi, qu'il n'a pu y joindre la confultation qu'il annonce. Suivant l'hiftorique des faits, bien loin d'être coupable des coquineries que lui reproche cette dame, elle feroit elle-même convaincue de l'ingratitude la plus énorme.

4 *Juillet*. Le comité de boulangerie établi depuis quelque temps à Paris, eft compofé de M. le lieutenant-général de police, de M. le baron d'Efpagnac, du prévôt des marchands, de l'intendant de Paris, de plufieurs membres de l'académie des fciences & autres amateurs.

C'eft à M. le Noir qu'on eft redevable de fon inftitution, falutaire au point qu'on ne connoît plus à Paris de mauvais pain que par la friponnerie des artifans, & que les fubftances en ce genre regardées comme médiocres, ou même mauvaifes, font converties & panifiées de la façon la plus faine & la plus agréable.

L'adminiftration des hôpitaux n'avoit jamais obtenu des bleds les plus beaux qu'un pain de la plus médiocre qualité. L'adoption des principes modernes a opéré les plus heureux effets; & aujourd'hui le pain des hôpitaux ainsi que des prisons est excellent ; & ce qui est à remarquer, c'est que l'amélioration, au lieu d'avoir augmenté la dépense, a donné des bénéfices considérables, parce qu'en boulangerie l'économie marche de front avec la perfection. Si donc il est encore des plaintes dans ces lieux publics, il faut l'attribuer à l'avarice des agents subalternes & à la négligence des supérieurs.

La réputation du comité s'est étendue rapidement, & il a été coufulté par l'étranger. Plufieurs fouverains de l'Europe ont eu recours à fes lumieres fur des objets économiques de la premiere importance.

Comme rien n'est plus capable de concourir aux progrès d'un art que la réunion de la pratique & de la théorie, ce comité vient d'établir fous fon infpection des cours publics & gratuits de meûnerie & de boulangerie.

Ces cours embrasseront l'analyfe des bleds, leur confervation, leurs maladies, & les moyens d'y remédier, enfin la maniere de fabriquer le meilleur pain ; avantages qu'on n'obtient pas avec d'excellente farine, fi la manutention est vicieufe, tandis qu'on parvient à faire un très-bon pain avec des bleds inférieurs, par des procédés éclairés, & qu'ont imaginés & réduits en pratique les maîtres de l'art. Il paroît que la mouture économique, la moins connue & la moins ufitée, malgré les documents de la fecte des économiftes, est le principe de toutes les améliorations en ce genre.

Le nouveau cours doit commencer le 17 de ce mois. On efpere par ces inftructions propager

A 5

bientôt dans les provinces l'art de la fabrication du pain.

5 *Juillet*. *Les Joueurs & M. Dufaulx*. Tel est le vrai titre d'une brochure imprimée sur la fin de 1780, & dont on a parlé il y a près de dix-huit mois sur la parole seulement. C'est un dialogue entre M. Dufaulx & quelques joueurs ruinés. Ceux-ci parfaitement au fait des tripots de Paris, lui en rendent un compte détaillé. Ils chargent malheureusement le tableau de tant d'horreurs qu'on ne peut les croire, & que les calomnies dont ce récit est mêlé détruisent l'impression salutaire qu'il devoit faire naturellement. D'ailleurs, l'auteur s'ôte toute créance par son impudence d'associer aux brigandages qu'il décrit le lieutenant-général de police & le ministre de Paris : sans doute ils peuvent être trompés par leurs subalternes ; mais s'ils ont toléré les coupe-gorges qu'on peint, s'ils tolerent encore des maisons de jeu, c'est qu'ils sont nécessaires dans une capitale immense, & que de plusieurs maux il faut choisir le moindre ; c'est que la police concentre ainsi dans des réceptacles communs cette foule de crocs, d'escrocs, de mauvais sujets de toute espece qu'elle a sous ses yeux, & dont elle s'assure facilement dès qu'ils méritent correction ; c'est qu'elle les fait tous se surveiller réciproquement, & les contient par là ; c'est qu'elle se tourne à des fonctions utiles & nécessaires, mais que d'honnêtes gens ne voudroient pas remplir ; c'est qu'enfin, par les sommes qu'on préleve sur ces maisons & sur ceux qui les fréquentent, elle forme & entretient des établissements sages qui ne pourroient subsister faute de fonds ; c'est qu'en un mot, elle rend par-là la crapule, la scéléra-

teffe , le vice , tributaires de l'honnêteté , de l'humanité , de la vertu.

Il eſt fâcheux que l'auteur n'ait pas tiré le parti qu'il pouvoit de ſon cadre , pour rendre ſa bro-chure piquante & véridique. On ſent par ce qu'on en a dit , pourquoi elle eſt toujours rariſſime.

6 *Juillet.* Par les dernieres lettres de Geneve , un chef des repréſentants , M. de Claviere , écri-voit à ſon banquier , correſpondant à Paris , une très-longue lettre qui annonçoit le plus grand ſang-froid. Il ajoutoit : j'entre dans tous ces dé-tails , parce que vraiſemblablement vous n'aurez de long-temps de mes nouvelles , toutes commu-nication allant être interrompue.

On voit ici des copies de leur lettre au roi , très-noble & très-ferme ; cependant le bruit court qu'éffrayés du ſort qui les menaçoit , ils ont ap-porté leurs clefs à la France , en la perſonne du marquis de *Jaucourt.*

6 *Juillet.* Dans le pamphlet ſur les tripots , leurs héroïnes principales , bonnes à connoître pour les éviter , ſont :

Mad. *la Cour,* fille d'un laquais de M. d'Aligre , & mere de deux filles nées de ce premier préſident.

Les *Duſſaillant,* la tante & les deux nieces.

La Demare, d'abord ſervante de cabaret.

La Cardonne, née à Verſailles d'une blanchiſ-ſeuſe , ayant fait un enfant à treize ans , & s'é-tant dès quinze ans affociée à des eſcrocs.

La Dufreſne de Lyon. Son nom eſt *Picard.* Sa mere a eu quatre filles appellées *les Licanettes.*

Mlle. *la Forêt,* ancienne courtiſanne , qui ſe vante de connoître les diverſes manieres de proſ-titution de toutes les nations. Lors de la con-quéte de la Grenade , on diſoit d'elle que cette

A 6

Isle avoit coûté moins de soldats à la Grande-
Bretagne qu'il ne s'étoit empoisonné d'Anglois
dans ses bras.

Mad. *St. Firmin*, surnommée la *Baronne*, la
Desmahis, la *Druot*, la *Montaigne*, la *D*.....,
la *Morelle*, la *Bonnelle*, la *Bigot*, la *Gérand*,
Mlle. *Sarou* de l'opéra, surnommée l'impudique
& la voleuse.

Lolotte, *Saint-Hilaire*, la belle *Dupernon*, la
Renard servent de figurantes.

Quant aux filoux, escamoteurs, fripons de
toute espece, le nombre en est immense, & l'on
voit avec peine des noms connus mêlés parmi
eux, un duc de Berwick, un duc de Duras, un
duc de Mazarin, un marquis de Fleury, un marquis, un comte de Genlis, un ambassadeur de
Venise, &c.

6 *Juillet*. Il paroit que M. Courtin est blâmé
même par ses confreres. Il est si généralement
reconnu avoir les plus grandes obligations à
Mad. de Valory, sa bienfaitrice depuis le moment qu'il est sorti de l'oratoire, jusqu'à ce qu'il
ait acquis quelque fortune, qu'ils estiment que
rien ne pouvoit l'autoriser à plaider contr'elle.

7 *Juillet*. Le mémoire adverse contre M. Courtin, ou plutôt la consultation, est signé de
Mes. *Maultrot* & *Riviere*, deux vigoureux jansé-
nistes, qui, scandalisés de la défection du premier, un des travailleurs sous le parlement Maupeou, ont regardé l'affaire qu'on lui suscitoit
comme une punition de Dieu, comme une
occasion que la providence leur offroit de venger
les magistrats, & de purger l'ordre d'un confrere
qui l'avoit deshonoré. En conséquence, ils n'ont
point fait difficulté de prêter leur ministere à la

dame de Valory, mais fans prévenir M. Courtin.

Ce Courtin, au refte, eft très-eftimé encore dans l'oratoire, qui fe glorifie de l'avoir eu dans fon fein; il l'eft en général des avocats qui lui reconnoiffent une tête bien organifée, beaucoup de logique & une excellente méthode; mais il paffe pour être d'une caufticité rare en fociété, au point que peu de gens vivent avec lui fans fe brouiller promptement. Il paroît cependant que fa liaifon avec Mad. de Valory a duré vingt-fept ans, & que l'aigreur n'a commencé à fe mettre entr'eux que depuis le mariage de M. Courtin, ce qui fembleroit annoncer quelque dépit amou-reux de la part de la douairiere délaiffée.

8 *Juillet.* M. Guillard, bien éloigné du genre de nos anciens compofiteurs d'opéra, qui affadiff-foient leurs fujets les plus tragiques par l'amour, a abfolument évité d'en mettre dans fon *Electre.* Il a préféré au plan de Crébillon celui de Vol-taire, ou plutôt le plan de Sophocle, imité par ce dernier; il s'eft ainfi ôté des moyens de variété & les contraftes, qui, au gré de certaines gens, auroient fauvé la monotonie du fujet; mais il a cru devoir fans doute s'affujettir à la premiere des regles, qui eft le bon fens, & a regardé comme abfurde de mettre dans le cœur de fon héroïne une paffion incompatible avec fon carac-tere connu & fa fituation. Il s'eft flatté de fournir affez d'occafions au muficien de fe ménager des moments de douceur, d'allégreffe & de repos, en amenant une fête que comporte la circonf-tance du renouvellement de l'anniverfaire de l'hy-men de *Clytemneftre & d'Egyfte*, en jetant dans le cœur du tyran une joie foudaine par la fauffe nouvelle de la mort d'*Orefte*, par celle au con-

traire que goûte *Electre* lorfqu'elle voit les offrandes religieufes qui atteftent l'arrivée de fon frere
& fa vengeance prochaine , enfin par le rôle tout
entier de Chryfotémis, dont la réfignation fait
une merveilleufe oppofition avec celui de fa fœur.
On ne peut qu'applaudir à la conduite fage , fimple & auftere du poëme de M. Guillard , & les
reproches , s'il y en avoit à faire , devroient
s'adreffer au muficien , qui n'auroit pas affez profité des motifs du poëte , ou enfin au fujet peu
fait fans doute pour le théatre lyrique.

9 *Juillet.* On fait aujourd'hui que l'extrait de
l'hiftoire de Ruffie par M. l'Evêque , eft de M.
Gudin, & cet auteur s'eft vanté de l'avoir arrangé , comme il l'a fait , exprès pour tendre un
piege à M. de Sancy , & l'embarraffer , s'il étoit
poffible ; car en général toute cette clique de philofophes à laquelle eft initié M. Gudin , le trouve
trop difficile , trop févere , trop minutieux , trop
religieux ; en un mot , M. l'abbé Remi , le bras
droit du fieur Pankouke , ne déteftoit pas moins
ce cenfeur , & vraifemblablement s'étoit entendu
avec M. Gudin fur le choix de la circonftance
pour frapper le coup ; car il s'eft auffi glorifié
d'avoir contribué à la chûte de leur ennemi commun. Heureufement toute cette noirceur ne fera
pas auffi funefte qu'on le craignoit : beaucoup
d'illuftres perfonnages s'intéreffent à M. de Sancy,
& l'on efpere qu'il ne tardera pas à être rétabli
dans fes diverfes fonctions.

10 *Juillet.* Au premier acte d'*Electre* , le théatre
repréfente l'entrée de la ville de Mycenes ; on
voit d'un côté un avancement , la porte du palais
des Pélopides ; de l'autre côté , une partie du tombeau d'Agamemnon , entouré de cyprès ; dans le

milieu du fond les édifices de la ville, & dans l'éloignement le portique en faillie du temple d'Apollon : la nuit est obscure, mais l'aurore est prête à paroître.

Oreste ouvre la premiere scene. Il est accompagné de *Pilade*, son ami, & d'*Arcas*, autre Grec; un esclave porte une urne sépulcrale; six furies avec des flambeaux marchent les premieres. Il apprend qu'il vient pour venger son pere; il invoque les Euménides & donne ordre à *Arcas* d'aller annoncer à *Egyste* la mort supposée d'*Oreste*. Cependant il entend les cris d'*Electre*, qui, lorsque les premiers acteurs se retirent pour remplir leur mission, vient les mains enchaînées, remplir la scene de ses douleurs, & fait la partie de l'exposition qui la concerne : le chœur arrive & mêle ses gémissements aux siens. Sa sœur *Chrysothémis*, au contraire, qui survient, cherche à la calmer en l'exhortant à ne point aigrir davantage le tyran. Elles sont interrompues par *Clytemnestre* allant au temple; elle a eu un songe, présage de son trépas : le remords entre dans son cœur; elle veut appaiser les dieux; un coup de tonnerre terrible lui apprend qu'ils rejettent sa priere, & tout fuit dans l'épouvante.

L'ouverture du second acte se fait dans un vestibule du palais des Pélopides entre Clytemnestre & Egyste. Celui-ci cherche à rassurer la reine, à ramener le calme dans son cœur, à la disposer à la fête annuelle qui, pour la dixieme fois, va se célébrer en faveur de leur union. Clytemnestre voudroit qu'elle n'eût pas lieu; elle raconte le songe affreux qu'elle a eu : elle a cru voir *Oreste* porter ses mains parricides sur elle après avoir assassiné *Egyste*. Celui-ci apprend que *Strophius*, le pere de *Pilade* , chez lequel s'eſt réfugié *Oreſte* , eſt dans leurs intérêts , & que tout eſt diſpoſé de façon que cet illuſtre proſcrit ne peut leur échapper. La fête commence. Sur la fin on annonce à *Egyſte* qu'un vieillard , chargé d'un meſſage important par Strophius , demande à parler au roi. On le fait entrer. C'eſt *Arcas* , qui lui dit apporter les cendres d'*Oreſte*. Egyſte les demande pour les dépoſer dans le tombeau d'Agamemnon. tout le monde ſe retire. Chryſothémis reſte ſeule en proie à ſa douleur. Cependant Electre lui vient apprendre qu'elle a vu ſur le tombeau de ſon pere les offrandes & le fer, ſignal de la vengeance ; qu'*Oreſte* ſeul peut les avoir placés en ce lieu, & qu'il vit ſûrement ; qu'il va paroître. Chryſothémis veut la diſſuader de cette erreur en lui racontant la nouvelle qu'elle a entendue ; Electre ne veut point en ſortir , & prétend que c'eſt un bruit faux répandu avec affectation, lorſque le peuple qui entre en foule lui confirme le récit de façon à ne plus en douter, puiſqu'il vient de Strophius même , le pere de Pilade , le ſeul appui d'Oreſte. Electre ſuccombe à cette révolution & s'évanouit : on l'emporte.

Le tombeau d'Agamemnon eſt le lieu de la ſcene du troiſieme acte. Electre & le peuple ſe répandent en regrets ſur la mort d'Oreſte , & en imprécations contre Egyſte. Oreſte & Pilade entrent dans cet intervalle pour ſe diſpoſer à l'exécution de leur projet ; reconnoiſſance qui ſe file & ſe fait enfin entre Electre & ſon frere. Au milieu de ces tendres épanchements, auxquels ſe mêlent de violents mouvemens de vengeance, Arcas vient leur apprendre qu'Egyſte attend après l'urne, qu'il la demande & déſire la porter lui-même dans le tombeau d'Agamemnon ; ce qui ménage à Oreste le moyen d'exécuter sur le champ son dessein. Tout l'y raffermit ; sa sœur & le chœur invoquent les Euménides qui paroissent & se précipitent avec Oreste dans le tombeau. La reine, le roi, leur suite, les femmes sont voilées. Le grand-prêtre commence par une apostrophe religieuse aux manes d'Agamemnon ; Egyste prend l'urne & l'approche du tombeau. Oreste le saisit & le frappe ; Clytemnestre vole au secours de son époux, & est frappée à son tour. Le parricide se félicite d'avoir vengé son pere ; les lamentations du chœur lui apprennent son forfait ; il leve le voile, il reconnoît sa mere : les furies s'emparent de lui, & il tombe.

11 *Juillet.* Toujours quelque nouvel objet attire ici l'attention du public. Aujourd'hui c'est la maison de M. d'Etienne, chevalier de Saint-Louis, où les amateurs & les curieux se portent en foule. Cette maison, au lieu de toit, se termine par une surface plate, carrelée & recouverte d'un mastic si mince, qu'il laisse presqu'appercevoir le carreau : il y regne une balustrade à hauteur d'appui ; sur ce plan est une terrasse ornée de berceaux couverts de vignes ; il y a des fleurs, un potager, des arbres fruitiers, pommiers, pêchers, abricotiers, une voliere, deux belveders, une piece d'eau ; enfin un jardin complet, à l'agrément duquel contribue son élévation qui lui procure la plus belle vue possible.

Outre le charme de cette imagination, on ajoute qu'elle est peu dispendieuse & infiniment plus utile que la toiture ordinaire. Il y a deux ans que la terrasse dont il s'agit existe sans aucun inconvénient. Il y a eu l'hiver dernier onze pouces de glace d'épaisseur dans le baffin & nul dommage. L'eau ne pénetre jamais le maftic, ce qui ôte toute crainte d'humidité.

M. d'Etienne calcule qu'il auroit dépenfé au moins 12,000 liv. pour terminer fa maifon dans la forme ordinaire, & que celle-ci ne lui coûte pas cent louis. Son maftic eft à très-bon marché; il ne revient qu'à trente fous la toife. Il faut attendre du temps & de l'expérience ce que les artiftes & les connoiffeurs décideront de cette invention, qui à la longue pourroit renouveller les prodiges des jardins de Sémiramis.

11 *Juillet*. La belle Mlle. *Duthé* eft revenue depuis quelques temps d'Angleterre; il paroît qu'elle a fait plus de conquêtes fur nos ennemis que les généraux de la marine Françoife; mais, modefte dans fa gloire, elle fe montre peu jufqu'à préfent, n'affiche plus le luxe infolent qu'elle étaloit autrefois, & vit dans une forte de retraite philofophique.

11 *Juillet*. Les circonftances ont fait éclore une nouvelle brochure, ayant pour titre l'*A-propos du moment*.

12 *Juillet*. C'eft le mercredi 5 juin, que le comte & la comteffe du Nord ont vifité l'Académie des fciences: outre ce qu'on a dit, ils ont entendu plufieurs difcours. 1°. M. Macquer a lu un *Mémoire fur la nature du principe odorant, & fur la maniere de détruire les odeurs fétides.* 2°. M. Lavoifier a fait des *expériences fur une nouvelle méthode d'augmenter la force du feu par le moyen de l'air déphlogiftique*, & il a fait détonner le fer & fondu la platine en très-peu de temps. 3°, M. Portal a differté *fur les changemens que la maladie produit dans l'organe de*

la voix, & fur la caufe de ces changements.
4°. M. Daubenton, *fur les herborifations qui fe*
rencontrent dans différentes efpeces de pierres.
5°. M. Rochon, *fur la différence de chaleur des*
rayons différemment réfrangibles. M. de Fonta-
nieu a exécuté, fur un tour à portrait de fon invention, le médaillon du roi. On a préfenté à
cette occafion au comte & à la comteffe du Nord
un morceau d'ivoire travaillé au tour en 1717
par le czar Pierre premier, durant fon voyage
en France, & qui eft dans le cabinet de l'Académie. Après la féance, le comte & la comteffe
du Nord ont vifité les falles de l'Académie ; ils
ont vu avec intérêt & attendriffement la chambre
de Henri IV, qui en fait partie, & fe font
arrêtés à examiner plufieurs des modeles de vaif-
feaux ou de machines, dont la falle de marine
offre la collection.

12 *Juillet.* —*L'A-propos du moment* paroît en effet avoir été compofé à l'occafion du défaftre *fans*
exemple dans nos annales, dit fon auteur, qu'à
éprouvé la France dans fa marine aux Antilles
fous les ordres du comte de Graffe, à l'occafion
des différentes offres faites au roi pour réparer
cet échec par les villes, corps & communautés,
même par une affemblée libre de citoyens, ad-
mettant avec acclamation, fans autre examen,
pour membre de fon affociation, toute perfonne
qui fe préfentoit pour s'unir à fon zele ; ce qui défigne affez fenfiblement *le Glub politique*, infti-
tué l'hiver dernier, & dont on a parlé. Il y a
toute apparence que l'écrivain en eft membre.
Quoi qu'il en foit, il s'annonce pour un enthou-
fiafte du bien public. Dans fon effervefcence bouil-
lante, il garantit fur fa tête d'augmenter d'un

quart les revenus de l'état, fes reffources, fon crédit ; de diminuer, dans la même proportion au moins les dépenfes en rempliffant tous fes engagements légitimes, & en foulageant le peuple de cette multitude de frais, d'exactions qui le furchargent & l'aviliffent. Il n'eft point homme à fyftême, ni a projets ; mais fon patriotifme le guide & l'infpire. Comme il ne développe point fes vues, on ne peut en rien dire, & il faut l'en croire fur fa parole.

13 *Juillet*. M. l'abbé Remi, avocat au parlement, dont le début dans la littérature en 1777 avoit été remarquable par fon difcours qui étoit *l'éloge de l'Hôpital*, couronné à l'Académie Françoife, & cenfuré en Sorbonne, vient de mourir. Il étoit devenu le bras droit du fieur Pankouke, & rédigeoit le Mercure fous ce libraire, fonction peu glorieufe ; mais utile ; fonction qui d'ailleurs lui faifoit beaucoup d'ennemis. On lui attribuoit en partie la difgrace de M. de Sancy, dont il redoutoit la cenfure trop religieufe, & celui-ci s'eft trouvé ainfi vengé en peu de temps.

13 *Juillet*. On ne peut regarder *l'A-propos du moment* que comme un bavardage patriotique. Point de faits ; la feule anecdote qu'on y trouve, c'eft au fujet du comte de Graffe, dont toute la France improuvoit déja le choix, lorfqu'il fut nommé pour commander l'armée navale. L'on y rapporte que les affurances augmenterent à cette nouvelle de près de dix pour cent dans tous les ports de mer.

Le furplus eft une déclamation violente contre les traitants, contre le luxe de la cour, contre les auteurs de la difgrace de M. Necker. On voit que l'écrivain eft un de fes enthoufiaftes, & regarde l'expulfion de ce directeur-général des finances comme un grand malheur pour le royaume. Il regrette fur-tout que le projet des adminif-trations provinciales ait été abandonné ; il convient qu'il avoit befoin d'être changé dans fa forme. Les prêtres & les moines ne font pas mieux traités que les financiers par l'auteur , qui , fans être parfaitement correct, n'écrit point mal ; il y a du nerf & du feu dans fa compofition.

14 *Juillet.* Ces jours-ci eft mort M. Flipart , très-habile graveur de l'Académie Royale de peinture , & de celle des beaux-arts de Vienne.

15 *Juillet.* Le génie fifcal a pouffé fes recherches jufque contre cet animal fymbole de la fidélité , ami de l'homme & renommé pour fon adreffe & fa docilité; on parloit depuis long-temps de chiens élevés à faire la contrebande , & d'un merveilleux fecours pour ceux qui l'exercent. Cette induf-trie ingénieufe , révoquée encore en doute par beaucoup de gens , fe trouve aujourd'hui confirmée par un acte de légiflation expreffe. Le 12 juin dernier, la cour des aides a enrégiftré des lettres-patentes données à Verfailles le 7 mai , portant défenfe de nourrir & de vendre des chiens mâ-tins propres à la fraude du fel & du tabac.

16 *Juillet.* Dès qu'on a commencé à jouer fur le théatre de la nouvelle falle d'opéra , on s'eft apperçu qu'il étoit trop court. Mais c'eft dans *Caftor & Pollux* principalement , où il faut une grande profondeur pour ménager l'optique des champs élifées , qu'on l'a remarqué plus fenfible-ment; & la *Reine de Golconde* remife aujourd'hui, a de nouveau fait éclater ce défaut. On s'occupe d'y apporter du remede , & la largeur de la rue de Bondy , dans la partie où donne le derriere du théatre, laiffe toute liberté de s'allonger fans

inconvénient , ainſi qu'on ſe propoſe de le faire
décidément , & le plutôt poſſible.

Cet opéra , aſſez bien remis en général , a été
encore goûté par le retour de Mlle. Girardin,
abſente depuis deux ans du théatre pour incommodité , & dont la voix très-agréable n'a point
dégénéré. Elle a été très-applaudie dans l'ariette
du troiſieme acte.

16 *Juillet.* Il eſt quelquefois des vers d'un ridicule ſi rare , qu'ils méritent d'être conſervés. Tel
eſt ce quatrain du chevalier Ducoudray , très-
renommé dans le genre. On ſait qu'il compoſa
dans le temps *Anecdotes de l'illuſtre voyageur,*
qui ſont une eſpece de journal du ſéjour de l'empereur à Paris , brochure digne ſinon du héros ,
au moins de ſon auteur. Il a voulu lui donner un
pendant, en faiſant imprimer *le Comte & la Com-
teſſe du Nord* , anecdote Ruſſe. C'eſt un recueil des
traits de généroſité & de bienfaiſance de ces deux
illuſtres perſonnages.Il eſt fâcheux que le compila-
teur décrédite ſa brochure par des faits abſolument faux, qui décelent ſa négligence de s'inſtruire , ou ſon ignorance invincible. Quoi qu'il
en ſoit , il a en outre recueilli toutes les pieces de
vers françois compoſés à leur ſujet, & y a joint les
ſiens. En ſa qualité d'hiſtoriopraphe du grand-duc,
il s'eſt cru digne de quelque récompenſe , & il
lui a demandé la clef de chambellan. Il eſt étonnant que le prince ait réſiſté au calembour du
poëte ; il lui dit :

Le dieu du Pinde & de la double cime,
Ne me fournit qu'un ſon rauque & raclé ;
Mais après tout, peu m'importe la rime,
Si de mes vers tu ne me donnes *la clé.*

17 *Juillet.* On peut fe rappeller les différends élevés depuis plufieurs années entre la chambre des comptes & la cour des aides, différends renouvelles plus vivement que jamais à l'occafion du fieur *Rolland.* Il a été rendu compte des divers mémoires compofés par la premiere cour; la feconde vient enfin de publier le fien. Il a pour titre : *Mémoire pour la cour des aides, fur les conflits élevés entr'elle & la chambre des comptes.* C'eft un *in-4°.* de 466 pages. On affure qu'après l'avoir lu, on n'eft plus furpris que les auteurs de ce *factum* aient été fi long-tems à le digérer; c'eft un travail immenfe qui leur fait infiniment d'honneur.

18 *Juillet.* Depuis le mémoire de M. Linguet fur la correfpondance fecrete dont on a parlé, des phyficiens de toute efpece fe font évertués fur le même fujet. On parle aujourd'hui de dom Ganthey, religieux de l'ordre de Cîteaux, qui a foumis au jugement de l'académie des fciences un moyen qu'il a imaginé pour donner un fignal, & communiquer d'un lieu à un autre avec la plus grande promptitude, quoique très-éloignés, à toute heure & en tout tems, & d'un endroit caché à un autre femblable, fans qu'on puiffe s'en appercevoir dans les intermédiaires.

Le marquis de Concordet & le comte de Milly ont été nommés par l'académie pour vérifier l'invention du religieux, l'examiner, la difcuter. Dans leur rapport du 15 juin, ces commiffaires ont dit que ce fecret leur paroiffoit praticable, ingénieux & nouveau, & qu'il n'avoit aucun rapport aux moyens connus & deftinés à remplir le même objet; qu'il pouvoit s'étendre jufqu'à la diftance de trente lieues, fans ftations intermédiaires & fans des préparatifs très-confidérables. Quant à la célérité, qu'il n'y auroit que quelques fecondes d'un figne à l'autre après le premier figne, qu'ils répondroient même du fuccès du cabinet d'un prince à celui de fes miniftres, & que l'appareil ne feroit ni très-cher, ni très-incommode ; enfin, qu'ils avoient mis au bas du mémoire de dom Ganthey, dépofé cacheté au fecrétariat de l'Académie, les raifons de leur opinion fur la poffibilité de ce moyen.

Dom Ganthey, au furplus, prétend qu'il n'emploie ni l'électricité, ni le magnétifme, & que la main la moins habile peut être appliquée à fon méchanifme.

19 *Juillet.* On annonce pour demain les *Journaliftes Anglois*, comédie nouvelle en trois actes & en profe, de M. Cailhava d'Eftandoux. Il en a fait, il y a quelque temps, une lecture au *Mufée littéraire*. Quoiqu'on ne puiffe guere ftatuer fur les fuffrages de fociété, il paroit qu'elle a plu généralement. Les cenfeurs les plus difficiles y ont trouvé de la gaieté, de l'efprit, des faillies, & deux ou trois fcenes d'un excellent comique.

19 *Juillet.* Depuis peu un nouveau genre de fpectacle attire la curiofité du public ; ce font des *exercices de manege & tours furprenants de force & de foupleffe, tant férieux que comiques*, que donne un fieur Aftley de Londres. On connoiffoit déja la plupart de ces exercices, mais ce qui ne s'étoit point encore pratiqué & charme vraiment les connoiffeurs, c'eft l'agilité, la foupleffe, la nobleffe du fieur Aftley fils, jeune homme de 17 ans, fait au tour, de la plus jolie figure du monde, & danfant avec des graces infinies fur des chevaux qui courent la pofte. Il exécute
principalement

principalement le menuet de Devonshire, de la composition du sieur Vestris, pendant le séjour à Londres de ce grand choréographe en 1781 ; & l'on assure qu'il le fait avec autant de précision & de noblesse que le danseur françois sur la scene; qu'il a infiniment plus d'à-plomb. Le sieur Vestris a été curieux de le voir, & n'a pu s'empêcher de convenir qu'il n'auroit jamais cru pareil prodige, s'il ne l'avoit vu.

19 *Juillet.* On a parlé de la terrasse singuliere de la maison de M. d'Etienne. Il est question aujourd'hui d'y établir un observatoire au nord de Paris, correspondant à celui du midi: c'est M. de Cassini qui doit y résider. Il exécute enfin le projet du feu prince de Conti, qui aimoit les sciences, ceux qui les cultivent & particuliére-ment cet Académicien. Il lui avoit proposé de lui faire construire à cet effet une tour aux environs du Temple. Il l'avoit logé dans son palais jusqu'à sa mort; mais les vapeurs & la fumée qui s'élevent continuellement au dessus d'une ville aussi peu-plée que Paris, avoient toujours paru un obstacle insurmontable à M. de Cassini. Il regarde le nouveau Belveder comme à l'abri de cet incon-vénient.

20 *Juillet.* Deux conflits élevés entre la cham-bre des comptes & la cour des aides, ont donné lieu au grand procès qu'elles ont à présent par de-vant le roi, & qu'elles instruisent par leurs défen-ses respectives.

Le premier est né à l'occasion des officiers des élections que la chambre des comptes prétend avoir sous ses ordres dans les provinces, qu'elle regarde comme forcés d'obtempérer aveuglément & sans distinction, non-seulement à ses commillions, mais à ses injonctions, fur lefquels elle s'arroge un pouvoir coactif; qu'elle veut avoir le droit de menacer & de punir.

La cour des aides demande, au contraire, qu'il foit défendu à l'avenir à la chambre d'envoyer aux officiers des élections & autres juges du reffort de la cour, foit les loix qui lui font adreffées pour les publier & enrégiftrer, foit les arrêts par elle rendus, contenant des défenfes ou injonctions, des fufpenfions ou radiations de gages, ni aucune autre peine quelconque; de prétendre fur eux aucune fupériorité immédiate, comme s'ils reffortiffoient en icelle; & de quali-fier les procureurs de fa majefté en ces fieges, de fubftituts du procureur-général en la chambre.

Sauf à la dite chambre, en produifant à l'enré-giftrement des loix qui lui font adreffées, d'en or-donner l'impreffion & *l'affiche par-tout où befoin fera*, & d'adreffer fes commiffions particulieres, en cas de néceffité, & pour des objets relatifs à fa compétence, à l'officier principal defdits fie-ges, ou autre qu'elle voudra choifir, fans qu'en cas de réfiftance ou de refus, elle puiffe procé-der contr'eux, mais feulement s'adreffer à la cour, ou fe pourvoir par devers S. M.

Le fecond conflit concerne la jurifdiction pré-tendue de la chambre fur les receveurs des impofi-tions en matiere contentieufe & criminelle, que la cour des aides déclare avoir exclufivement, la cour fa rivale étant reftreinte par les ordonnances *à la ligne de compte* feule, c'eft-à-dire, unique-ment à la réception, vérification & apurement des comptes, & dans les cas où cette ligne de compte entraîneroit des procès-criminels, étant obligée d'appeller un nombre au moins égal d'officiers du parlement pour en compofer une cour mixte qui prononce les peines afflictives, s'il y a lieu.

En vain la chambre des comptes a fait un arrêté, par lequel elle veut que fes officiers ne foient reçus dorénavant que fur la loi. Elle a cru qu'en fe procurant ainfi des gradués, elle fe difpenferoit d'appeller des juges étrangers dans les procès qui pourroient fe préfenter incidemment aux objets de fa compétence ; mais dépend-il d'elle d'étendre fon autorité & de fe donner une jurifdiction qu'elle n'avoit pas ? D'ailleurs, ce n'eft point à caufe de leur défaut de grades que les membres de la chambre font incompétents pour juger des objets contentieux & des procès-criminels ; mais c'eft à caufe de leur incompétence qu'on n'a point exigé deux de prendre des grades.

Tel eft l'expofé en bref des débats des deux cours, où fi la premiere a l'avantage d'avoir vu juger la provifion en fa faveur dans la derniere conteftation au fujet de *Rolland*, dont on a parlé, la feconde a celui de titres formels, étayés d'une logique preffante, à laquelle il eft impoffible de réfifter.

20 *Juillet*. Mad. la duchefse de Fallary vient de mourir. On peut juger de fon âge en fe rappellant qu'elle avoit été maîtrefse du régent expiré dans fes bras en 1723. C'eft d'elle qu'une gazette de Hollande dit que ce prince étoit mort affifté de fon confefseur ordinaire.

21 *Juillet*. M. l'abbé *Coyer* vient de mourir. Cet ex-jéfuite avoit une réputation éphémere comme fes ouvrages. On ne fauroit exprimer la fenfation extrême, le brouhaha exceffif que pro-

duifit fon *Année merveilleufe*, qui n'étoit pourtant qu'une traduction de l'Anglois.

21 *Juillet.* On vient d'imprimer les poéfies latines de M. le Beau ; car dès qu'un homme de lettres, grand ou petit, meurt, on offre au public toute fa garderobe, or ou oripeau, habits brochés ou haillons ; ordinairement on ne lui fait grace de rien ; fouvent même l'éditeur profite du filence du défunt pour glifler dans les œuvres de celui-ci fes propres impertinences. Quoi qu'il en foit, il paroît qu'on fait peu de cas en général de la latinité de cet ancien profeffeur d'éloquence aux Graffins, & enfuite au college royal. Mais les artiftes recherchent cette édition pour une fingularité. C'eft une gravure du portrait du poëte, qui n'a été faite qu'après fa mort par un peintre qui ne l'avoit jamais connu, & qui néanmoins a été jugée reffemblante. Elle a été entreprife, dit l'éditeur, en préfence de M. Chupin, de fa famille, d'un ami d'excellente mémoire & de moi. L'artifte conçut d'abord une idée affez jufte de fon modele, puis il fe mit à retoucher, effacer, corriger ; l'amitié & la reconnoiffance guiderent fon crayon, & le deffin fut reffemblant.

22 *Juillet.* Il faut convenir que le fonds de la comédie de M. Cailhava eft peu de chofe, que l'intrigue ne tient à rien, & que c'eft plutôt un affemblage d'épifodes qu'un tout régulier ; que le poëte attaque moins les journaliftes que le journalifte. Ce journalifte eft M. de la Harpe, auquel il en veut vraifemblablement beaucoup, & dont il rappelle non-feulement les divers ouvrages, mais les époques les plus humiliantes de fa vie. Il le nomme *Difcord.*

Ce Difcord s'eft impatronifé chez un M. Sterling, dont il recherche la fille, jeune veuve très-riche, qui ne peut le fupporter. Celle-ci a pour amant un colonel qui, par une de ces métamorphofes peu rares en amour, s'eft fait fecretaire du journalifte, pour mieux l'épier & voir plus facilement fa maitreffe.

M. Sterling eft un dramatique de la premiere efpece ; il a compofé une piece dans ce genre, & carreffe plus que jamais Difcord, afin qu'il prône fon ouvrage. Le journalifte profite de l'occafion, & preffe fon protecteur pour conclure fon hymen. Répugnance abfolue de fa fille. Difcord outré, qui, par précaution, a compofé un autre extrait fatirique du drame, fe livre à toute fa vengeance, fait courir ce pamphlet anonyme comme une derniere reffource, pour que Sterling ait recours à lui, afin de défendre fon drame contre le critique. La demoifelle qui, par le prétendu fecretaire, connoit toute cette manœuvre, avec de l'argent fe procure l'original de l'écriture de Difcord, & s'en fert pour convaincre fon pere, qui, furieux, dénonce aux journaliftes affemblés à fouper chez lui pour célébrer fa fête, ce confrere ingrat & méchant : tous le condamnent ; & le pere prononce le jugement qui affigne à l'homme de lettres *un des premiers rangs dans la fociété s'il eft honnête, & le dernier s'il ne l'eft pas.*

Telle eft l'analife de l'ouvrage, qui reffemble, comme on voit, à dix autres du même genre, & tout récemment aux *Philofophes* & au *Satirique.* Même marche, mêmes refforts, même dénouement. Celui-ci le premier jour étoit d'un grotefque déteftable. Pour l'entendre mieux, il faut rendre compte avant, de deux

épisodes qui rajeuniffent & enrichiffent ce fonds
trivial. Le premier eft une miftification, fuivant
laquelle on doit inviter à dîner Difcord, au nom
d'un feigneur étranger, & le berner enfuite d'importance. Le fecond fe paffe entre un bas-officier
du régiment du colonel fecretaire, chanfonnier
de fon métier, & qui a fur le cœur le mal que
Difcord en dit dans fon journal, dans fes chanfons. Il vient chez le journalifte, qui, effrayé du
ton brutal de cet homme, engage fon fecretaire
à fe faire paffer pour le maître ; ce qui amene
une critique excellente des différentes œuvres de
celui-ci, & qui fe trouve être des tragédies, des
comédies, des pieces fugitives, des difcours &
des traductions ; ce qui caractérife parfaitement
le recueil de celles de M. de la Harpe.

Le premier jour, ce quartier maître, qui fe
nomme Franck, avoit joint l'appareil d'un plaidoyer pour & contre les journaux devant les
journaliftes affemblés : mais cette fcene ayant
paru d'un burlefque miférable, & plutôt excité
la pitié que le rire des fpectateurs, l'auteur l'a
fupprimée.

Il faut ajouter encore que, pour ne pas manquer fon coup, Franck, l'auteur de la miftification, a fait inviter à dîner Difcord de deux manieres propres à flatter le journalifte, &, après
avoir enflé fon orgueil par l'invitation de l'étranger qui veut le connoître fur fa renommée, il y
ajoute celle d'une Cidalife, tenant bureau de bel
efprit L'amour-propre de Difcord embarraffé veut
fuffire aux deux diners pour le même jour, &
à cet effet envoye à la virtuofe fon valet qui fe
traveftit & doit le repréfenter ; en forte que
celui-ci eft auffi berné, ce qui amene une fcene

affez comique entre le maître & le valet, qui fe rendent compte chacun de leur aventure.

Le grand défaut de cette comédie eft dans le fujet, qui ne comportoit point trois actes ; mais un mérite du poëte eft cependant d'avoir trouvé affez de reffource dans fon efprit, & la gaieté néceffaire pour, malgré le vuide du fonds, amufer le fpectateur & l'empêcher de s'ennuyer ; ce qui n'eft pas commun aux pieces modernes.

23 *Juillet* M. *Paliffot* profite de la faveur des comédiens, & va faire paffer auffi fa comédie des *Courtifannes*, qui doit être jouée inceffamment fous le titre de l'*Ecueil des Mœurs.*

23. *Juillet.* M. le comte de Buffon, intendant du jardin & du cabinet du roi, s'occupe fans relâche de l'agrandiffement & de l'embelliffement de cette réfidence. Il a obtenu des fonds pour acheter les divers terreins jufqu'au bord de la riviere, ce qui, en étendant finguliéremant le jardin, va le rendre fuperbe & d'un accès beaucoup plus facile. On parle auffi de tranfporter au même lieu la ménagerie de Verfailles, & il eft certain que cette partie d'hiftoire naturelle vivante fera beaucoup mieux, jointe ainfi aux autres, & d'ailleurs plus foignée entre les mains d'un philofophe naturalifte, que fous la direction d'un Suiffe groffier & fans aucune connoiffance.

24 *Juillet.* On affure que le fieur *Grammont* eft de nouveau renvoyé de la comédie françoife, & même expulfé du royaume.

24 *Juillet.* La défenfe de la cour des aides eft divifée en cinq parties. Dans la premiere, relative au premier conflit, on examine jufqu'où

doit s'étendre le concours réclamé par la chambre de la part des officiers des élections & autres juges du reffort de la cour.

Le fecond conflit eft la matiere de la feconde, troifieme & quatrieme parties.

Dans la feconde on traite de l'origine de la cour, née avec les impôts, & de l'attribution exclufive qui lui a été donnée & confirmée par une fuite de loix générales & pofitives, de toutes matieres civiles & criminelles ayant trait aux impofitions, notamment des délits commis par les receveurs.

La troifieme contient une difcution détaillée des prétentions de la chambre en matiere de jurifdiction contentieufe & criminelle en général, & fur les receveurs en particulier, en rappellant à cet égard, & fon état primitif, & les attributions fucceffives qui peuvent lui avoir été données par les loix antérieures à la déclaration de 1727.

La quatrieme a pour objet de prouver par l'examen même de cette déclaration, que la cour a de juftes reclamations à former fur le droit nouveau établi tant par cette loi que par l'arrêt du confeil rendu le même jour, qu'au furplus, ces deux titres, invoqués par la chambre, font aujourd'hui fans application quant aux délits commis par les receveurs actuels des impofitions dans les provinces; & que fi ce conflit étoit de nature à être jugé par des motifs de confidération, il ne feroient pas moins puiffants en faveur de la cour que les moyens de droit.

Enfin, la cour des aides, après avoir établi fa compétence, & écarté les titres que la chambre lui oppofe en ce qui concerne les deux conflits qui font l'objet de la conteftation actuelle, eft forcée de combattre encore les autres prétentions élevées dans les mémoires de la chambre, & de fe défendre des attributions nouvelles à fon pré- judice qu'elle réclame ; ce qui eft l'objet de la cinquieme & derniere partie.

Quoique cette conteftation foit fort aride en général, le rédacteur a eu l'art d'y jeter quelque agrément, foit par des digreffions hiftoriques curieufes, foit par des farcafmes adroits lancés contre la chambre, depuis long-temps le plaftron des plaifanteries des autres cours. Mais on ne s'écarte jamais dans cet ouvrage de la modéra- tion, de la décence & de la nobleffe qu'il exige.

25 *Juillet.* Il paroît que la faute du fieur *Gram- mont* eft de s'être abfenté fans congé, entraîné par un amour exceffif pour Mlle. Thenard fa camarade, & d'avoir fuivi cette comédienne qui en avoit un. Les gentilshommes de la chambre ont été furieux, & fur-tout le maréchal duc de Duras. Ce fupérieur a fait arrêter le fieur Grammont à fon retour, qui, ayant aggravé fon infubordination par des propos infolents, a été mis à l'hôtel de la Force. Enfuite le maréchal a écrit au lieutenant de police pour le prier de ne l'en laiffer fortir qu'à condition de difparoître du royaume. Il vouloit même qu'on le fît efcorter avec éclat ; mais comme ce banniffement n'eft que fur un ordre extrajudiciaire, M. le Noir a fait fentir au maréchal qu'il ne pouvoit fe conformer à cet égard à fes intentions. Et fans doute c'eft un exempt de police qui aura été chargé de la conduite.

26 *Juillet.* L'itinéraire du comte d'Artois, parti

B 5

pour Madrid, porte que ce prince avoit couché
le 5 à Orléans chez M. de Cypierre, intendant ;
que le 6 il avoit dîné à Chanteloup & paffé le
refte de la journée ; le 7 il avoit dîné aux Ormes
chez M. de Voyer, & foupé à Poitiers chez
l'évêque, &c.

Son alteffe royale a ainfi voyagé de fêtes en
fêtes. Son plus agréable féjour a été à Bordeaux,
que ce prince a revu avec un nouveau plaifir,
ainfi qu'il l'avoit promis aux jurats. Meffieurs *Piis*
& Barré font venus y faire exécuter une piece nouvelle de leur façon, ayant pour titre *la Rofe & le*
Bouton. Elle a paru fi libre qu'on l'a dénoncée à
MM. les jurats, qui d'abord devoient en empêcher
la continuation. Cependant elle n'a pas été défendue. Les prudes feulement fe font abftenues d'y
aller. Le lendemain on a repréfenté l'opéra de
l'*Iphigénie en Aulide*, où le fieur le *Gros* a joué
le rôle d'Achille. Le comte d'Artois en eft reparti
le 11, & eft arrivé à Bayonne le 12. On ne peut
fe faire une idée de l'empreffement des Bayonnois
& de la gaieté qui a fur-tout diftingué leurs fêtes.
La ville a donné au prince une fuperbe halte au
Boucau, où l'on a danfé devant lui la bafque, la
fauvage & toutes les danfes du pays. Les Lam-
bourdins ont joué à la *pecotte* contre les Navar-
rois, & le prince a beaucoup ri.

27 *Juillet.* On a joué hier la comédie de
l'Ecueil des Mœurs, dont le public n'avoit fans
doute pas une grande idée ; car il ne s'y eft vu que
très-peu de monde. On connoiffoit cette piece,
imprimée depuis 1775. On n'y a trouvé aucun
changement : les deux premiers actes font extrêmement froids & vuides ; le troifieme a fait plus
de plaifir & le dénouement fur-tout, quoique

trop brufqué, a été fort applaudi, il eft vraiment moral. On remarque dans cet ouvrage la ftérilité ordinaire de l'auteur, quant à la partie de l'invention, quant aux coups de théatre & au développement des fcenes ; mais un ftyle toujours pur, correct, ferme, & plein d'élégance & de nobleffe.

27 Juillet. On renouvelle le bruit que l'expérience des fignaux de M. Linguet a été faite de Paris à Saint-Germain, & a complétement réuffi ; mais qu'on doute qu'elle puiffe avoir le même fuccès à diftances plus confidérables, à raifon de beaucoup de difficultés naiffant de circonftances locales, que l'inventeur ne peut parer.

28 Juillet. Le fieur Gaucher, de l'Académie royalle des belles-lettres, fciences & arts de Rouen, de celle des arts de Londres, qui a gravé, d'après le deffin de M. Moreau le jeune, l'eftampe repréfentant le couronnement de Voltaire, en a fait hommage à l'Académie Françoife par une lettre remarquable que voici :

MESSIEURS,

«Vous fupplier de vouloir bien agréer un exemplaire de mon ouvrage, c'eft avoir en même temps une grace à vous demander & une obligation à remplir. Si votre indulgence daigne m'accorder l'une, tout m'impofe la loi de m'acquitter de l'autre, dans l'efpérance que le fujet de mon eftampe pourra faire excufer ma témérité. *Puiffe la plus illuftre compagnie de l'Europe honorer de fes regards le tableau d'un des plus beaux momens de la vie de Voltaire !* Pour l'exécuter, *je n'ai pas eu feulement à vaincre la modeftie de cet homme célebre.... Mais pourrois-je manquer de*

persévérance ? . . . . . Voltaire avoit daigné sourire
au projet de perpétuer cet événement, quelques
jours avant que la mort vint le ravir à l'admiration de son siecle : si je suis assez heureux pour
mériter votre suffrage , Messieurs , rien ne manquera à ma félicité , que de vous en témoigner
ma reconnoissance , &c. ,,

L'Académie a agréé l'hommage & a chargé
M. Dalembert, son secretaire perpétuel , de faire
faire son remerciement à l'artiste de l'estampe
agréable , qu'elle acceptoit avec reconnoissance ,
& de la lettre qui l'accompagnoit.

28 *Juillet.* L'affaire du procureur Pernot, qu'on
croyoit appaisée, sur le point de s'accommoder, va
reprendre plus vivement. L'offensé n'ayant pu obtenir au châtelet qu'un décret d'assigné pour être
oui contre M. de Chabrillant, & par une sentence définitive du lieutenant-criminel ayant été
renvoyé à fins civiles, en a appellé au parlement. Il y aura plaidoierie mercredi prochain à
la tournelle : c'est M. Blondel qui doit parler
pour le procureur ; M. Gerbier, qui se charge
toujours des causes odieuses, prend le prétexte
qu'il est du conseil de *monsieur,* & n'a pu s'empêcher dans la présente occasion de défendre un
seigneur attaché au même prince.

Ce sera M. l'avocat-général *Fleury* qui portera
la parole. Il paroît que le public se dispose à se
rendre en foule à l'audience de cette cause d'é-
clat, où les plébéïens vont de nouveau se trouver
aux prises avec des patriciens.

20 *Juillet.* Suivant un petit mémoire manus-
crit, le seul qui ait paru jusqu'à présent dans
l'affaire du procureur Pernot, & donné par lui
aux premiers magistrats & à ses amis, l'affaire

se seroit à peu près passée comme on a dit.
M. de Chabrillant est venu au balcon, & a exigé
qu'il lui cédât sa place ; sur son refus, il a appellé la garde, & en se nommant lui a ordonné
d'arrêter cet homme qui l'avoit voulu voler. Alors
on a trainé par les cheveux le procureur jusqu'au
corps-de-garde, où il s'est trouvé avec un autre
homme en cheveux longs, arrêté effectivement
durant le tumulte de cette bagarre comme un
vrai filou. En vain M. Pernot a demandé d'abord
un commissaire, on ne l'a point écouté qu'au
moment où M. de Chabrillant a fait dire qu'on
pouvoit relâcher ce malheureux. Il n'a point
voulu sortir cependant, qu'il ne fût venu un
commissaire pour constater par procès-verbal le
délit.

Le lendemain matin M. Pernot, fort embar-
rassé, malgré la multitude des témoins de son
aventure, d'en trouver pour déposer, a reçu une
foule de lettres de gens qu'il ne connoissoit pas ;
mais qui, indignés du procédé infame de M. de
Chabrillant, lui témoignoient la part qu'ils prenoient aux mauvais traitements qu'il avoit essuyés,
& lui offroient leurs services ; en sorte que bientôt il a eu plus de vingt témoins qui ont déposé en
sa faveur & constaté les faits : c'est alors que les
partisans du grand seigneur se sont mis en mouvement pour le garantir des suites d'une procédure
criminelle.

M. le procureur du roi du châtelet, pressé par
M. Pernot, est allé trouver M. le garde-des-sceaux,
& lui a représenté que la justice ne se rendoit
point, qu'on se plaignoit de son inaction. Le
chef de la justice lui a répondu qu'il croyoit l'affaire accommodée. Il a écrit sur le champ au

premier préfident pour le prier d'interpofer fa médiation.

Le vrai eft que M. de Chabrillant le pere étoit venu *incognito* chez M. Pernot lui offrir jufqu'à 40,000 livres d'argent, s'il vouloit s'accommoder ; ce qu'il avoit refufé avec dédain , reprochant même à ce feigneur la maniere indécente dont il fe préfentoit chez lui , comme voulant pouvoir nier au befoin fa démarche, fi elle ne réuffiffoit pas.

La négociation de M. d'Aligre n'a pas été plus heureufe, quoique reçue avec foumiffion par M. Pernot. Il a déclaré que fi le roi lui ordonnoit de fe défifter, en fujet obéiffant il le feroit : mais qu'il falloit que cet ordre lui fût fignifié par une lettre miniftérielle ; qu'en outre , on ne pouvoit lui refufer la fatisfaction que M. de Chabrillant donnât une fomme quelconque au curé de St. Sulpice pour les pauvres de la paroiffe , dont il tireroit quittance & qu'il enverroit à l'offenfé avec une lettre d'excufe ; & que du tout il feroit dreffé cop'e pour être inférée dans les papiers publics, fervir de monument de la fatisfaction qu'auroit fait cet étourdi , & d'exemple à fes femblables, fe prévalant de leur rang ou de leur qualité pour infulter un bourgeois.

Ces propofitions agrées de M. d'Aligre , de M. le préfident de Lamoignon qui s'en mêloit auffi , ayant paru trop humiliantes à M. de Chabrillant , on a laiffé au procureur la faculté de pourfuivre ; & le châtelet, pour fe débarraffer de l'affaire, a jugé comme on a vu.

29 *Juillet.* La *Deftruction de la Ligue, ou la Réduction de Paris, piece nationale en quatre actes.* Tel eft le vrai titre de l'ouvrage qu'on a annoncé

il y a plufieurs mois , & toujours rare. On affure qu'il eft précédé d'une préface fortement penfée & écrite avec beaucoup de chaleur & d'énergie ; qu'il s'y trouve des vérités philofophiques & hardies , qui l'empêchent de le laiffer fe répandre avec facilité.

30 *Juillet.* La *Deftruction de la Ligue* commence à faire bruit. Son but eft vraiment grand : il eft de faire voir aux hommes combien des idées religieufes mal-entendues entraînent d'erreurs politiques & nuifent à la félicité nationale. C'eft un tableau fidele des actions & des préjugés de nos ancêtres braves & trompés. Toutes nos coteries philofophiques la prônent avec enthoufiafme , & les dévots la décrient.

31 *Juillet.* Le chevalier de Rutlidge réclame contre les nombreux larcins littéraires que M. Mercier a faits de fon *Babillard*, qu'il a tranfportés dans le *Tableau de Paris.* Il prétend qu'il a également pillé fes autres ouvrages & ne l'a cité qu'une feule fois. En conféquence, par une lettre du 7 juillet, il dénonce le plagiaire au rédacteur du courier de l'Europe. Le *Babillard* malheureufement eft un ouvrage périodique peu connu , & que le journalifte a été obligé d'abandonner faute de foufcripteurs ; au moyen de quoi, le public abfout facilement M. Mercier , & prend peu d'intérêt au réclamant.

31 *Juillet.* Mlle. *Théodore* ayant fini fon congé , eft revenue de Londres , & les amateurs attendoient avec impatience le moment de la voir reparoître fur le théâtre lyrique : ils ont appris avec la plus grande douleur qu'à fon retour elle avoit été arrêtée , conduite à l'hôtel de la Force , & n'en étoit fortie qu'avec une lettre de cachet

qui, fans lui permettre de quitter le royaume, lui défend d'approcher de Paris de 30 lieues.

Le fujet de fa punition eft d'avoir écrit durant fon féjour à Londres différentes lettres, où elle s'exprime avec une liberté vraiment angloife fur la nouvelle adminiftration de l'opéra. Ses chefs ont fait entendre au miniftre de Paris que c'étoit indirectement l'attaquer lui-même & avilir fon autorité. On efpere que cette danfeufe s'étant rangée à fon devoir, il fe laiffera fléchir : malheureufement pour elle, fon honnêteté ne lui a procuré aucun protecteur, au contraire, lui a aliéné tous ces grands corrompus, qui ne favorifent que le vice & le libertinage. Son talent unique lui a procuré auffi beaucoup de jaloux dans le comité, & Mlle. Guimard paffe pour être à la tête de la cabale qui la perfécute.

Mlle. Théodore eft toujours attachée au fieur Dauberval, & l'on prétend qu'elle va l'époufer, ou même qu'ils font déja mariés. Si elle ne peut rentrer ; elle aura la confolation d'emporter nonfeulement l'admiration, mais même l'eftime publique.

Le fieur *Nivelon*, qui s'étoit abfenté fans congé, à fon retour, quoiqu'on lui ait pardonné cette efcapade, ayant fait l'infolent & refufé de danfer fous prétexte qu'il étoit libre, a été arrêté auffi & mis au même lieu que Mlle. Théodore. Cette correction a produit fon effet. Il eft forti famedi 27, & doit remonter inceffamment fur les planches.

1 *Août* 1782. *Flipart*, mort le 9 juillet dernier, étoit né en 1755, fils d'un graveur. Il fuivoit la même carriere, & commença fes études fous le célebre Laurent Cars. Son génie avoit peine à fe développer : le Maître n'en conçut

qu'une médiocre opinion ; & ce ne fut qu'à 32 ans
que l'éleve commença de mériter fes fuffrages.
Cars avoua qu'il s'étoit trompé fur fon compte
à la vue d'un frontifpice de la defcription des
fêtes données en 1747 pour la célébration du
fecond mariage du dauphin , dont cet artifte
avoit été chargé. Cet habile homme découvrit le
talent de *Flipart* ; il y reconnut fes leçons & fa
maniere. *Je ne fais*, lui dit-il, *de quelle langue
je me fers ; mais jufqu'à préfent je n'ai été entendu que de vous feul.*

Depuis, Flipart s'eft diftingué par de grands
ouvrages. Il avoit le burin toujours difficile , &
s'attachoit aux peintres d'un génie analogue au
fien & aux ouvrages capables de mériter fes efforts. Il a cependant rendu avec fuccès plufieurs
chef-d'œuvres de M. Greufe, & y a fait paffer toute
la fenfibilité qui caractérife ce peintre.

1 *Août.* Le docteur Mefmer vient de partir de
ce pays-ci fous prétexte d'aller à Spa ; mais en
effet pour ne pas revenir , faute d'avoir pu prendre confiftance dans cette capitale. Il s'étoit d'a-
bord adreffé à l'Académie des fciences pour fon
magnétifme animal, & demandoit fon approbation.
Les favants de cette compagnie lui ont ri au nez ;
& n'ont point voulu s'occuper de cette chimere.

Cet étranger a eu recours enfuite à la fociété
royale ; mais quoique celle-ci depuis plufieurs
années ait le docteur Mauduit , un de fes membres
qui s'occupe d'appliquer l'électricité à la cure de
certaines maladies , elle n'a pas tenu plus de
compte des découvertes prétendues de Mefmer.

Alors il s'eft retourné vers la faculté ; il s'eft
flatté qu'au moins par antipathie pour la fociété ,
elle l'accueilleroit mieux ; mais elle s'eft montrée

également jaloufe de cet efculape à fecrets , & l'on a vu le défi qu'il lui a porté , & fon refus honteux de l'accepter.

Un feul docteur , M. Deflon , ayant été témoin des merveilles de Mefmer , n'a pu fe refufer à lui donner fon approbation & à les publier. Il a été mis *in reatu* , & déja condamné par deux décrets à être rayé. Depuis peu il a fommé la faculté ou de terminer fa condamnation par le décret définitif , ou d'annuller les deux premiers. Il lui a déclaré dans une longue lettre imprimée , ne pouvoir plus refter dans cet état d'incertitude , & qui entache toujours légérement fon honneur. Il fe réferve , au furplus , le droit de fe pourvoir en juftice réglée , s'il eft condamné.

2 *Août*. Un anonyme , qui fe dit marin , contefte à M. de Sornay , chevalier de Saint-Louis , major d'infanterie à l'isle de France, la découverte importante d'une maniere certaine d'obferver les longitudes en mer , problême non encore réfolu tout-à-fait , & pour lequel il y a toujours de grandes récompenfes promifes.

Il y a près de fept à huit ans que les recherches de ce militaire ne font plus un myftere à l'isle de France. Dès 1779 il avoit adreffé à un ami fes mémoires pour les communiquer , & au miniftre de la marine,& à l'Académie des fciences. On les trouva trop laconiques , & le fondé de procuration fe contenta de prendre date & d'en parler à MM. Bori & Bailli deux membres de la compagnie favante , dont l'inventeur requéroit le fuffrage.

Cependant M. de Sornay manquant d'inftruments pour obferver , en avoir fait un lui même : en 1781 il opéra avec ce fecours encore groffier .

& toute l'isle de France fut témoin de son succès.

En conséquence, il a envoyé à Paris M. de Messy, porteur de nouveaux mémoires & de ses instruments. Celui-ci est déja en France, & l'on n'attend que son arrivée à Paris pour soumettre de nouveau le tout au jugement des connoisseurs.

Il faut voir maintenant ce que fera l'anonyme, s'il se dévoile & étale sa prétention.

2 *Août*. M. de Condorcet a fait imprimer le discours qu'il a prononcé à l'Académie des Sciences, lorsque M. le comte du Nord y vint prendre séance. Il ne soutient pas à la lecture les éloges qu'il obtint au débit. On ne peut dissimuler qu'il ne soit obscur & tirant beaucoup au galimathias ; heureusement il est court, & quelques faits & anecdotes sauvent de l'ennui & de la fatigue qu'il causeroit s'il étoit plus long.

Le secretaire observe qu'après 65 ans l'arriere-petit-fils de Pierre premier vint occuper à l'Académie la même place de son bisaïeul. Il l'invite indirectement à se faire inscrire aussi dans la liste des savants ses confreres, par l'exemple de ce grand prince, qui ne dédaigna pas de recevoir le titre d'Académicien. Il cite une phrase remarquable où il écrivoit : " *Il n'y a de rang dans les* » *sciences que ceux qu'y donnent l'application* » *& le génie*". Au reste, il n'accepta ce titre qu'après l'avoir mérité : il envoya à l'Académie un *Mémoire sur la géographie de la mer Caspienne*. L'auteur se jette ensuite dans une métaphysique fort embrouillée, dont le résultat est toujours d'assujettir tout à la philosophie.

3 *Août*. Quoiqu'on doive regarder comme un sacrilége le projet de traduire un chef-d'œuvre en ridicule, cependant si la parodie peut porter

quelqu'intérêt, c'eſt uniquement lorſqu'elle concerne un ouvrage connu & admiré. Comme il
n'en eſt aucun qui ne puiſſe prêter à la critique,
c'eſt à cette partie que le parodiſte doit s'attacher.
Le reproche qu'on a donc à faire aujourd'hui à
l'auteur de la *Parodie d'Agis*, en un acte & en
vaudevilles, exécutée hier aux Italiens, c'eſt
d'avoir choiſi une tragédie qui n'a point eu aſſez
de ſuccès pour mériter ce genre de perſécution
littéraire ; d'ailleurs, c'étoit l'eſſai d'un jeune
homme ; & il ſemble qu'il y a une eſpece de
cruauté à tourmenter ainſi un talent naiſſant.
L'excuſe qu'on peut donner pour le parodiſte,
c'eſt qu'il eſt jeune lui-même, & n'a pas réfléchi
aux conſéquences de ſon projet. Son eſſai a été
heureux ; & ſi, en ce genre comme dans les
autres, le ſuccès peut abſoudre, il doit ſe regarder comme juſtifié par les ſuffrages du public.

4 *Août*. Quoique le drame de la deſtruction
de la ligue tienne beaucoup de la maniere de
ceux de Shakeſpear, il y a cependant une régu-
larité qu'on ne trouve point dans l'Anglois ; ſur-
tout la regle des 24 heures eſt parfaitement ob-
ſervée, puiſque l'action ſe paſſe à Paris les 21 &
22 mars 1594.

Le premier acte eſt conſacré à l'expoſition des
horreurs où Paris étoit réduit en ce moment par
la famine ; de la diviſion qui régnoit dans les
familles ; de l'excès du fanatiſme qui éteignoit
au fond du cœur tout autre ſentiment, ſur-tout
de l'hypocriſie des chefs des ligueurs, des prêtres,
des moines vivant dans l'abondance, lorſque les
citoyens s'entr'égorgeoient pour quelques morceaux de pain.

Dans le ſecond, où la ſcene ſe paſſe au camp

de Henri , l'auteur montre l'ame bienfaifante de ce généreux prince , qui fourniffoit lui-même du pain à la ville qu'il affiégeoit. Il y dévoile les motifs qui l'ont déterminé à fe rendre catholique , & l'efpoir qu'il a du fuccès de fon changement de religion ; changement qui a coûté à fa franchife , auquel il ne s'eft prêté que par le confeil de fes plus chers confidents , des proteftants même , pour abréger la guerre & épargner le fang de fes fujets. On y trouve à la fin le germe du dénouement par l'arrivée d'un meffager de Briffac , gouverneur de Paris , fe difpofant à ouvrir au roi les portes de fa capitale.

La bienfaifance de Henri IV forme un des principaux refforts mis en œuvre par ce prince pour ramener fes fujets à fon obéiffance ; c'eft ce que l'auteur développe dans le troifieme acte , en montrant comment le fanatifme réfiftoit encore aux vertus de ce bon maître. Heureufement une converfation des chefs des ligueurs , fe livrant à toute la liberté des fcélérats qui croient pouvoir s'expliquer fans détour , eft entendue par une femme octogénaire : avant de mourir elle en révele les détails , & la barbarie de ces prêtres qui , craignant que , par une telle révélation le bandeau ne tombe des yeux de leurs enthoufiaftes , font arrêter & mettre à la Baftille des citoyens qui leur étoient aveuglement dévoués , acheve de détromper les plus crédules.

Cette vengeance horrible & l'hypocrifie de ceux qui l'exercent , eft le fujet du quatrieme acte. Les chefs de la ligue développent encore leur efpoir d'ôter le trône à Henri , de l'en éloigner du moins le plus qu'ils pourront , malgré fon abjuration , par les difficultés de la cour de Rome ,

& les formalités qu'elle doit exiger avant d'absoudre solemnellement ce prince. Mais, tandis qu'ils épuisent tout l'art de leur politique infernale, Briſſac, fidele à ſes engagements, ouvre les portes à Henri qui entre dans la ville aſſiégée plutôt en pere qu'en vainqueur. Les chefs des ligueurs s'enfuient par un ſouterrain qu'ils s'étoient ménagé, & annoncent qu'il leur reſte encore une reſſource dans le poignard.

Tel eſt la diviſion de la piece, pleine d'intérêt & de naturel, où l'époque la plus déſaſtreuſe & la plus extraordinaire de nos annales eſt peinte avec des couleurs vives, où ſur-tout les caracteres principaux ſont extrémement bien conſervés. C'eſt là le grand mérite du poëte, qui n'a prétendu tracer qu'un tableau plus animé de l'hiſtoire, & s'attachant uniquement à ce fonds, s'eſt interdit toutes les reſſources qu'il auroit pu tirer de ſon imagination.

Il annonce à la fin de ſa piece dans une note, qu'il publiera *la Mort de Louis XI*, *roi de France*, piece hiſtorique en cinq actes, avec des notes; & *Philippe ſecond*, *roi d'Eſpagne*, piece dramatique en cinq actes, précédée d'un diſcours ſur ſon regne.

On ſait aujourd'hui que M. Mercier eſt auteur de ce drame.

4 *Août.* On annonce que M. *Paliſſot*, s'acharnant ſans relàche aux philoſophes, profite de la liberté que le gouvernement lui laiſſe de les traduire en ridicule, & même de les rendre odieux pour les remettre en ſcene, ſous le nom d'une autre ſecte. Ce ſont les *économiſtes* qu'il va nous peindre.

5 *Août.* C'eſt M. *Goulart* qui eſt l'auteur de la parodie d'Agis, qu'on s'accorde aſſez générale-

ment à regarder comme une ingénieufe bagatelle , dont la plupart des couplets font faits avec
gaieté , & fe retiennent facilement.

5 *Août*. Le fieur de *Beaumarchais* a fait affembler depuis peu fa famille ; il lui a demandé
pardon de tous les chagrins qu'il lui avoit donnés ; il a gémi fur les fcandaleufes fcenes où il
avoit été entrainé par les circonftances, il a déclaré que voulant faire une fin & fe rapprocher
d'une vie honnête & réglée, il alloit époufer
Mlle. de Villiers, fa maîtreffe. Il eft convenu que
peut-être n'en feroit-il pas venu à cette extrêmité
fans fa chere *Eugénie :* c'eft une fille qu'il a de
cette concubine, & qu'il a appellée du nom de
fon drame. Il leur a fait entendre, du refte,
que ce mariage en les fruftrant de fa fucceffion,
ne l'empêcheroit pas de leur donner à chacun
des marques de fon attachement, & que fa fortune pouvoit fuffire à tout. Ils font partis très-
édifiés des aveux & du repentir de ce fameux
libertin.

6 *Août. Lettre de M. Deslon , docteur-régent
de la faculté de médecine de Paris , premier médecin ordinaire de M. le comte d'Artois , &c. à
monfieur Philip, doyen en charge de la même faculté.* Tel eft le titre de cet ouvrage annoncé,
ayant 144 pages , & qui ne fe vend point, mais
envoyé par l'auteur à tous les membres de la faculté ; écrit extrémement précieux à tous ceux qui
veulent connoître en France l'hiftoire du *magnétifme animal ;* celle des *contradictions qu'il a
éprouvées ;* les raifons qui ont empêché les fociétés favantes de l'adopter, & les motifs puiffants qui militent cependant en fa faveur.

Quoique l'ouvrage, vu le fujet qu'il traite,

femble ne devoir mériter l'attention que des gens
de l'art, on eft très-furpris en le lifant non-feulement d'y trouver la matiere extrêmement bien
difcutée, & d'une maniere aufli intéreffante qu'a-
gréable, mais encore d'y rencontrer des digreffions littéraires, qui, fans être étrangeres tout-
à-fait au fujet, le rendent encore propre aux gens
du monde, contiennent des vues neuves, fines,
profondes, piquant la fagacité du lecteur, des
tournures ingénieufes, plaifantes & gaies qui le
repofent & l'amufent fans nuire à la gravité du
fujet. Le ftyle d'ailleurs en eft clair, nerveux &
approche beaucoup de celui de Rouffeau. En
un mot, cet écrit polémique doit placer fon auteur au rang des plus fubtils dialecticiens & de
nos meilleurs écrivains.

Du refte, quoique la lettre foit datée du 25 mai
dernier, & que le docteur déclare au doyen que
fi dans la quinzaine après fa publication, l'affemblée qu'il follicite n'a pas lieu : il le prendra
à partie pour le forcer par les voies juridiques
à la convoquer ; on ne voit pas que M. Philip
ait fatisfait à fa réquifition, & les chofes reftent
toujours *in ftatu quo*.

7 *Août.* Les comédiens Italiens ont donné hier
la premiere repréfentation des *deux Jumeaux de
Bergame*, comédie en un acte & en profe. Le
cadre de ce joli drame n'eft pas neuf ; mais par
le talent du poëte, il en a réfulté des fituations
charmantes, des effets piquants, & d'excellentes
plaifanteries. Il avoit compofé cet ouvrage dans
le temps que la troupe italienne exiftoit encore.
Les deux arlequins en font tout le fujet & l'exé-
cutent à merveille. Quoique le nouveau ne foit
pas aufli aimé du public que l'ancien, l'auteur a
en

eu l'adreffe de lui donner un rôle où il joue de la mandoline & chante des couplets très-gais qui le mettent auffi bien en fcene que fon rival. A la fineffe, aux faillies du dialogue, les connoif-feurs ont facilement reconnu la tournure d'efprit de M. de *Florian*, & fa maniere a bientôt trahi fa modeftie.

La mufique des couplets eft du fieur Defauguiers.

8 *Août*. Le docteur Deslon ayant examiné les procédés du fieur *Mefmer*, & le traitement de plufieurs malades, n'a pu s'empêcher de rendre juftice à la vérité dans fes *obfervations fur le Magnétifme animal*. Il fe propofoit d'expofer lui-même à la faculté le réfultat de vingt-deux mois de réflexions, & d'une année d'expériences fui-vies avec conftance. Il avoit demandé jour au doyen d'alors, *le Vacher de la Feutrie* ; & celui-ci éludoit toujours, lorfque le docteur *Vauzefme*, jeune, ardent, impatient de fe fignaler, fut plus heureux, obtint une affemblée pour le 18 fep-tembre 1780, où il dénonce l'ouvrage annoncé ci-deffus ; &, malgré les défenfes de l'auteur, il fut arrêté qu'il lui feroit ordonné d'être plus cir-confpect à l'avenir dans fes écrits à l'égard de la faculté ; qu'il refteroit fufpendu pendant un an de voix délibérative dans les affemblées de la compagnie, & qu'à cette époque, s'il n'avoit défavoué fes *obfervations fur le Magnétifme a ni-mal*, il feroit rayé du tableau : en un mot, qu'on rejetteroit les propofitions de M. Mefmer, dont il avoit été l'organe. Celui-ci a rendu compte en détail du tout dans fon ouvrage, intitulé : *Précis hiftorique des faits rélatifs au Magnétifme animal*.

Les griefs fur lefquels porte le décret font :

1°. d'avoir infulté les compagnies favantes, &
fpécialement la faculté de médecine de Paris.

2°. D'avoir abjuré la doctrine des écoles, en
annonçant des principes contraires à la faine médecine, & en donnant pour appuyer & confirmer
ces nouveaux principes, des obfervations de
cures impoffibles & invraifemblables.

3°. De s'être comporté d'une maniere peu conforme à la dignité de fon état, en favorifant &
accueillant le charlatanifme.

Ce décret a été confirmé dans la feconde affemblée du 7 octobre 1780 ; mais la troifieme,
pour confommer le décret, n'ayant pas eu lieu,
M. Deflon refte dans un état indécis, & ne peut
encore fe pourvoir en juftice réglée ; c'eft pourquoi il a intérêt de preffer fa compagnie, ou
d'annuller fon décret, ou de lui donner fa derniere fanction.

8 *Août.* Le *Mort marié* eft une comédie en
deux actes & en profe du fieur Sedaine, compofée
en 1771. Elle fe joue depuis long-temps dans les
provinces. Il a voulu la faire jouer à Paris, &
pour éviter les lenteurs de la comédie françoife,
il a eu recours aux Italiens, qui la donnent vendredi 10 de ce mois.

8 *Août.* Il paroît un édit du roi donné à Verfailles au mois de mai, & enrégiftré en la chambre
des comptes le 28 juin. La principale difpofition
de cet édit, qui a fix articles, eft celle du fecond. Sa majefté y annonce que la dépenfe, tant
de fa mufique que de fes concerts & ballets,
monte actuellement à 499,848 livres 7 f. 6 d.
y compris les vétérans, & qu'elle veut qu'elle
foit réduite & irrévocablement fixée à la fomme
de 259,600 livres, non comprifes les penfions des

vétérans., qui ne pourront en aucun cas excéder celle de 50000 livres. Sa majefté défend que cette partie de fa maifon foit augmentée pour quelque caufe & fous quelque prétexte que ce foit.

A la fuite eft un réglement qui fait connoître la maniere dont le roi entend que les différentes claffes de fa mufique, concerts & ballets foient compofées.

9 *Août*. M. Deflon répond très au long aux trois griefs qu'on lui impute. A l'égard du premier, il fait voir qu'en s'expliquant fur le compte des compagnies littéraires, & fur-tout des Académies qu'il regarde en général comme plus nuifibles qu'utiles aux progrès des fciences, il en a fpécialement excepté la faculté de médecine, dont il vante l'organifation & le régime, s'il étoit fuivi dans l'efprit des premiers inftituteurs. Il fait voir qu'il a fur-tout prouvé le danger de la formation de la fociété royale de médecine, rivale funefte qu'on a voulu oppofer à la premiere. Tout ce qu'il dit fur cette matiere eft très-judicieux.

Quant au fecond, il prouve qu'il n'a adopté nullément la doctrine de M. Mefmer, qu'il l'a fimplement expofée fans rien plaider ou affirmer, n'ayant reçu aucune miffion de cet étranger; il prouve que la médecine n'ayant aucun principe évident, il eft impoffible de fixer un corps de doctrine auquel on puiffe ou doive s'attacher plus qu'à un autre; que tous les jours on foutient dans les thefes des fentiments oppofés & contradictoires; enfin que de cent foixante membres environ de la faculté, il n'y en a pas deux qui s'accordent.

Sur le troifieme point, il fait voir l'abfurdité du ftatut foixante-dix-fept, qui défend qu'on con-

C 2

fulte avec des empiriques, ou des médecins non approuvés de la faculté, ftatut auquel il montre en détail qu'il n'eft pas peut-être un feul membre qui n'ait dérogé. Cette digreffion eft remplie d'arguments *ad hominem* tout-à-fait plaifants, fans être trop bouffons, & malins fans méchanceté.

D'abondance, M. Deflon veut bien fe difculper fur une quatrieme allégation qu'on a peu fait valoir, mais laquelle il fe fait un devoir de réfuter encore. C'eft d'avoir pris en tête de fes *Obfervations fur le Magnétifme animal*, le titre de docteur-régent de la faculté de médecine de Paris, quoiqu'il foit de principe parmi les docteurs, qu'on ne doit fe qualifier ainfi que dans les ouvrages dont la faculté a agréé l'hommage, ou autorifé la publication. Il affirme qu'il a confulté fur cette délicateffe & le doyen le *Vacher de la Feutrie*, & l'ex-doyen *Defeffarts*, & que tous deux ont regardé la chofe comme fans conféquence.

Le furplus de la lettre confifte en des obfervations pour le public qui fervent comme de réfumé, d'éclairciffement ou de complément à tout ce qu'il a dit.

10 *Août*. Par un arrêt du confeil du 25 juillet, deux mémoires imprimés en faveur d'un monfieur Serpand, fignés de lui & de M. Dangi, avocat au confeil, font fupprimés comme contraires au refpect dû au tribunal, comme contenant des faits faux & des imputations calomnieufes contre des perfonnes qui ont eu la confiance de S. M. dans l'adminiftration, & auxquelles elle a donné des marques de fa fatisfaction; défenfes de récidiver & à Serpand & à Dangi; & celui-ci eft interdit pour trois mois.

L'arrêt lui a été fignifié le 29 juillet.

Ce mémoire eft contre les créanciers de monfieur Handry, ci-devant fermier-général en faillite. M. Serpand lui étoit adjoint en cette qualité; & d'ailleurs, comme ayant déja blanchi dans les divers emplois de la ferme, il avoit lieu d'efpérer d'avoir la place du fieur Haudry, Mais M. de Fleury lui a fubftitué un M. Couturier, un des premiers commis du contrôle-général, à l'inftigation du fieur Hamelin. Tout cela a donné de l'humeur à M. Serpand, & elle fe manifefte dans fes *factums*.

11 *Août.* Uu autre Demetrius-Comnene, iffu en ligne directe de David Comnene, dernier empereur de Trébifonde, a fait vérifier par M. Chevin, généalogifte du roi, les titres qui établiffent fa defcendance, qui ont paffé au confeil ; & il lui a été expédié des lettres-patentes, par lefquelles S. M. le reconnoit & le maintient lui & fes enfants, &c. dans les mêmes honneurs, diftinctions, prééminences, priviléges, franchifes, exemptions & immunités, que les nobles d'ancienne race. Il eft capitaine de cavalerie au fervi- de France par une commiffion du 16 décembre 1779.

11 *Août.* On a déja dit que l'allufion du fénat factice de Sparte avec le parlement Maupeou, faifoit la bafe principale de la tragédie d'Agis. Cette allufion pouvant encore mieux avoir lieu dans la parodie, celle des Italiens en tire fon grand mérite, & l'on croit fur-tout y reconnoître tout craché M. le chancelier dans l'un des acteurs qui le contrefait à merveille.

12 *Août.* M. le contrôleur-général revenant de Verfailles, a été furpris de voir qu'on arrêtât fon carroffe. Il a demandé aux commis s'ils ne

le connoiſſoient pas ; ils lui ont répondu qu'ils le connoiſſoient très-bien ; qu'il étoit M. de Fleury, & que c'étoit une raiſon de plus pour faire leur devoir. Ils l'ont prié de deſcendre ; ils ont fouillé & ont trouvé ſon carroſſe rempli de contrebande. Ce miniſtre, indigné en conféquence, a fait mettre au cachot ſon cocher, & a déclaré qu'il y reſteroit long-temps.

12 *Août.* Le premier mémoire pour le ſieur Serpand, contre les créanciers du ſieur Haudry, en préſence du ſieur Haudry, & de Laurent David, ancien adjudicataire des fermes-générales, *tiers ſaiſi*, fait infiniment d'honneur à M. Dangi, qui y défend avec zele la propriété de ſon client attaquée, & développe à cet égard les grands principes de la légiſlation. Il prouve clairement que S. M., en ſupprimant les croupes & penſions, graces accordées par l'autorité, & que l'autorité peut détruire, ne peut avoir eu en vue un contrat ſynallagmatique, ſuivant lequel le ſieur Serpand, nommé par le roi adjoint du ſieur Haudry, & ayant fait la moitié des fonds, a dû néceſſairement toucher les intérêts de ſes fonds. Or, c'eſt ce dont on veut le priver en les appliquant à la maſſe des créanciers, & c'eſt à des ſimples arrêts du conſeil, rendus ſous la cheminée, & rédigés par des commis du contrôle-général, qu'on veut l'aſſujettir.

L'avocat cite ſouvent le compte rendu de M. Necker, pour mieux étayer la cauſe de ſon client, & rendre plus ſenſible la contradiction de la conduite qu'on fait tenir au roi en ce moment-ci, avec ce qu'on lui a fait dire alors. Et ces citations ne peuvent que déplaire aujourd'hui.

Le *Supplément* au mémoire, signifié le 21 juillet 1782 pour le sieur Serpand, contre les créanciers du sieur Haudry, le sieur Haudry & Nicolas Salzard, est celui qui sur-tout a le plus provoqué la vengeance des intéressés. Voici comme il s'exprime sur le sieur Couturier :

" Le premier de ces commis se disant mon
» juge, sans aucun caractère public, n'ayant
» prêté serment nulle part, profite de sa faveur
» du moment & de ce titre illusoire de juge
» qu'il s'est arrogé, pour s'approprier mon état,
» je le vois quatre jours après enrichi de mes
» dépouilles, revêtu de ma propriété, installé
» dans une place à laquelle j'avois un double
» droit, & par la nomination du roi, & par
» mon contrat d'acquisition. . . .

» N'ayant jamais connu personnellement le
» second commis, (le sieur Hamelin) je sous-
» cris d'avance à tout ce qu'on dira de sa pro-
» bité, de sa bonhommie; mais il n'a certai-
» nement jamais eu le droit de s'ériger en juge ;
» jamais il n'a eu aucune espece de caractere
» public ; il n'est même pas susceptible d'en rece-
» voir aucun. Le seul grade qu'il puisse faire
» valoir est celui de clerc de notaire. Mécontent
» du parti pris autrefois à son égard par cette
» compagnie d'Officiers de justice, si délicats par
» état sur l'honneur, il chercha fortune ailleurs.
» Et le voilà commis. "

Les amis de M. Hamelin assurent qu'il a ob-
tenu de la compagnie des notaires un certificat qui dément l'assertion injurieuse avancée ici sans trop de nécessité, & que c'est ce qui lui a valu le soûtien du ministre des finances, & l'arrêt de suppression contre les mémoires. . . .

13 *Août.* Le *Mort Marié*, regardé jufqu'aujourd'hui, eft fondé fur une anecdote ancienne qui a couru il y a dix ou douze ans, peut-être plus, & inférée dans ces feuilles. Mais le fieur Sedaine, en voulant la rendre plus comique, l'a gâtée & l'a fait dégénérer en farce digne de la foire. Le premier acte, où il y a d'excellentes chofes, avoit très-bien pris; & fi le fecond y eût répondu, la piece auroit eu un fuccès complet.

Le fonds de l'intrigue confifte dans un robin qui, forcé de fe battre contre un militaire, imagine de lui préfenter à choifir deux piftolets chargés à poudre, & durant le combat tombe comme s'il étoit tué réellement; ce qui donne lieu à tout l'imbroglio & au dénouement. Mais dans l'hiftoire, ils étoient rivaux, & l'homme de robe profitoit de l'évafion de l'autre pour pouffer fa pointe & conclure fon hymen. Ici, au contraire, ils ne font point amoureux de la même perfonne, & c'eft déja une méprife affez invraifemblable qui donne lieu au combat; enfuite il en réfulte un jugement burlefque, une fentence qu'on force l'accufé de figner, & qui fe trouve être fon contrat de mariage avec la belle dont il étoit épris. Sa propre mere qui concourt à cette parade & fert de témoin contre fon fils, à fur-tout révolté.

14 *Août.* Extrait d'une lettre d'Amfterdam, du 9 août. .... On diftribue ici le *profpectus* d'un ouvrage nouveau qui s'imprime vraifemblablement à Londres. Il a pour titre les *Faftes de Louis XV, de fes miniftres, maîtreffes, généraux & autres notables perfonnages de fon regne;* & au bas, à *Villefranche, chez la veuve Liberté,* 1782. Vous jugez par ces expreffions allégoriques que l'envo

eſt myſtérieux, & que ces proſpectus ne viennent que d'une maniere détournée.

L'ouvrage aura deux volumes grand *in-12*, & doit paroître vers la mi-*juillet*; mais voilà ce terme paſſé, & peut-être quelque nouvel obſtacle en aura retardé la diſtribution, qui devoit s'en faire il y a un an. Voici le début du livre qu'on cite pour en donner une idée.

" Oſons tracer d'une main hardie les faſtes
,, du regne d'un prince dont les premiers luſtres
,, firent les délices de ſes peuples, & dont les
,, derniers n'exciterent que les cris de l'indigna-
,, tion publique.... La mort à frappé l'idole, la
,, vérité paroît, pourquoi craindrions-nous de la
,, dire? ,,

14 *Aout.* Le ſieur Sedaine, qui attache beaucoup de prétention à tout ce qu'il fait, & ne ſe départ pas volontiers des ouvrages qu'il a mis en lumiere, avoit déja donné le *Mort marié* en 1777, comme opéra comique. Il n'eut pas de ſuccès ſous cette forme, & il le reproduit ſous une autre; il fera bien d'en chercher une troiſieme; car le public n'a point été dupe de la nouvelle métamorphoſe.

15 *Août.* Le ſieur Gardel le jeune, déja regardé avant ſon départ pour Londres comme un éleve de la danſe donnant les plus grandes eſpérances, a reparu mardi dans un ballet arrangé pour lui, & exécuté à la ſuite d'Electre, dont ce divertiſſement, étranger à la tragédie, en tempere la noirceur. On a été ſurpris de voir qu'il eût fait autant de progrès à Londres, & fût devenu un danſeur égal aux plus conſommés. Il a exécuté la ſuperbe chacone de le Berton avec un fini,

C 5

une netteté & une juftefle qui ont ravi les amateurs.

Le fieur Nivelon , rendu docile au moyen de
la petite correction dont on a parlé , en a été
auffi dédommagé par de vifs & nombreux applaudiffements. On a retrouvé à cet agréable danfeur
le moëlleux , la grace & l'aifance qui le carac-
térifent.

15 Août. M. de Mirbeck , autre avocat au
confeil , eft auffi interdit pour trois mois à l'occafion d'un mémoire où la marine militaire de
France eft , dit-on , fort maltraitée. C'eft une fatisfaction qu'a réclamé pour elle le marquis de Caf-
tries , & qu'on a cru devoir lui donner.

15 Août. Par des détails particuliers , on apprend que M. le comte d'Artois a été bien furpris
de trouver par-tout en Efpagne des fpectacles ,
des fêtes & des danfes qui ne fe reffentoient point
de la gravité Efpagnole.

On ajoute qu'on a été un peu fcandalifé à
la cour de le voir dans un ajuftement très-lefte &
trop peu conforme à fon étiquette. On dit que
ce prince a beaucoup ri de cette cour, & l'on
prétend que dans fes lettres à la reine , il en
plaifante on ne peut plus agréablement.

Tout eft eft difpofé fur la route d'Efpagne de
façon que l'arrivée des nouvelles foient rapi-
des & continues dès que le fiege de Gibraltar
fera commencé. Ce fameux fiege occupe toute
l'Europe aujourd'hui , & fera certainement l'événement de la guerre le plus intéreffant. Il eft
bien effentiel qu'il fe finiffe , par les dépenfes
énormes qu'il entraîne , la quantité d'hommes
& de forces navales qu'il occupe depuis trois ans.

15 Août. Le fieur *Aftley* a donné hier fes

exercices de manege pour la derniere fois. On eſt
très - fâché que ſes engagements l'aient obligé de
partir ſi-tôt. Son ſpectacle ne déſempliſſoit point,
& il avoit été contraint ſur la fin de donner deux
fois par jour. Les femmes ſur-tout s'y plaiſoient
infiniment. Le pere Aſtley eſt le plus ſuperbe
homme de l'Europe, & ſon fils a des graces &
une vigueur capable d'enchanter le beau ſexe.
En outre, le décore & les habillements étoient
auſſi galants que le comportoit le lieu & la nature
du ſpectacle. Le ſieur Aſtley, tous frais faits,
emporte mille louis de bénéfice.

Les petits ſpectacles des boulevards ne ſont
point fâchés de ſon départ ; car ce dangereux
voiſin leur enlevoit quantité de monde qui va re-
fluer vers eux.

17 *Août.* Quoique M. Blondel, chargé de la
cauſe de M. Pernot Dupleſſis, ait plaidé avec
beaucoup d'éloquence, il n'a pas jugé à propos
d'imprimer ſon plaidoyer. Il paroit ſeulement une
feuille, intitulée *Faits de la cauſe.* C'eſt un
réſumé de tous ceux qui ſont conſtatés par les
dépoſitions des témoins, diviſés en trois ſcenes
ou actes. 1°. dans la loge ; 2°. dans les corri-
dors ; 3°. dans le corps-de-garde ; en voici le
réſultat.

Injures atroces. Voies de fait & traitements indignes. Violation du reſpect public. Suppoſition
de pouvoir. Profanation du nom du ſouverain.
Abus d'autorité. Oppreſſion de liberté civile.

C'eſt lundi qne doit parler le défenſeur du comte de Chabrillant. C'eſt aujourd'hui M. Martineau. M. Gerbier a refuſé de ſe charger de la
cauſe.

Mercredi M. Blondel aura la réplique, & l'avo-

C 6

cat-général Joly de Fleury portera la parole. Il
annonce d'avance qu'il ne prendra point de conclufions, qu'il craint de requérir un décret contre
M. le comte de Moreton Chabrillant capitaine
des gardes de *monfieur* en furvivance. On ne
croiroit point un tel aveu auffi indécent & auffi
lâche, fi l'on ne le tenoit de gens dignes de foi.

18 *Août*. Extrait d'une lettre de Geneve; du
premier août.... Il ne faut pas croire que nos re-
préfentants aient quitté comme des lievres. Ils
ont laiffé une déclaration par écrit, où ils rendent
compte de leur réfolution de céder à la force, en
proteftant qu'ils renoncent à une patrie occupée,
fubjuguée par des troupes étrangeres, dont les
meilleurs citoyens font forcés de s'éloigner, dont
les loix cefferont d'être l'effet de la volonté libre de
la pluralité, & dont le gouvernement fera déformais compofé d'hommes pour lefquels ils ne peuvent conferver ni eftime ni confiance.

18 *Août*. On a fait percer auffi dans cette capitale des *profpectus* des faftes de Louis XV, annoncés d'Amfterdam. Il eft bien à craindre que
ce ne foit qu'une rapfodie fous un beau titre, par
l'annonce du propectus même, d'une tournure
impudente. &, malgré fa briéveté, défagréable
par plufieurs incorrections de ftyle: on en va juger.

" Tout dire & *rien céler*; ne diffimuler ni les
,, vertus ni les vices du monarque, ni les crimes
,, ni les forfaits des efclaves, des roués, des
,, courtifans, des miniftres, des viles proftituées
,, qui entourerent Louis XV pour fon malheur &
,, celui de fes peuples; voilà la tâche dont paroît
,, s'être chargé l'auteur des Faftes, fans trop s'em-
,, barraffer du courroux du miniftere François,

„ ainſi que de la Baſtille , Vincennes , Pierre-
„ ſcize , &c.

" Anecdotes , chanſons , vaudevilles , épi-
„ grammes , tout eſt rapporté indiſtinctement
„ dans cet ouvrage. On y voit non - ſeulement
„ le naturel , la conduite & le caractere du
„ monarque; mais on y voit peints avec une
„ égale liberté les portraits des princes & des
„ princeſſes de ſa maiſon , de ſes différentes
„ maîtreſſes , de ſes miniſtres, de ſes généraux.
„ Il paroît que l'auteur *n'ait* pas jugé à propos
„ d'attendre la mort de bien des perſonnages
„ pour en dire librement ſa penſée : cette liberté
„ eſt d'autant plus louable qu'il l'exerce librement
„ ſur les perſonnages dont la conduite a le plus
„ influé ſur les événements publics. „

18 *Août*. L'exil de Mlle. *Théodore* eſt ceſſé ;
elle a eu ſa liberté ; mais l'on croit qu'elle per-
ſiſtera à retourner en Angleterre , où l'on lui fait
un ſort qui lui promet une fortune brillante , &
en très-peu de temps.

18 *Août*. Les amis de M. de la Harpe font
un procès à M. de Sancy , d'avoir approuvé la
comédie des *Journaliſtes*, d'autant que cette fonction lui étoit étrangere , & que M. *Suard* ,
chargé ſpécialement de la partie des ſpectacles ,
s'y étoit refuſé. M. *Suard* a eu raiſon de ne pas
vouloir donner ſon approbation à une facétie où
ſon confrere de l'académie françoiſe eſt tourné
en ridicule , & même peint avec des couleurs plus
noires. Mais M. de Sancy ne devoit pas avoir la
même délicateſſe , & d'ailleurs étoit cenſé ignorer
que M. *Cailhava* eût eu en vûe M. de la Harpe ,
l'application n'étant pas directe , & s'en faiſant
uniquement par le ſpectateur.

19 *Août*. M. Martineau a dit ce matin que la défenfe de fon client étoit dans les faits ; que les faits fe trouvoient prouvés par les dépofitions ; que les dépofitions étoient dans le porte-feuille de M. l'avocat-général qui alloit en rendre compte , & qu'il s'en rapportoit à la prudence de la cour. Au moyen de ce plaidoyer d'une efpece neuve , & par lequel le coupable s'avouoit pour tel & n'imploroit que grace, M. Blondel n'a eu rien à répliquer , & M. l'avocat-général a pu porter la parole aujourd'hui. Il a conclu d'une façon affez douce pour le comte de Moreton , & meffieurs ont été aux opinions ; elles ont duré plus de trois heures. Ils ont agité de faire un réglement pour éviter déformais de pareilles vexations ; mais trouvant qu'ils n'avoient pas le droit , eft intervenu l'arrêt fuivant , donc voici les principales difpofitions.

" La cour a évoqué le principal , & y faifant
" droit a fait défenfe à M. de Moreton de plus
" à l'avenir récidiver , ni prétexter des ordres du
" roi pour faire arrêter qui que ce foit.

" Il a été ordonné que M. de Moreton recon-
" noîtroit M. Pernot pour homme d'honneur , &
" dont fe feroit dreffé acte au greffe , finon que
" l'arrêt vaudroit ledit acte.

" M. de Moreton a été condamné à 6000 livres
" de dommage-intérêts , dont moitié applicable
" aux pauvres de Saint-Sulpice ; l'autre à ceux
" de la conciergerie.

" L'arrêt imprimé jufqu'à concurrence de deux
" cents exemplaires , dont cinquante affichés ,
" & M. de Moreton condamné aux dépens. "

Le public a fort applaudi , & cependant par réflexion on a trouvé que ce jugement étoit trop

doux , qu'il laiffoit la liberté à tout étourdi ,
qui voudroit facrifier deux mille écus , d'infulter
un citoyen honnête, fans être effrayé des fuites
de fon crime. On eût defiré la peine du talion , &
que le comte de Moreton , ayant voulu perdre de
réputation le fieur Pernot, eût été entaché de
façon à ne pouvoir conferver la furvivance de
capitaine des gardes de *monfieur*.

19 *Août*. C'eft par un arrêt du confeil royal
des finances pour les prifes du 29 juin dernier ,
mais qui n'a été fignifié que le 19 juillet à M. de
Mirbeck, que cet avocat aux confeils a été interdit dans fes fonctions pour trois mois. Les
phrafes qui ont paru répréhenfibles dans fon mémoire font fupprimées, & il eft ordonné, en
outre, que l'arrêt fera imprimé & affiché par-tout
où befoin fera. Son grief eft d'avoir inféré dans
ce mémoire *des expreffions injurieufes aux officiers de la marine royale , & contraires au refpect dû à des perfonnes que S. M. a rendues dépofitaires de fon autorité , & qu'elle honore de fa
confiance.*

Cet arrêt a réveillé la curiofité , & l'on recherche ce mémoire , qui n'eft autre chofe que
des *obfervations importantes* pour une foule de
négociants Hollandois , réclamant fix navires &
leurs cargaifons, du nombre des prifes faites par
l'efcadre de M. de la Motte Piquet le 4 mai 1781.

19 *Août*. *Éfope à la foire* eft une petite piece
en vers & en un acte, que l'on joue depuis quelque temps fur le théatre des *Variétés amufantes*
à la foire Saint - Laurent, & qui attire beaucoup
de monde. On en eft à la vingt-unieme repréfentation. Elle eft d'un M. *Landrin*, commis aux

fermes , & annonce , dit - on un talent fait pour
briller ailleurs.

26 *Août.* La fameuse recousse faite sur les
Anglois de Saint - Eustache par l'escadre du roi ;
n'étoit point dans le cas ordinaire, suivant lequel
tout navire françois, allié ou neutre , recous ou
repris par les vaisseaux de S. M. sur les ennemis
après avoir été 24 heures entre leurs mains, ap-
partient en totalité au roi ; seulement par l'ordonnance du 15 janvier 1779, S. M. se réserve
d'accorder aux équipages de ses vaisseaux des gra-
tifications proportionnées à la valeur des bâtimens
repris & de leurs cargaisons.

Une convention solemnellement conclue entre
le roi & les Provinces-Unies des Pays-Bas , le premier mai 1781 , conféquemment antérieure à la
prise du 4 , contient une exception en faveur
des sujets respectifs des deux nations , par laquelle
tout bâtiment recous sera rendu au premier propriétaire , en payant le trentieme de la valeur du
bâtiment, de la cargaison, des canons & appa-
raux , s'il a été repris dans les 24 heures , & le
dixieme , s'il a été repris après les 24 heures, les-
quelles sommes seront distribuées , à titre de
gratification , aux vaisseaux repreneurs.

Cependant les six navires réclamés ayant été
conduits au port de Brest , par plusieurs ordonnances du 30 mai 1781 , sur les instructions de la
procédure de l'amirauté de cette ville , le conseil
des prises a déclaré ces navires confisqués. C'est
ce qui a donné lieu à M. de Mabeck de s'élever
& contre le pillage exercé à bord de ces bâtiments, & contre l'enlèvement des papiers de bord
dispersés , & contre la négligence des officiers
de l'amirauté de Brest, n'ayant fait aucune

attention ni au défordre , ni aux plaintes qui lui en ont été portées. Il établit l'irrégularité & l'in-juftice des ordonnances dont eft appel ; & remon-tant aux principes , il envifage l'affaire en grand. Il fait voir la néceffité de prévenir un pareil bri-gandage , de reftituer aux vrais propriétaires fes effets réclamés , pour augmenter dans l'opinion de l'Europe le prix de l'alliance de S. M. en lui offrant une preuve de fa fidélité à remplir les conventions publiques. Déboutés cependant , par ce même arrêt du 29 juin , les réclamants ont étés déboutés au confeil royal des finances pour ces prifes.

20 *Août*. Mad. Molé fe meurt d'une maladie de femme ; mais malgré fon état incurable , fon mari avoit obtenu des gentilshommes de la chambre qu'ils ne la feroient point remplacer qu'elle n'eût elle-même renoncé à fa profeffion ; ce qu'elle vient de faire avec beaucoup d'édifi-cation. Avant de recevoir les facrements , elle a appellé Mad. Raymon , fa bâtarde , qu'elle avoit eu d'un Valbelle , frere du Valbelle Clairon ; elle l'a catéchifée en préfence de fon mari fur leur commerce abominable; elle leur a reproché d'être les auteurs de fes chagrins , & , par la jaloufie qu'ils lui ont donnée , de la précipiter au tom-beau. On ne voit pas que cette exhortation ait éteint cette paffion fcandaleufe. Du refte , on n'attend que la mort de Mad. Molé , qui fouffre des douleurs incroyables , & fait des hurlements à fe faire entendre de la rue.

Ces jours-ci on craignoit de la voir paffer à chaque inftant , & fon mari avoit demandé qu'on différât de jouer *Tibere* , nouvelle tragédie, dans laquelle il fait un rôle. Cependant , comme sela traîne en longueur, *Tibere* eft affiché pour vendredi. Il eft d'un M. *Fallet*, commis travaillant à la gazette de France, déja d'un certain âge, & n'ayant encore rien produit en ce genre.

21 *Août*. Extrait d'une lettre de Chantilly, du 15 août.... Le comte de Graffe a paffé ici, & y a diné, il y eft refté jufqu'au foir, parce qu'il ne vouloit point entrer de jour dans Paris. Il a vu quelques perfonnes du château, entr'autres M. de Canillac, qu'il a connu aux isles comme colonel du régiment d'Enghien. Le général lui a raconté avec complaifance l'agréable réception qu'il avoit éprouvée à Londres & en Angleterre. Il n'a pas omis l'accueil gracieux que le roi de la Grande - Bretagne lui avoit fait; & il a ajouté que cette majefté lui avoit dit qu'elle ne le regardoit point comme prifonnier, qu'elle lui rendoit fa parole, qu'il pouvoit retourner dans fa patrie, & qu'elle le reverroit avec plaifir inceffamment à la tête des armées françoifes..... M. de Canillac a eu peine de ne pas rire de la bonne foi avec laquelle le comte de Graffe lui racontoit cela, & le regardoit comme une marque de la haute eftime que faifoit de fes talents le monarque ennemi.

21 *Août*. *Efope à la foire* mérite fans contredit la réputation dont il jouit. C'eft une petite piece charmante, du meilleur ton, pleine de délicateffe, de fineffe & de goût. Elle contient en outre une morale exquife; elle eft pleine de philofophie, douce & fenfible. Il y a des allufions aux anecdotes du jour qui la rendent encore plus piquante: il y eft queftion du poëme de l'abbé Delisle, contre lequel le critique s'éleve avec tant de complaifance; de *l'Efpion des boulevards*, brochure qui a fi fort révolté tous les tripots de cette promenade, & dont

l'auteur d'Efope à la foire a cru devoir faire juftice.

Les fables que débite l'efclave de Phrygie font toutes très-ingénieufes ; mais celles du grain de poudre à canon avec un grain d'encens eft d'une tournure neuve , & d'une vérité plus frappante encore que les autres.

Quoique cette bagatelle ne foit qu'une piece à tiroir, elle annonce un talent marqué , & l'on doit inviter M. Landrin à fe préfenter fur un théatre plus digne de lui. Son Efope à la foire figureroit très-bien à côté d'*Efope à la Cour*, *d'Efope à la Ville*, *d'Efope à Cythere*, *d'Efope au Parnaffe*, en un mot de tous les Efopes anciens & modernes.

22 Août. Depuis long-t ems le public s'étoit endormi fur le bateau volant , & l'on ne parloit plus du fieur Blanchard. Un avertiffement mis dans le journal de Paris d'aujourd'hui , par lequel on annonce qu'on l'a déterminé à faire une petite expérience le 26 de ce mois, fi le temps le permet, a réveillé l'attention. Mais ces retards donnent peu de confiance ; d'ailleurs, on ne voit pas pourquoi le fieur Blanchard fe fert d'une efpece de compere pour faire cette annonce , & ne s'explique pas lui-même.

Ce compere eft un M. Martinet , ingénieur & graveur du cabinet du roi, qui a gravé ce bateau volant & publié des eftampes qui en repréfentent l'extérieur. On juge par-là qu'il eft intéreffé à exciter la curiofité des Parifiens , afin de vendre fes gravures; ainfi l'on ne peut avoir beaucoup de foi à fes éloges & à fes promeffes. Enfin , une anecdote certaine donne mauvaife opinion de l'auteur de la machine aërienne , & fait craindre qu'il ne foit un charlatan cherchant à faire des dupes d'une merveille à laquelle il ne croit pas lui-même, mais dont il fe fert comme d'un moyen pour amorcer les crédules.

Milord Blondel, paffionné pour les arts, fur le bruit feul de ce bateau volant, étoit arrivé à Paris dans le temps que le comte & la comteffe du Nord y étoient : on crut que les fêtes annoncées pour ces illuftres étrangers étoient la caufe de fon empreffement ; on lui offrit de les lui faire voir : il répondit qu'il n'étoit venu que pour le bateau volant, qu'il ne cherchoit aucun autre objet de curiofité, & repartiroit après s'être fatisfait à cet égard. Il fut donc conduit chez le fieur Blanchard ; qui fe fit un devoir de lui montrer fa machine dans le plus grand détail, de lui en donner toutes les explications qu'il défira, de répondre à fes queftions fans fin. Quand l'Anglois, très-content, voulut fe retirer, M. Blanchard lui remit très-humblement une lettre. Milord l'ouvre. Quelle furprife ! Cet artifte prétextoit le befoin qu'il avoit d'argent pour conduire fon ouvrage à la derniere perfection, & lui demandoit vingt-cinq louis. Milord Blondel s'étonne de cette baffeffe, & confulte celui qui lui avoit procuré la connoiffance du fieur Blanchard, fur ce qu'il devoit faire ; mais fon introducteur indigné le détourna de lui rien donner, & réprimanda vivement cet artifte, qui, honteux de s'être avili infructueufement, auroit voulu cacher l'anecdote malheureufement trop répandue.

22 *Aout.* Il eft décidé abfolument qu'on prolongera le théatre de la falle actuelle de l'opéra, & qu'on y travaillera inceffamment. Suivant les devis, cette augmentation coûtera plus de 60,000 livres, & doit rapporter par an 70,000 livres au moins par

l'accroiffement du parterre, de l'amphithéatre &
du nombre des petites loges, au moyen de quoi
ces frais fe trouveront pris fur les bénéfices même.

22 Août. La tragédie de *Tibere*, jouée aujour-
d'hui la premiere fois, quoique très-défectueufe,
fait honneur à fon auteur, dont c'eft le début.
Il a fur-tout très-bien peint le caractere de cet
empereur, & a démêlé avec adreffe tous les replis
du cœur de ce prince lâche diffimulé & atroce.
Mais ce caractere concentré, excellent pour l'hiftoire, eft peu théatral ; & en général il faut infiniment d'art & une étude très-réfléchie du théatre
pour le produire fur la fcene, le mettre en jeu,
le développer & en tirer de grands effets, tels
qu'il en faut pour frapper la multitude.

23 Août. M. de Mirbeck a écrit à tous les
magiftrats du confeil une lettre en date du 19 juillet, à laquelle il a joint une copie de fon mémoire, dans lequel il déclare qu'il n'y a pas un
feul mot qui puiffe s'appliquer aux officiers de la
marine royale, ni aux dépofitaires de l'autorité
fuprême, & qu'enfin il s'eft renfermé dans les
bornes d'une défenfe légitime, en révélant les
irrégularités qu'il a trouvées dans les procédures
faites à l'amirauté de Breft, & en démontrant la
négligence de ce premier tribunal.

Il va plus loin & prétend que, bien loin
d'avoir inculpé les officiers de la marine royale,
il a cherché au contraire, à éloigner d'eux les
foupçons, en peignant les raviffeurs comme une
foldatefque effrénée, ce qui ne peut concerner
l'état-major.

Enfin, dans une requête nouvelle il dit : " Les
fuppliants font bien éloignés d'inculper le fieur de
la Motte-Piquet & les principaux officiers. Ce

grand géné... & ces braves marins font au deffus
du plus ... ... mais leur confiance peut
avoir été ... par des *fubalternes*, dont un
vil intérê ... dirigé les actions, & dont la mauvaife foi a fans doute tiré avantage de la facilité
des officiers de l'amirauté ".

D'après cette juftification, M. de Mirbeck a
été relevé de fon interdiction.

Malgré fon hommage rendu aux officiers de la
marine, ceux qui favent comment les chofes fe
comportent, ne peuvent ignorer que c'eft fur
l'officier envoyé pour amariner le navire que doit
porter l'inculpation, parce que s'il ne pilloit pas
lui-même, & s'il n'autorifoit pas le pillage, il
l'empêcheroit en puniffant ceux qui s'y livrent.

24 *Août*. Bien des gens craignoient que les
Chabrillant, après avoir eu le crédit de fouftraire
M. de Moreton aux peines infamantes qu'il méritoit, n'euffent celui d'empêcher même l'affiche
de l'arrêt. Il paroît cependant, & à la lecture on
s'apperçoit encore mieux de la foibleffe des juges.
Tous ne penfoient pas de même; il y a eu des
voix pour régler le procès à l'extraordinaire, &
décréter le coupable de prife de corps. Le préfident de Lamoignon a fi bien intrigué, qu'il a
empêché les avis trop vigoureux.

On eft encore fâché qu'il ne foit fait mention
en rien dans le prononcé, foit du foldat qui a
arrêté M. Pernot, foit du fergent qui l'a conf-
titué prifonnier, foit enfin du fieur Defchamps,
l'adjudant de la garde, qui s'eft obftiné à laiffer
ce procureur au corps-de-garde pendant très-long-
temps, fans daigner même l'entendre. Tout cela
indigne & révolte. Mais meffieurs répondent que,
malgré la haute police qu'a le parlement, ils ne

peuvent rien prononcer ou voir à la comédie, où les gentilshommes de la chambre, les intendants des menus & M. le maréchal de Biron ont feuls infpection.

Quoi qu'il en foit, en parlant du comte de Moreton, qui, pour fe donner quelque relief & fe fouftraire aux huées du public, a obtenu d'accompagner M. le comte d'Artois au camp de Saint-Roch, quelqu'un difoit qu'on ne favoit trop ce que cet étourdi étoit allé faire là. Un autre a répondu : *Il eft allé fe faire mettre du plomb dans la tête.*

24 *Août.* Depuis plus de trois mois que monfieur Linguet eft forti de la Baftille, on étoit bien furpris que ce perfonnage turbulent reftât dans le filence & l'inaction, qu'il ne fît point parler de lui d'une façon ou d'une autre ; enfin, l'on a la clef de fa conduite.

Une des conditions de fa fortie a été qu'il ne refteroit point à Paris, qu'il ne fortiroit pas non plus du royaume ; mais qu'il choifiroit un exil où il s'arrêteroit jufqu'à ce qu'il eût permiffion de revenir. Cependant, pour lui donner le temps de faire fes affaires, de vaquer à fa fanté, & de voir fes amis, il a eu environ fix femaines de répit. Bref, il a fallu fe rendre à fa deftination. Il avoit choifi pour retraite une terre de Mad. la comteffe de Bethune fa cliente, auprès de Rhétel ; il s'y eft rendu avec fon frere ; mais on apprend qu'il a trouvé le fecret de fe fouftraire aux regards de fes furveillants, & qu'il eft paffé en Allemagne, d'où il s'eft rendu à Bruxelles, où l'on ne croit pas qu'il foit refté. On ignore encore où il fixera fon féjour.

24 *Août.* Tout le parti des Gluckiftes treffaille

de joie depuis qu'il a appris que le chevalier Gluck, entièrement rétabli de sa maladie, s'est déterminé à se mettre en route pour France, & doit arriver à Paris au mois d'octobre avec un opéra de sa façon, qui est *Hypermnestre*.

25 *Août*. On a répété ces jours-ci à l'opéra le *Siege de Péronne*, tragédie lyrique en trois actes, par M. de Sauvigny, musique du sieur Desaides: on a été assez content de la musique du premier acte, en ce qu'on ne croyoit pas ce compositeur capable du grand genre. Il doit, au reste, faire mieux qu'un autre; car il a un amour-propre puant, & dit du mal de ses confreres, ne trouve rien de bon, & dédaigne même Gluck.

C'étoit un spectacle plaisant de voir se démener sur le théatre le sieur Desaides avec une charlatanerie qui passoit pour enthousiasme aux yeux de ceux qui ne le connoissent pas. Il a fait deux fois le tour de l'orchestre, en parlant à chaque musicien & en le remerciant de ce qu'il avoit bien fait, pour l'engager à mieux faire; il a embrassé tous les acteurs & les actrices, même les plus détestables, trouvant tout à merveille; enfin, à ses airs de danse, il dansoit pour prouver qu'ils étoient très-fort dans le genre.

Au reste, ce n'est qu'un essai, & l'on est convenu d'encourager les auteurs à continuer & à terminer leur ouvrage.

Le 25 *Août* 1782.

Rélation de la séance tenue aujourd'hui à l'Académie Françoise pour la distribution du prix.

Tout le monde étant en place & trois heures & demie ayant sonné, on étoit surpris de ne pas voir

voir paroître meſſieurs. Le bruit s'étoit bien répandu dès le commencement que M. de Florian,
le candidat qui devoit être couronné, ayant l'honneur d'être gentilhomme de M. le duc de Penthievre, ce prince & madame la ducheſſe de
Chartres devoient aſſiſter à la ſéance; mais on
connoît l'exactitude de leurs alteſſes; on déſeſpé-
roit de les voir, ſur-tout ayant remarqué une
lettre apportée à M. de Florian par un valet-
de-pied du duc de Penthievre, on craignoit que
ce ne fût l'annonce de quelque changement dans
leur marche. Enfin, meſſieurs ſont entrés & aſſis;
on les a vus chuchoter beaucoup entr'eux; on ne
ſavoit ce que tout cela ſignifioit, quand monſieur Dalembert a pris la parole & annoncé que
M. le duc de Penthievre & madame la ducheſſe
de Chartres qui deſiroient ſe trouver à la ſéance,
venoient d'écrire qu'ils étoient retenus à Verſailles
plus long-temps qu'ils ne comptoient, & ne
pouvoient arriver qu'à quatre heures; que l'Académie croyoit devoir attendre leurs alteſſes & en
demandoit la permiſſion à l'aſſemblée. Le public, par des battements de mains, a donné ſon
approbation à la déférence de la compagnie; &
en effet, le duc & la ducheſſe s'étant rendus à
l'heure indiquée, ont été accueillis avec des
applaudiſſements univerſels qui caractériſoient
bien le plaiſir qu'on avoit à les recevoir.

Après tous ces préliminaires, M. de la Harpe
qui ſe trouvoit directeur, a ouvert la ſéance par
un petit diſcours préparatoire, où il a rendu
compte en quelque ſorte des motifs qui avoient
déterminé l'Académie à préférer la piece de M. de
Florian & à le couronner. Il a dit qu'elle s'attachoit ſur-tout à deux choſes, la juſteſſe des idées

& la propriété des expreſſions , & ces deux choſes
ſont celles dont malheureuſement les candidats
s'occupent le moins aujourd'hui. C'eſt à l'Académie à les y rappeller. En conſéquence, elle n'a
point donné *d'acceſſit*. Cependant elle a décidé
qu'il ſeroit fait une mention honorable de ſix pieces
dont il a lu les titres. Un ſeul auteur s'eſt fait
connoitre, monſieur *Carbon de Flins*. La piece de
monſieur de Florian manquant de beaucoup de
choſes, ce que n'a pu diſſimuler le directeur, a
du moins les qualités eſſentielles exigées. D'ailleurs, quoique la compagnie eût laiſſé le choix
aux auteurs , celui-ci a pris le ſujet qu'elle deſiroit
le plus de voir traiter , *la Servitude abolie dans
les domaines du roi*. Enfin , le candidat a eu
l'adreſſe d'y mettre en ſcene Voltaire; il eſt ſon
parent; tout cela n'a pas peu contribué à ſon
triomphe , réflexion qu'on ſent bien n'avoir été
faite que par certains ſpectateurs , un peu au fait
du tripot Académique ; mais amenée naturellement par l'affectation de M de la Harpe de citer
ce maître défunt, & de prendre un paragraphe
de l'hiſtoire du ſiecle de Louis XIV pour exorde
de ſon diſcours. Il a terminé par un compliment
à M. de Penthievre & à madame la ducheſſe de
Chartres , délicat & vrai , ce qui eſt le plus rare
en pareil cas.

M. Dalembert a lu enſuite la piece couronnée ,
intitulée *Voltaire & le ſerf du Mont-Jura*. Il faut
ſe rappeller que le grand homme mis en ſcene a
beaucoup écrit en faveur des habitants de ces
contrées main-mortables du chapitre de Saint-
Glaude en Franche-Comté ; ce qui donne lieu à
la fiction. Le dialogue en vers libres , ſans être
fort orné d'images & de toutes les richeſſes de

la poéfie, a cette onction philofophique très à
la mode aujourd'hui, & fur-tout du goût des
juges; il a plu; il a le ton de fatire, dont l'ami
de l'humanité imprégnoit fi fortement fes ouvrages
même en la prêchant. Le lecteur n'a pas manqué
d'infifter à propos fur les endroits de cette efpece, & les auditeurs dociles répondoient fur
le champ à fon appel par de grands applaudiffements.

La piece finie, M. Dalembert a fait à fon
tour un difcours pour annoncer une note de
l'ouvrage qu'il alloit lire, quoique ce ne fût
pas l'ufage de l'Académie ; mais trop intéreffante
pour l'omettre. Cette note n'eft autre chofe que
les faits rélatifs aux droits du chapitre de Saint-
Claude, dont on a vu les détails dans tout ce
qui a été écrit récemment fur cette matiere. Le
feul fait nouveau qu'il nous ait appris, c'eft que
l'édit mémorable de 1779, aboliffant la fervitude
dans les domaines du roi, n'eft pas encore enrégiftré au parlement de Befançon.

Suit la lifte des bonnes actions du philofophe
de Ferney dans cette terre ; bonnes actions que
fes partifans & lui-même nous avoient déja van-
tées en maint endroit, & qui ne détruifent pas
malheureufement d'autres mauvaifes, & très-
mauvaifes, qu'on lui reproche au moins avec tout
autant de vérité.

A la lecture de la piece couronnée a fuccédé
celle d'un *Portrait de Jules-Céfar*, par l'abbé Arnaud, morceau qu'il avoit déja lu à la féance où
avoit affifté le comte du Nord ; ce qui annonce ou
une finguliere ftérilité de la part de la compagnie,
ou la grande importance que l'auteur met à fon
ouvrage. Le portrait eft dans le goût des mélanges

de Saint-Réal ou de Saint-Evremont. Il a huit
pages : c'eft un réfumé de tout ce qui a été écrit
dans les hiftoriens latins de cet illuftre empereur.
Il fait plaifir d'abord & fatigue à la fin par le
retour néceffaire des mêmes idées , des mêmes
images & des mêmes tournures. L'Académicien ,
dans un court préambule , avoit adopté auffi un
petit bout d'éloge pour le prince & fon augufte
fille.

M. de la Harpe ayant repris haleine , dont il
avoit befoin , a embouché la trompette héroïque.
Il a déclamé fur le ton le plus élevé le dernier
chant de fa traduction de la Pharfale de Lucain.
On fait que ce chant, qui eft le dixieme , n'eft
point fini, que le poëte latin eft refté même à
un vers dont le fens eft interrompu. Le traduc-
teur eft parti de là pour y ajouter un épilogue
dont il avoit donné l'avant-goût par un précis
de l'anecdote de cette interruption & de la mort
de Lucain. Le tout à été vivement fenti & applaudi, & principalement l'épilogue où il y a de
très-beaux vers , de l'énergie, de la philofophie
& beaucoup de fenfibilité. Quant au chant , il
confifte pour la plus grande partie en defcriptions
de palais, de monuments, d'ouvrages de l'art
& de luxe, tellement épuifées, que, malgré
qu'elles prêtent infiniment à la poéfie , elles en
deviennent faftidieufes.

Le fecretaire de la compagnie a clos la féance
par différentes annonces.

1°. Il a réitéré celle du fujet du prix d'éloquence pour 1783 qui eft l'*Eloge de Fontenelle.*

2°. Il a dit qu'un particulier, zélé pour le
bien public, & qui penfe qu'une bonne éducation

y peut beaucoup contribuer, avoit defiré qu'il fût compofé un traité élémentaire de morale, qui expliquât & prouvât *les devoirs de l'homme & du citoyen* ; qu'il avoit en conféquence dépofé 1200 livres, prix qui devoit être décerné par l'académie françoife à la féance publique de la Saint-Louis 1782. Il a ajouté qu'elle n'en avoit trouvé aucun digne de l'obtenir ; qu'en conféquence il étoit remis pour la Saint-Louis 1784 ; qu'il feroit diftribué de nouveaux *Profpectus* inceffamment avec une efpece d'inftruction qui dirigeât les concurrens, dont s'étoit chargé M. le marquis de Condorcet, fi propre à ce genre de travail.

3°. Le fecretaire fait mention des deux nouveaux prix fondés par un inconnu, l'un pour le meilleur ouvrage qui aura paru dans l'année, & l'autre pour la meilleure action qui aura été faite.

Le premier doit être diftribué au mois de décembre, dans une affemblée fans doute publique & extraordinaire que la compagnie indiquera, & le fecond à la Saint-Louis prochaine.

M. Dalembert a fini par une péroraifon, où il s'eft prévalu de cette confiance nouvelle de tant de bons citoyens en l'académie françoife pour réfuter ceux qui la dénigrent. Il a déclaré qu'elle feroit de plus en plus tous fes efforts pour foutenir cette haute opinion qu'on en avoit, & pour contribuer à tout ce qui peut encourager & accroître l'amour de la vertu, de l'humanité & de la patrie.

P. S. Les pieces de M. Carbon de Flins font, 1°. *Difcours en vers fur la fervitude abolie dans les domaines du Roi*, piece qui avoit concouru dès

1780 & 1781, nommée deux fois la premiere du concours ; mais ces deux fois on avoit remis le prix.

2°. *Poëme lyrique fur la naiffance du Dauphin;* & le troifieme, *Dialogue entre un poëte & un homme du monde ;* c'eft de ces deux dernieres pieces dont il a été fait une mention honorable.

26 *Août.* On a chanfonné M. le comte de Moreton au fujet de fon aventure avec le procureur Pernot, & de l'arrêt intervenu ; mais cette chanfon eft fi plate qu'on n'ofe la rapporter. Il n'en eft pas de même d'un autre calembourg à l'occafion du voyage de cet étourdi à Gibraltar. On dit que le roi de France ne pouvoit rendre un plus grand fervice au roi d'Efpagne que de lui envoyer le premier homme du monde pour prendre les places d'affaut.

26 *Août.* Suivant l'ufage annuel, les morceaux deftinés à concourir pour les prix de peinture & de fculpture, ont été expofés hier toute la journée dans les falles de l'académie. Le fujet du premier eft *le retour de l'Enfant prodigue dans la maifon paternelle*, & celui du fecond eft *la charité du Samaritain.*

On a vu en outre dans les falles de l'académie d'architecture les plans divers qui ont concouru pour le prix de cette compagnie, dont le fujet étoit le *projet d'un palais de juftice.*

Il faut laiffer écouler les délais néceffaires avant que les diverfes académies proclament les vainqueurs.

27 *Août.* Quoique M. Blanchard, pour écarter les curieux, eût fait contremander en quelque

forte le public par la rétraction de l'annonce
de fon expérience, il ne l'a pas moins tenté
famedi en fecret ; mais fans le moindre fuccès.
L'effai s'eft fait à la Vilette dans le château de
l'abbé de Vienne ; il en a réfulté l'impoffibilité
abfolue de s'élever de terre par la trop grande
pefanteur de la machine. S'obftinant à la faire
aller, il l'a dérangée & brifée en grande partie.
Il ne fe décourage pas. Il en a tout de fuite
imaginé une autre plus légere, d'un moindre
volume & d'une nouvelle forme. Elle reffemble à
une cage ronde ; elle eft fort avancée, & il pourra
fous peu de temps donner ce nouveau fpectacle.
Mais quelle confiance prendre en un machinifte
qui calcule auffi mal fes forces & fe trompe auffi
lourdement ?

28 *Août.* Il eft une courtifanne, nommée
Cléophile, qui a d'abord danfé chez Audinot,
qui a paffé enfuite à l'opéra, ce qui l'a mife fur
le trotoir, & lui a procuré des amours diftin-
guées, entr'autres M le comte d'Aranda. N'ayant
plus befoin pour faire fortune de fon état où elle
n'obtenoit pas des fuccès affez brillans, elle
s'eft retirée du théatre & s'eft confacrée toute
entiere aux aventures galantes. Depuis, un acci-
dent fâcheux a même diminué beaucoup fes triom-
phes en ce genre. Une maladie vénérienne lui a
enlevé une partie du palais de la bouche, qu'il
a fallu remplacer par une feuille d'or, ce qui lui
voile abfolument la voix & la fait nazillonner
d'une façon très-défagréable. Cette difgrace l'a
rendue fage ; elle donne dans les beaux efprits
& les philofophes. Depuis quelques temps M. de
la Harpe s'eft épris pour cette impure de la plus
belle paffion, & l'on peut en juger par les vers

D 4

suivants en son honneur, & pleins de graces & de sensibilité.

L'inconstance & l'artifice
Par tout remplaçoient l'amour ;
Toujours soumis au caprice,
Son pouvoir étoit d'un jour.
" Mes feux , dit-il, vont s'éteindre ;
,, Ils devoient tout animer.
,, Que les mortels sont à plaindre !
,, Ils ne savent plus aimer. "

Pour prévenir cet outrage ,
Il épuise ses efforts
Sur le plus charmant ouvrage,
Qu'embellissent ses trésors.
Or jugez s'il est habile,
L'enfant maître des humains :
Vous voyez dans Cléophile
Le chef-d'œuvre de ses mains.

Lui-même avec complaisance
Vit son prodige nouveau ;
Les graces , à sa naissance,
Entourerent son berceau.
Le Dieu dit: " je suis tranquille,
,, Rien ne peut plus m'alarmer.
,, Quand ils verront Cléophile ,
,, Ils voudront encore aimer. "

Quelle grace enchanteresse
Dans ses traits, dans son esprit!
Elle charme , elle intéresse ,
Elle attache , elle ravit.

Le cœur le plus indocile ;
Contre elle ofe en vain s'armer,
Un regard de la Cléophile ,
Eft un ordre de l'aimer.

Quoiqu'Amour m'ait dans fes chaînes
Engagé plus d'une fois ;
Quoiqu'Amour , malgré fes peines ,
M'ait fait adorer fes loix ,
Par une erreur très-facile
Dans un cœur bien enflammé ,
Je crois , près de Cléophile ,
N'avoir pas encore aimé.

Je veux , à fes loix fidele ,
Ne chanter que mon ardeur.
Dieu ! que ma mufe n'eft-elle
Auffi tendre que mon cœur !
Ma voix à l'amour docile
N'a qu'un refrein à former :
J'aime , j'aime Cléophile ,
Et ne vis que pour l'aimer.

En les faifant inférer au journal de Paris, il
n'a cependant ofé y mettre fon nom ; on ne fait
pourquoi , car il eft trop aveuglé de fon amour
pour en rougir : il l'avoue à fes confreres ; il les
mene chez Mlle. Cléophile , & voudroit l'ériger
en afpafie moderne. Enfin , à la Saint-Louis derniere il a ofé l'introduire à l'académie ; la placer
parmi les femmes les plus honnêtes , & jufques
fous les yeux de M. le duc de Penthievre & de
Mad. la duchefle de Chartres , qui honoroient l'affemblée de leur préfence ; ce qui a indigné tous
les fpectateurs.

29 *Août*. M. Suard eſt un membre de l'académie françoiſe, qui n'a même rien écrit ſur la
muſique, mais qui, par ſon intimité avec l'abbé
Arnaud, grand enthouſiaſte de cet art., s'eſt imaginé y avoir acquis de grandes connoiſſances. Il
a perſuadé au miniſtre de Paris qu'il ſeroit fort
utile à l'opéra; & quoiqu'il y ait un cenſeur attaché à ce ſpectacle pour l'impreſſion des poëmes,
qui eſt M. Bret, il s'eſt fait initier dans le comité pour donner ſes conſeils ſur les ouvrages
qu'on préſente, & autres objets relatifs au théâtre
lyrique. Il a pour cela 2400 livres de penſion ſur
les fonds de ce ſpectacle.

Depuis que les principaux acteurs & actrices
ſont à la tête de la manutention de leur république, ils ont trouvé dur de voir ſiéger parmi
eux un étranger ſans caractere, ſans talent; &
ils ont commencé par l'exclure en ne l'invitant
point à leurs ſéances.

M. Suard, ſentant lui-même ſon inutilité, ſon
incapacité réelle, n'a oſé ſe plaindre au miniſtre
de cette excluſion, de peur d'aigrir les eſprits &
de faire mettre trop évidemment au jour ſa nullité. D'un autre côté, craignant avec raiſon de
perdre une penſion priſe ſur les bénéfices des co-
riphées & autres membres conſtituant la ſociété
lyrique, qui ne pouvoit le voir qu'avec peine ſe
former une exiſtence à leurs dépens, il a imaginé de ſe rendre néceſſaire, agréable même, en
ſe faiſant donner par ſon beau-frere Pankouke,
l'article de l'opéra à rédiger; ce qui ne plaît
guere à M. de Charnoy, en poſſeſſion de cette
partie.

Quoique le nouveau critique ait grand ſoin de
ménager l'amour - propre de chacun, en lui diſ-

tribuant une dofe d'encens convenable, il vient
de fe faire une querelle par une cenfure amere
de l'émulation de force & de légéreté qui regne
aujourd'hui entre nos principaux danfeurs. Il voudroit qu'on exclût ces fortes d'affauts de la danfe
noble, qu'on réfervât les entrechats tournants,
les doubles & triples pirouettes en l'air & fur la
pointe du pied pour les fêtes champêtres, les
orgies, les faturnales. Comme ceci tombe à plomb
fur M. Dauberval, qui profitant de la trop grande
facilité & de l'indulgence extrême du public,
a porté cet abus au plus haut degré, & que cela
paffe pour une petite vengeance de l'ariftarque,
n'ignorant pas que ce coriphée ayant beaucoup
de voix en chapitre, eft celui qui déclame le plus
violemment contre fon inutilité ; les amis de
M. Suard craignent qu'il ne fe rende plus odieux,
& n'excite une fermentation dont l'éclat lui foit
funefte.

30 *Août.* M. le comte de Barruel, capitaine
au régiment de Belzunce dragon, a été indigné
de la faveur avec laquelle les adulateurs de l'abbé
Delisle prônent fon poëme des *Jardins*, regardé
par les gens de goût comme une production très-
médiocre, révolté fur-tout de l'affectation avec
laquelle, M. Landrin, dans fon *Efope à la foire*
exalte fur le théatre des variétés amufantes
l'auteur, & met fur le compte de l'envie toutes
les critiques de fon ouvrage, qu'il trouve fans défaut ; il a pris la plume & compofé une bagatelle
en vers, qui a pour titre *le choux & le navet ;*
Il y reproche très-ingénieufement à l'abbé Delisle
fon principal défaut, d'avoir omis de parler du
jardinage, de s'être étendu en defcriptions oifeufes
en morceaux touchants, en éloges pompeux de

quantité de magnifiques colifichets , qui n'ont, ainfi que fon poëme , de jardin que le nom. Cette facétie eft vive, courte & très-bien vérfifiée.

30 *Août.* On n'a pas encore pu éclaircir fi M· Linguet étoit allé librement en pays étranger , ou fi ce n'étoit qu'une évafion clandeftine. Il paffe pour conftant qu'il eft à Bruxelles, & fon frere en convient. M. le Quefhe eft continuellement affailli de gens qui viennent lui en demander des nouvelles , & fur-tout le queftionner pour favoir quand recommencera la continuation du journal ; fur quoi il promet toujours que fon maître tiendra fes engagements, mais fans affigner aucun terme : lorfqu'on le preffe plus vivement & qu'on lui demande du moins la reftitution de l'argent pour l'abonnement d'une année entiere dont on n'a encore reçu aucune feuille , il répond, qu'il n'a pas cet argent.

31 *Août..* Le luxe s'étend à tous les états , à toutes les profeffions. Un café des boulevards, appellé ci-devant le *café Turc* , & qu'on devroit appeller aujourd'hui le café Chinois , attire la foule des curieux. Il y a apparence que la redoute chinoife de la foire en a donné l'imagination. Tout y eft abfolument dans ce coftume étranger & d'un goût très-pittorefque. C'eft M. Celerier qui a conduit la reftauration , & le décore de l'édifice divifé en partie fupérieure & en partie inférieure. On eft frappé d'étonnement en y entrant , & il faut avoir vu cette fingularité pour en avoir une idée vraie. C'eft fans contredit le plus beau & le plus original monument de ce genre à Paris : on dit qu'il coûte 80,000 livres.

1 *Septembre* 1782. Les tomes 17 & 18 des *Mémoires Secrets* , fervant de fuite à la con-

tinuation de ceux de Bachaumont, pour l'année 1781, commencent à paroître ici. On étoit inquiet de leur retard, & on en craignoit l'interruption. On y trouve fur-tout un détail circonstancié de la révolution du Palais-Royal, qui intéreffe non-feulement Paris, mais la France entiere, & tous les étrangers dont c'étoit le rendez-vous dans cette capitale. Il paroit qu'on n'a omis aucune des anecdotes relatives à la querelle du duc de Chartres & des propriétaires (cet article eft tiré d'une feuille manuscrite très-accréditée à Paris & dans les provinces).

1 *Septembre*. Le comte d'Hérouville, lieutenant-général des armées du roi, vient de mourir. Il étoit ancien infpecteur-général d'infanterie, & avoit fait bruit en fon temps. C'étoit un grand faifeur de projets ; il avoit même été queftion de lui pour le miniftere fous Louis XV, & il y feroit parvenu vraifemblablement fans fon mariage trop inégal. Il avoit époufé la fameufe *Lolotte*, maitreffe du comte d'Albemarle, l'ambaffadeur d'Angleterre, laquelle fervoit d'efpion au miniftere de France auprès de fon amant, & a touché en conféquence jufqu'à fa mort une penfion de la cour de 12,000 liv.

1 *Septembre*. On a auffi recueilli toutes les lettres qu'on a pu retrouver de Rouffeau pour en groffir l'édition de fes œuvres, ce qui fait qu'on y a imprimé fans choix jufqu'à des billets & chiffons qui ne méritoient aucune publicité. On n'auroit pas cru que, pareffeux, incivil, mifanthrope, farouche, comme il étoit, il eût tant écrit. Cependant, foit qu'on n'en eût pas d'une date plus récente, foit qu'on les ait omifes à deffein, ainfi que la fuite des confeffions, elles

ne vont que jufqu'à 1770. Les plus curieufes
font celles qui conftatent diverfes anecdotes de
fa vie & les éclairciffent.

On y voit comme, en 1755, le roi de Pologne
Stanislas, ayant ordonné qu'on rayât M. Paliffot
de la fociéte littéraire de Nanci, pour avoir joué
en plein théatre Rouffeau, celui - ci follicita &
obtint la grace du coupable; & c'eft ce même
ingrat qui fit enfuite *les Philofophes*.

On y voit en effet comment les Corfes, en
1765, folliciterent Rouffeau de leur rédiger un
code de légiſlation, demande qui lui rioit &
flattoit fon orgueil; mais qui excita fi vivement
la jaloufie de Voltaire, qu'il fe mit à la traverfe,
& empêcha que l'exécution n'eût lieu.

Au refte, la plupart de ces lettres étoient im-
primées, & il y en a peu de nouvelles.

2 *Septembre*. Le *profpectus* annoncé par M. Dalembert commence à fe diftribuer. On y a joint
en effet une longue inftruction de près de fix
pages *in*-4°., où M. le marquis de Condorcet
ne laiffe rien à defirer pour la conduite des candidats; mais en prefcrivant la clarté, il eft lui-
même très-obfcur, & très-diffus en prefcrivant la
précifion.

Au furplus, il annonce que les différentes parties de l'ouvrage réunies peuvent avoir l'étendue
d'un volume *in*-12. médiocre, parce que, d'après
un calcul fait avec exactitude, l'académie fort
affurée qu'un volume de cette étendue pourroit
être donné pour neuf ou dix fous broché, en
laiffant au libraire un profit honnête, & l'ouvrage devant être claffique, à l'ufage des enfants
du peuple & des villages, on ne fauroit le vendre
trop bon marché.

7 *Septembre.* On a consigné dans une fable allégorique l'aventure & le jugement du procès de M. Pernot avec M. de Chabrillant ; elle est moins plate que la chanson, elle est même piquante en quelques endroits, & mérite d'être conservée.

A BON CHAT BON RAT.

Fable.

Un chat-brillant, orgueilleux de son lustre,
Se rengorgeoit, s'enfloit, se pavanoit,
Par son gros dos croyant se rendre illustre,
Avec mépris, à l'entour il lorgnoit,
Il voit un rat, non de ces escogriffes
Dévorant tout ; mais doux & peu rongeur,
Tel que sur cent se trouve un procureur.
A cet aspect il redresse ses griffes,
Enfle sa queue. Humblement & bien loin,
Le rat veut fuir la pate meurtriere
De l'animal, fanfaron de goutiere,
Qui le harcele & l'arrête en un coin,
Sur lui valets accourent au besoin,
Raton surpris est mis dans la ratiere,
Où lâchement insultant à ses cris,
Son ennemi veut le rendre la fable
Des spectateurs ; ils en sont attendris,
Et le matou n'obtient que leur mépris
De maltraiter un rat, un si bon diable.
De l'aventure enfin berné, honni,
Le chat-brillant, n'est plus qu'un chat-terni.

4 *Septembre.* Extrait d'une lettre d'Amsterdam du 30 août 1782... On vient de mettre en vente

dans notre ville *le réglement de l'impératrice des Ruffies, concernant la navigation commerçante de fes fujets.* On affure que cette fouveraine a regardé l'objet comme fi important, qu'elle a daigné s'en occuper elle-même, & que c'eft un chef-d'œuvre de légiſlation, feul capable de l'immortalifer. Dès que fa majeſté impériale en eut fait remettre l'original au fénat, il fe répandit en Ruffe & en Allemand. On le voit aujourd'hui en François & en Hollandois en deux parties; en forte qu'il va devenir le code des nations commerçantes. On en fait grand cas ici, où l'on s'entend un peu dans cette matiere. Les négocians, les armateurs, les affureurs, les fréteurs, les affréteurs, tous y trouvent ce qui les concernent; rien n'eſt échappé à l'attention de l'augufte & fage légiſlatrice.

4 *Septembre.* Il y a bien des gens qui en trouvant très-agréable la petite fatire de M. le comte de Barruel, lui reprochent d'y avoir répandu trop d'amertume & de perfonnalité. Voici comme il s'excufe, dit-on, à cet égard : il raconte qu'ayant compofé une premiere critique en regle, & détaillée du *poëme des Jardins,* fous le nom d'un comte à un préfident, M. l'abbé Delisle en fut vivement piqué, & fe permit de dire en pleine académie, qu'il n'avoit tenu qu'à lui d'avoir une lettre de cachet contre l'auteur, & de le faire arrêter. Cela revint aux oreilles du comte de Barruel, qui alors ne gardant plus de mefures, écrivit à l'académicien pour le remercier de fon indulgence généreufe, & de la liberté qu'il lui laiffoit de parler de fon ouvrage : il lui marquoit qu'il alloit en profiter, & lui envoyoit en conféquence pour preuve le petit *dialogue du Chou & du Navet* : il l'a fait imprimer

en même temps; mais comme on l'avoit mutilé
vraisemblablement à la censure , il l'a adressé au
courier de l'Europe , où il se trouve dans toute
la pureté au N°. 18 du vol. 12: On y remarque
entr'autres deux vers changés dans le paragraphe
où , lui rappellant son humble naissance en Auvergne & sa bâtardise , il lui fait dire par le
chou.

Vois tous les choux d'Auvergne élevés contre toi !
Tu me proscris en vain, délicat petit-maître :
Ma feuille t'a nourri, mon ombre t'a vu naître :
Tu reçus du Navet ta taille & ta couleur ;
Et comme nos lapins tu me dois ton odeur.

4 *Septembre.* La reine est à Louvois, terre en
Champagne , que mesdames ont achétée depuis
quelques années. Sa majesté a entrepris ce voyage
avec la plus grande simplicité. Elle n'a mené que
deux femmes à sa suite, & a exigé que celles-ci
n'en eussent qu'une. On prétend qu'elle ne couroit
pas à plus de quarante chevaux. Le roi est resté
à Compiegne pendant ce temps, & revient demain avec elle.

On assure que *Monsieur*, Madame, & Mde. la
comtesse d'Artois viennent la semaine prochaine
au Luxembourg, & y séjourneront pendant quelque temps. Ils habiteront le petit palais, le seul
qui soit vuide & en état de les recevoir.

5 *Septembre.* Le bruit se soutient que le comte
d'Estaing est nommé pour commander l'armée
navale qui doit partir pour les Antilles après le
siege de Gibraltar. Un calembourg du maréchal
de Richelieu en confirme la nouvelle. Il a dit :

après avoir rendu graces (Graffe) à Dieu , noûs
allons nous remettre au deftin (d'Eftaing).

5 *Septembre.* M. Pelerin le pere eft mort le 30
du mois dernier , âgé de 99 ans ; il étoit com-
miffaire-général de marine ; il avoit été premier
commis dans les bureaux, & s'étoit retiré après
quarante ans de fervice. Il avoit employé fon
loifir à compléter un cabinet de médailles qu'il
avoit raffemblées, fi bien compofé que fa majefté
l'avoit acheté en 1776, & lui en avoit laiffé
l'ufufruit. Les favants étrangers l'alloient voir
autant pour fon cabinet que pour lui-même. Il
avoit travaillé fur l'art numifmatique avec beaucoup de fuccès , & étoit une merveille d'érudition en ce genre. On eft furpris que l'académie
des infcriptions & belles-lettres ne l'eût pas adopté, vraifemblablement fa modeftie l'avoit empêché d'y folliciter une place. Il étoit pere de Pelerin , intendant des armées navales , & mis en
fcene dans *l'Efpion Anglois.*

5 *Septembre.* L'académie de peinture, dans fon
affemblée du 31 août, a proclamé les vainqueurs,
tant pour cette année que pour les précédentes ,
où les prix avoient été remis.

Le fils de M. Vernet , éleve de M. Lépicié , a
eu le premier prix cette année pour la peinture.

Le premier prix, mis en réferve en 1777 , a
été accordé à M. Taraval , neveu du peintre
de ce nom, & éleve de M. Brenet; il n'a que
16 ans & demi.

Le fecond à M. Belle , éleve & fils du peintre
du même nom.

M. Ramey , éleve de M. Gois , a gagné le
premier prix de fculpture pour cette année.

Le premier prix , réfervé en 1775, a été dé-

cerné à M. Chardigny, éleve de M. Allegrain,
& le second à M. Fortin, neveu de M. le Comte,
sculpteur & son éleve.

6 *Septembre.* Depuis quelque temps on se doutoit que M. de Sainte-Foi étoit en mauvaise pos-
ture. On lui voyoit vendre, terres, maisons,
effets, meubles, &c. On savoit que dans une
séance tenue il y a plusieurs mois sur son affaire
à la tournelle, il y avoit eu des voix pour le décréter de prise de corps, & que cette conversion
de son décret d'ajournement personnel n'avoit
été différée que par égard pour sa famille & sur-
tout pour son frere l'abbé Radix, conseiller de
grand chambre. Enfin, aujourd'hui que l'affaire
a été remise sur le tapis, il n'a pu l'échapper:
elle a été réglée à l'extraordinaire, & il est réellement décrété de prise de corps.

6 *Septembre.* On ne sauroit trop exalter le
lieutenant-général de police, qui se porte à l'amélioration de toutes les parties de son administra-
tion qui en sont susceptibles. C'est ainsi qu'il a
fondé récemment des prix d'émulation en faveur
des éleves du college de pharmacie. Il y en a
trois, un de chymie, un second d'histoire naturelle & le troisieme de botanique. La distribution s'en fait avec tout l'appareil capable de flatter
l'amour-propre des vainqueurs. Elle a eu lieu
dans une assemblée publique, où se rend toujours
une grande affluence de spectateurs. Celle de cette
année s'est tenu hier 5 septembre. C'est M. Reboul, éleve de M. Mitouard, qui a eu le prix
de chymie; les autres n'ayant pas été concourus,
restent pour l'année prochaine.

Cette séance, du reste, est comme celles de
toutes les académies. On y rend compte des tra-

vaux du college ; on y lit des mémoires fur les matieres de fon reffort , & l'on fait l'éloge des membres défunts.

7 *Septembre*. On a parlé de la finguliere nouveauté qu'offre la maifon de M. d'Etienne, en préfentant un jardin au lieu de toiture. Pour y parvenir , il a fait ufage d'un ciment impénétrable à l'eau , qu'il affure avoir découvert. Il en a fait un hommage au roi ; mais n'en a pas reçu la récompenfe qu'il s'en promettoit. Il prétend que M. Dangiviller, qui protege fort le fieur *Loriot*, auteur auffi d'un ciment , n'a pas fait du fien le cas qu'il mérite, & ne lui a pas rendu les bons offices auprès de fa majefté qu'il lui devoit en fa qualité de protecteur des arts. Quoi qu'il en foit, ce militaire a pris le parti de faire imprimer un mémoire, où il rend compte des fubftances qui entrent dans fon ciment, & des procédés dont il fe fert. Il a les excellentes & rares qualités de fe durcir très-promptement ; de ne craindre ni l'action du feu , ni celle de l'air, ni celle de l'humidité, de ne jamais fe gercer, & de n'exiger qu'une légere couche pour produire tout l'effet defiré ; il eft en outre à fort bon marché. C'eft aux gens de l'art à contredire actuellement M. d'Etienne, & à montrer les défauts de fon ciment, quand ils les auront reconnus par l'expérience.

7 *Septembre*. Suivant des lettres de Bruxelles , reçues il y a quelque temps , M. Linguet vers le milieu du mois dernier y étoit occupé à vendre fes meubles. Il ne s'expliquoit pas beaucoup fur fes projets littéraires, il fembloit même y renoncer, & difoit qu'il alloit voyager. Il étoit fort circonfpect, & l'on ne pouvoit démêler pofiti-

ment s'il étoit sorti de France par évasion secrete, ou de l'aveu du gouvernement.

8 *Septembre.* Extrait d'une lettre de Rotterdam, du 2 septembre.... Le premier volume *des Fastes de Louis XV* paroît ici. On attribue cet ouvrage à un mauvais sujet attaché au chevalier Zeno, autrefois ambassadeur de Venise en France, & qu'on nomme *Bouffonidor.* C'est l'auteur du *Procès des Trois Rois ;* ce qui ne donne pas une idée bien favorable de cet autre ouvrage.

8 *Septembre.* Les comédiens Italiens devoient jouer pour premiere nouveauté les *deux Soupers,* opéra comique, dont la musique est du sieur Desaides;mais ce musicien, étant fort quinteux & fort altier, s'est brouillé avec eux, & ils annoncent pour demain *les deux Aveugles de Bagdad,* comédie en deux actes, mêlée d'ariettes.

9 *Septembre.* On a oublié de faire mention des prix d'architecture, dont le premier a été adjugé au sieur *Bernard,* éleve de M. *Trouard,* & le second au sieur *Cathala,* éleve de monsieur *Mauduit.*

9 *Septembre.* La machine à feu établie à Chaillot par MM. Perrier, qui causera, suivant le malheur attaché à toutes les nouvelles inventions, peut-être la ruine de la société qui l'a entreprise, n'en est pas moins un monument qui fait le plus d'honneur au siecle & à la France. Il méritoit bien une inscription, & l'on attribue la suivante au savant & célebre abbé *Boscowich.* Il est fâcheux qu'elle soit en latin. Voici ce dystique.

Oblita irarum flamma hic conspirat & unda:
Civibus optatas ipse dat ignis aquas.

9 *Septembre.* M. l'abbé de Saxe, coufin germain du roi, qui s'étoit diftingué au féminaire de Saint-Magloire, & y faifoit fes études avec le plus grand fuccès, vient de mourir âgé de dix-fept ans.

Le bruit fe répand auffi que M. Duhamel du Monceau de l'académie des fciences, eft mort depuis quelque temps.

9 *Septembre.* On parle beaucoup d'une cataf-trophe arrivée hier, fort tragique. Dans la rue Meffée demeuroit une courtifanne nommée Dar-gent, d'une jolie figure, & très-coquine, fuivant l'ufage. Elle étoit entretenue par M. *Lefpinas*, négociant d'Amérique, qui lui donnoit 1200 liv. par mois. On affure que la foupçonnant infidelle, il s'eft rendu la nuit derniere chez elle pour vé-rifier le fait, & que l'ayant trouvé couchée avec un jeune homme, il s'en eft fuivi une rixe, dont le réfultat eft que l'entreteneur a été jeté par def-fus la rampe de l'efcalier, & eft mort de fa chûte.

10 *Septembre.* Le premier acte des *deux Aveu-gles de Bagdad*, quoiqu'affez vuide & très long, avoit fort bien pris à caufe de la mufique. On con-tinuoit à le goûter, & quelques fcenes fe fentant bien de la farce, mais par leur gaieté & la gen-tilleffe de leur exécution ayant plu à la plus grande partie du public, fembloient promettre aux auteurs un plein fuccès; lorfque tout-à-coup il s'eft formé un orage fi violent dans le parterre, fi foûtenu, fi général, qu'il a fallu que les ac-teurs fe retiraffent fans avoir pu finir la piece, & fans qu'on ait pu deviner la caufe d'une cabale de cette efpece; car les fifflets fe faifoient entendre avec une fureur dont il n'y a pas d'exemple à ce théatre depuis qu'il eft policé & fous l'empire d'une garde militaire.

Ce qu'il y a de plus extraordinaire, c'eſt que la préſence de la reine n'ait pas contenu ces mécontents, qui ont manqué eſſentiellement de reſpect à ſa majeſté. On a cru obſerver que cette indécence lui donnoit d'abord beaucoup d'humeur mais revenant bientôt à ſa bonté naturelle, elle s'eſt miſe à rire, ce qui a déterminé la chûte abſolue de l'ouvrage. Il eſt de M. Marſollier des Vivetieres quant aux paroles, & d'un M. Fournier quant à la muſique. Le ſuccès du premier dans le *Vaporeux*, qu'on jouoit ce jour-là même, doit le conſoler de cette diſgrace. Quant au ſecond, dont c'eſt, dit-on, le coup d'eſſai, les connoiſſeurs ne lui rendent pas moins juſtice, & en conçoivent de hautes eſpérances, ſur-tout s'il eſt jeune.

11 *Septembre.* Depuis que les honoraires des auteurs ſont augmentés à l'opéra, il ſemble que le plus grand nombre ſe ſoit tourné vers cette partie. On compte quatorze ou quinze ouvrages reçus, finis ou en train : en voici en gros la liſte.

Poëmes.	Auteurs.	Muſiciens.
	Mrs.	Mrs.
Hypermneſtre, trois actes.	Le Baron de Schuldy.	Le chevalier Gluck.
Le Seigneur bienfaiſant, accru d'un premier acte.	Rochon de Chabannes.	Floquet.
Diane & Endymion, en trois actes.	Le chevalier de Lirou.	Piccini.

Poëmes.	Auteurs.	Muficiens.
	Mrs.	Mrs.
Renaud.	Ancien opéra de	Sacchini.
La fuite d'ar-	Pellegrin, ar-	
mide.	rangé par le	
	Bailli du Rol-	
	let & com-	
	pagnie.	
Nitocris.	Morel.	Goffec.
L'Embarras des	Lourdet de San-	Gretry.
Richeffes,	terre.	
trois actes.		
Le premier Na-	Fenouillot de	Philidor.
vigateur.	Falbaire.	
Alcide.	Dubreuil.	Cambini.
Bayard.	Durofoy.	Froment,
		1er. violon
		de l'or-
		cheftre de
		l'opéra.
La Conquête du		
Pérou où Pi-		
zárre.	Dubuiffon.	Candeil.
Péronne fauvée,	Sauvigny.	Defaides.
en trois actes.		
Fragments com-	Moline.	Haydel-
pofés de l'acte		man.
du feu de Roi,		
& d'un nouvel		
acte, intitulé :		
Arianne aban-		Allemand.
donnée.		
Et d'Apollon &	Pitra.	Mayer.
Daphné, troi-		
fieme acte.		

Outre

Outre ces treize ouvrages connus, on parle encore de deux autres dont on ne nomme que les muſiciens, MM. *Defaugier & Rigel*.

11 *Septembre*. La demoiſelle *Dargent*, & le jeune homme couché avec elle, nommé *Loquin*, ont été arrêtés ainſi que les domeſtiques, dit-on, au nombre de deux. Ce jeune homme eſt fils d'un marchand de bois. Il ſemble qu'il n'auroit pas regardé l'aventure comme bien ſérieuſe, puiſque des témoins oculaires aſſurent qu'il traitoit la choſe en plaiſantant, & rioit encore lorſqu'il a été arrêté.

La paroiſſe de St. Nicolas n'a eu permiſſion de faire la levée du cadavre qu'hier après midi, & ce qu'il y a de ſingulier, c'eſt que M. *Leſpinas*, quoique tué en mauvais lieu, a eu les honneurs de la virginité & le poële blanc. On le croyoit garçon; il a cependant femme & enfants.

La demoiſelle & ſon amoureux auroient eu le temps de s'enfuir après le délit, ſi le portier de la maiſon qui avoit envoyé chercher la garde, ne ſe fût oppoſé à leur ſortie. Cette hiſtoire fait grand bruit par l'intérêt vif qu'y prennent toutes les impures de Paris.

On raconte que M. Leſpinas avoit prêté ſon carroſſe à Mlle. Dargent pour aller à Saint-Cloud; qu'il comptoit le ſoir la voir venir ſouper avec lui; mais que la voiture étoit revenue à vuide; que la demoiſelle s'étoit fait excuſer ſous prétexte d'incommodité, ce qui avoit donné des ſoupçons à l'entreteneur, qui, prévenu du fait par ſes domeſtiques, avoit voulu le vérifier.

12 *Septembre*. Depuis que les travaux au jardin du roi pour ſon agrandiſſement & embéliſſement

Tome XXI.   E

font commencés, il devient un point de promenade des curieux. On admire l'immenfité de fer
qui s'y confomme, ce qui occupe merveilleufement les forges de M. le comte de Buffon.

Sa ftatue, pofée depuis quelques années en ce
lieu, attire auffi les regards. A la mauvaife infcription françoife dont on a parlé, on a fubftitué celle-
ci en latin plus noble & plus digne du perfonnage.

Majeftati naturæ par ingenium.

12 *Septembre.* Extrait d'une lettre de Befançon,
du 5 feptembre.... Avant de vous rendre compte
de ce qui va fe paffer, il faut vous inftruire de ce
qui a précédé. L'édit du mois d'août 1781, portant établiffement de deux nouveaux fous pour liv.
fur les droits du roi & autres, n'avoit pas paffé fans
centradiction, & excitoit depuis ce temps des tra-
cafferies avec la cour. Il avoit bien été très-promptement enrégiftré, & dès le 30 dudit mois, mais
avec des claufes y appofées qui avoient déplu &
éludé les projets du miniftre des finances. Le parlement avoit profité du fens très-clair du premier
article de l'édit, ne portant établiffement des nouveaux deux fous pour livre, que fur les objets qui
en étoient déja grevés, pour ne pas les étendre à
ceux qui n'avoient pas été compris dans cette impofition, tels que les *dons gratuits des villes &
les droits fur les cuirs.* Le miniftre ne l'entendoit
pas ainfi.

Le parlement avoit reçu en conféquence des
lettres-patentes, en date du 6 mars dernier, en
forme de lettre de juffion, qui ne modifiant pas
l'édit & le confirmant au lieu d'y déroger, avoient
éprouvé la même réfiftance dans une délibération
du 20 mars. De-là autres lettres de juffion du

13 juillet dernier, qui n'avoient pas eu un meilleur
fuccès ; il avoit feulement été arrête dans une affemblée du 23 dudit mois, qu'il feroit fait au roi
de très-humbles & très-refpectueufes & itératives
remontrances fur les lettres de juffion.

Cela fe feroit peut-être concilié avec un autre
commiffaire départi plus agréable aux magiftrats ;
mais celui-ci leur déplait infiniment par fa complaifance fervile envers fes fecretaires, qui s'enrichiffent aux dépens du peuple, & étalent un
luxe infolent.

Quoi qu'il en foit, c'eft dans ces entrefaites qu'eft
arrivé l'édit du mois de juillet dernier, portant établiffement d'un troifieme vingtieme. Remontrances en conféquence réfolues dans l'affemblée des
chambres du 5 août, où l'on repréfenteroit au roi
que par les extenfions données déja aux deux premiers vingtiemes, la province en paie réellement
un troifieme ; que c'en feroit donc de fait un quatrieme incompatible avec l'épuifement des peuples.

Ces remontrances furent lues & approuvées le
28 dudit mois, & adreffées au roi par le courier
de Befançon, parti le 30 ; & nous apprenons
qu'un courier, arrivé hier au foir de Compiegne,
a apporté des ordres au comte de Vaux, commandant en cette ville, & au parlement.

Sur ces ordres, ce commandant a demandé l'affemblée des chambres pour demain. La cour s'eft
réunie aujourd'hui fur fa demande, & a protefté de
la nullité de tout ce qui pourroit être fait au préjudice des loix conftitutives de la monarchie, & des
droits, honneur & dignité de la magiftrature,
& s'eft réfervé de ftatuer, comme il appartien-
dra, fur les effets de la dite proteftation.

13 *Septembre.* M. le duc de Choifeul, qui proté-

E 2

geòit une ancienne courtifanne , nommée *Fau-
connier* , maîtreffe du fieur Paliffot , avoit laiffé
établir à fon profit une gazette dès deuils qui coûtoit trois liv. par année. L'homme de lettres , defi-
rant tirer parti de cette inftitution , y avoit joint un
nécrologe des auteurs , philofophes , artiftes &
autres perfonnages de ce genre , morts dans l'année , qui coûtoit trois liv. auffi.

Les journaliftes de Paris, fous prétexte de l'acqui-
fition qu'ils ont faite de ces deux objets , ont ran-
çonné leurs foufcripteurs & porté à 30 liv. leur
feuille de 24 liv. jufque-là. Les foufcripteurs fe font
récriés, & M. *Laus de Boiffy*, dans une lettre qu'il
leur a adreffée , leur a démontré que cette augmentation étoit une vraie concuffion , puifqu'ils ne
pouvoient être autorifés à fe faire payer plus cher
lorfqu'ils ne fourniffoient pas plus de marchandifes. Ces preuves étoient fi bien établies, ces raifonnements fi victorieux , qu'il les défioit d'imprimer
fa note & d'y répondre. En effet, ils l'ont gardée
fort fecrette & n'ont pas répliqué. Mais ils perfiftent
dans leurs exactions ; & ce qu'il y a de plus révol-
tant, c'eft que non-feulement ils ne fatisfont pas à
la maffe de papier imprimé , qu'ils devroient au
moins livrer aux foufcripteurs pour leur argent ,
mais ont retranché les courtes notices qu'ils fe per-
mettoient déja fur quelques gens de lettres & artiftes au préjudice de ce même nécrologe , & qui
déformais étoient devenues une obligation pour
eux. C'eft ainfi qu'ils n'ont pas dit un feul mot de
M. l'abbé *Remi* , mort le 12 juillet dernier. Ce
n'eft pas faute de matiere , car dans le Mercure
qu'on imprime & qui doit paroître demain , il y a
fur lui une notice de près de fix pages in-12 , caractere très-fin.

14 *Septembre.* Le procès du sieur Loquin & de la Dlle. Dargent continue à s'instruire & paroît fort difficile à juger. On ne peut guere douter que monsieur *Lespinas* n'ait été affassiné & jeté ensuite par-dessus la rampe de l'escalier. C'est ce qu'on assure résulter du procès-verbal des chirurgiens & de la déposition d'une Dlle. de Bussy, demeurant dans la maison. Mais un seul témoin, ne déposant d'ailleurs que par conjecture, ne suffit pas. Toutes les filles de cette capitale, tous les escrocs, tous les souteneurs, tous les libertins en général prennent le parti des accusés, & cela forme schisme dans les sociétés.

Ceux qui connoissent M. Lespinas assurent que c'étoit un homme très-doux, très-pacifique : au contraire, le sieur *Loquin* avoit déja eu plusieurs mauvaises affaires, & étoit noté à la police comme un très-grand vaurien. Quant à la Dlle. Dargent, elle est assez douce, mais bête & fort sujette à partager sa couche avec tous ceux qui se présentent.

15 *Septembre.* Extrait d'une lettre de Rome, du 15 août..... M. d'Agincourt, ami des arts & connoisseur en peinture & sculpture, vient de faire exécuter en marbre le buste de votre fameux *Poussin*, & les Romains en ont fait l'apothéose en le plaçant dans le Panthéon, à côté de leurs plus grands artistes. C'est M. *Segla*, jeune artiste François, qui en est l'auteur. Eleve de M. *Challe*, après la mort de ce peintre il entra chez M. *Couftou*, & gagna le grand prix d'architecture qui le fit venir ici.

16 *Septembre.* On trouve en effet dans le Mercure quelques détails à extraire concernant l'abbé Remi. Il avoit concouru depuis 1769, presque pour tous les divers prix d'éloquence proposés par l'académie françoise ; & enfin, en 1777, il reçut le prix de sa constance. On a parlé des persécutions théo-

logiques que lui avoit attiré cet ouvrage. On avoit dit vaguement dans le temps, qu'il faifoit difficulté de s'y foumettre, & vouloit foutenir la cenfure & y répondre. Il eft conftant aujourd'hui qu'il avoit dreffé une apologie, où il prétendoit avoir emprunté, prefque mot pour mot, les articles condamnés du judicieux abbé de Fleury & du célebre jurifconfulte Eufebe-Jacob de Lauriere, mais il craignoit les conféquences d'une guerre auffi défavantageufe, & parut fe foumettre.

M. L'abbé Remi eft auteur du *Cofmopolifme*, des *Jours pour fervir de correctif aux nuits d'Young.* Il avoit obtenu, en 1775, un privilége pour l'impreffion d'un *Dictionnaire de Phyfique & de Chymie, avec l'application des principes & découvertes de ces deux fciences à l'économie animale.* On ne fait ce qu'eft devenu ce recueil, ainfi qu'un *traité des communes,* une *vie de Charlemagne,* & la *continuation des Synonymes de l'abbé Girard,* approuvée avec éloge par Crébillon.

Il étoit avocat, & ne profeffoit guere que gratuitement & pour la défenfe des malheureux. C'eft lui qui avoit travaillé les *factums* du cordelier Poilly, dont on a parlé dans le temps.

16 *Septembre.* Extrait d'une lettre de Befançon, du 10 feptembre.... En effet, le 6 de ce mois le comte de Vaux s'eft rendu au parlement pour y faire enrégiftrer les deux édits en queftion. Il s'eft préfenté fans appareil au palais, où, ayant rendu compte de fa miffion, il s'eft oppofé à ce que la compagnie délibérât fur les lettres de fa juffion dont il étoit porteur; & le premier préfident a refufé de nommer un commiffaire pour en rendre compte, & même de communiquer les ordres qu'il a dit avoir à ce fujet.

Le parlement a donc été contraint de laiffer le comte de Vaux procéder feul à l'enrégiftrement avec le premier préfident. Prévoyant que fa féance devoit être longue , on avoit fait préparer un dî-ner , qui fut fervi à une heure dans la chambre des fufpects. La compagnie pria le comte de Vaux de l'accepter; mais le premier préfident lui dit que s'il défemparoit, il termineroit la féance; ce qui l'obli-gea de demeurer , & on le fit fervir feul à la grand'-chambre , fans rien offrir au premier préfident.

Lorfque M. le comte de Vaux eut entiérement exécuté les ordres dont il étoit porteur , les cham-bres rentrerent pour la publication, à laquelle per-fonne n'affifta : quoique toutes les chambres fuf-fent ouvertes , elles refterent en féance , où elles rendirent deux arrêts qui furent publiés le même jour à 10 heures du foir dans la grand'falle; qui fe trouva entiérement remplie.

Ces deux arrêts vigoureux, annullant tout ce qui a été fait de force & maintenant l'enrégiftrement du parlement quant au premier édit , & n'enrégif-trant le fecond que pour un an ; font fort longs, & vous les aurez quand ils feront copiés. Ils font à conferver , car on ne croit pas qu'ils fubfiftent.

Après la publication de ces arrêts que le public attendoit avec impatience & reçut avec applaudiffe-ment , le premier préfident fe retira à 10 heures & demie du foir; on prétend qu'il étoit à jeûn. Les autres préfidents fe retirerent auffi, après avoir dit qu'ils fe conformeroient à la délibération qui feroit prife ; alors tous meffieurs , à l'exception de M. de Trevillers, qui prétend n'avoir pas fu qu'il y avoit à délibérer, fe rendirent à la chambre de la tour-nelle, où, préfidés par le doyen, ils donnerent leur parole d'honneur de ne jamais entrer chez M. de

Grosbois en corps ou en particulier, & d'empêcher leurs femmes d'y aller, à moins qu'il n'obtienne une diminution d'impôts pour la province, & ne faffe enfuite des excufes à la compagnie de lui avoir manqué à l'occafion des édits dont on venoit de s'occuper; après quoi la compagnie délibéreroit pour favoir fi l'on pourroit retourner chez lui. Il y eut des voix pour le mettre à la monition, d'autres pour lui envoyer deux députés, afin de lui faire part de la délibération : cela n'a pas eu lieu ; mais il en a eu connoiffance le même foir par fon fecretaire, greffier du palais; & l'on prétend qu'il trouvoit *que c'étoit bien fort.* On affure auffi que fi meffieurs avoient fu qu'il lui étoit échappé de dire en fortant qu'on avoit fait de la befogne de finge, qu'il auroit bientôt fait caffer le tout, & que dans peu on auroit de fes nouvelles, la monition auroit eu lieu ; cette punition étoit méritée, fi dans le fait il a tenu le propos fur lequel les avis font partagés.

Le lendemain 7 femtembre, M. de Grosbois eft entré au palais; il a fait fes adieux à fa chambre. Perfonne ne lui a répondu: il s'eft retiré fort en colere, a donné ordre à fon portier de dire à tout le monde qu'il étoit parti, & le portier n'en a pas eu la peine, perfonne ne s'étant préfenté, pas même fes affidés, à l'exception de l'inféparable Camufat.

17 *Septembre.* La chambre du commerce de Marfeille a permis depuis long-temps de publier deux fois la femaine des feuilles dites *Manifeftes,* contenant les détails des cargaifons de tous les bâtiments qui entrent dans le port de cette ville, ainfi que du lieu de départ, du nom des navires, de celui des capitaines & de celui des propriétaires : ou confignataires des marchandifes.

L'utilité de pareilles feuilles pour tout négociant

qui connoît le prix d'un tableau fidele & continu des objets fusceptibles de spéculation, devroit bien engager les autres ports de commerce à en compofer de pareilles. En attendant, & pour les piquer d'émulation, le fieur *Gafpar Reboul*, chargé de la rédaction de ces *Manifeftes*, a pris des arrangements avec la pofte pour les faire parvenir périodiquement & francs de port dans toute la France, moyennant 24 livres.

17 *Septembre*. Depuis long-temps on fe plaint de la fainéantife des chanoines ; on demande à quoi ils fervent; on les regarde comme des *porcs engraiffés de la dîme de Sion*, ainfi que les qualifie énergiquement Voltaire, uniquement à la charge de l'églife dont ils dévorent la fubftance, fans lui rendre aucun fervice. Un digne membre de cet ordre l'a vengé cette année ; mais fa défenfe circonfcrite dans les limites de fon chapitre n'auroit pas produit tout l'effet defiré, s'il ne s'étoit laiffé faire une douce violence, & n'eût par l'impreffion rendu cette juftification publique.

Le chevalier des chanoines eft l'abbé de Montdenoix, chanoine lui-même de l'églife de Paris, docteur de la maifon & fociété de Sorbonne. Il a profité de la circonftance où il s'eft trouvé, de la vacance du fiege, pour donner ce femble plus d'éclat au fynode qui fe tient tous les ans ; celui dont il s'agit en eft devenu mémorable. Il a eu lieu le 26 fév. dernier. C'eft au milieu de l'affemblée générale de fon corps, des fuppôts de ce corps, & de tous ceux avec lefquels il a quelque alliance, ou fur qui il exerce quelque pouvoir. qu'il a prononcé un *difcours fur l'excellence de l'état canonial*. Tous les auditeurs chanoines ont treffailli de joie de découvrir dans leurs fonctions une fublimité dont ils ne s'étoient

E 5

pas doutés jufqu'alors, ils ont applaudi avec tranf-
port à l'enthoufiafme de l'orateur, & depuis ce
temps ils le follicitoient de manifefter aux profanes fes découvertes précieufes à cet égard.

Du refte, l'abbé de Montdenoix a enrichi fon
difcours de divers acceffoires propres à le rendre
piquant, & fur-tout des portraits de Voltaire & de
Rouffeau, qui ont merveilleufement plu au clergé;
il paroît que c'eft le morceau pour lequel il a le
plus de complaifance, & il avoue dans un petit
avertiffement, que c'eft ce qui l'a déterminé en
partie à livrer fon ouvrage à la preffe.

Le ftyle eft pur, fimple & *noble comme* le fujet.

18 *Septembre*. Mlle. *Pinet*, vulgairement appellée *d'Epinet*, & devenue par fucceffion de temps la
femme du fieur *Molé*, comédien, vient de fuccom-
ber à fes longues & grandes fouffrances, fuite ordinaire de l'incontinence des courtifannes. Elle avoit
été reçue à la comédie françoife en 1763, &, quoique n'ayant jamais eu un talent tranfcendant, s'y
étoit rendue utile par la grande habitude que fon
zele & fon intelligence lui avoient fait acquérir dans
des rôles qui exigent différents genres de talents.

19 *Septembre*. On fait que le roi & la reine font au
château de la Muette depuis le 9 de ce mois, pour
y faire inoculer *madame*, fille du roi, ou *madame royale*, fous leurs yeux, ce qui doit merveilleufement raffurer les gens timides qu'effraieroient
les propos des anti-inoculateurs, prétendant que
l'on peut avoir deux fois la petite vérole, & que conféquemment l'inoculation ne garantit pas du danger
de la rechûte. Affurément fi les gens de l'art n'avoient
décidé le contraire, on auroit fupplié leurs majeftés
de ne pas s'expofer au même air, & de fe féparer de
cet enfant précieux pour le temps de l'opération,

ainfi que le refte de la famille royale : on affure même que le roi vifite fouvent l'inoculée.

19 *Septembre*. Extrait d'une lettre de Befançon, du 15 feptembre. ... Voici le premier arrêt rendu dans l'affemblée des chambres du 6 de ce mois, après la féance du comte de Vaux.

Vu par la cour, (je paffe la récapitulation de ce que je vous ai déja mandé) vu le regiftre de la cour du préfent jour, vérifiant qu'à la féance du matin le comte de Vaux a préfenté une lettre clofe datée à Compiegne le 3 du préfent mois, laquelle il a dit être fa lettre de créance ; avec autres lettres clofes dudit jour, adreffées tant à la cour qu'au premier préfident, pour l'enrégiftrement defdits édits & lettres-patentes ; que le comte de Vaux a dit à la cour, que la volonté du roi étoit qu'il fît enrégiftrer, fans qu'il fût queftion de délibérer ; & cependant a préfenté deux lettres de juffion, datées à Compiegne dudit jour 3 feptembre courant, adreffées aux gens tenant la cour de parlement à Befançon, pour procéder en temps de vacation à l'enrégiftrement pur & fimple defdits édits & lettres-patentes ; fur quoi la dite cour ayant infifté à délibérer fur lefdits édits & lettres-patentes, ledit comte de Vaux a itérativement refufé de laiffer délibérer librement furiceux; l'arrêt du préfent jour, par lequel la cour, après la tranfcription & lecture faite par les ordres du comte de Vaux, & la retraite d'icelui, a déclaré tout ce qui venoit d'être fait par lui, enfemble tout ce qui avoit précédé, fuivi & pourroit fuivre, nul & de nul effet, délibérant en conféquence fur la tranfcription & la publication illégale de l'édit du mois de juillet dernier & des lettres patentes des 6 mars, 13 juillet & 3 feptembre de la préfente année, faite en ce jour par voie d'autorité par ledit comte de Vaux, les gens

du roi mandés, ouis & retirés, la dite cour s'étant fait
repréfenter deux imprimés defdits édits & lettres-
patentes, faifant mention de la lecture & publication qui en a été faite de l'ordre exprès & comman-
dement du roi, porté par ledit comte de Vaux,
lefditsimprimés de l'imprimerie de la veuve Daclin,
à Befançon; portant de plus qu'ils feroient envoyés
aux bailliages & autres fieges du reffort. Fait en
parlement à Befançon, le 6 feptembre 1782.

La cour, confidérant que fes régiftres ne préfen-
tent aucun événement plus affligeant pour elle &
pour les peuples du reffort, à l'occafion d'établiffement d'impôts, que celui qui vient de fe paffer
fous fes yeux, par le violement de toutes les regles,
& par l'introduction nouvelle de formes inufitées
jufqu'à préfent; que non feulement le comte de
Vaux a refufé de communiquer les ordres qu'il
avoit reçus, mais qu'il a encore empêché la dite
cour de délibérer fur lefdits édits & lettres-patentes, quoiqu'ils lui fuffent adreffés avec ordre de les
faire exécuter; que fur la demande faite au premier
préfident de nommer un commiffaire pour en faire
le rapport, il n'a pas voulu y déférer, & s'eft mis
en refus de communiquer les ordres qu'il a dit
avoir à ce fujet; que non-feulement la dite cour a
été forcée d'affifter à la tranfcription defdits édits
& lettres-patentes, mais même à leur publication; comme fi fa préfence pouvoit autorifer la
tranfgreffion des formes confacrées pour la vérification & la publication des loix.

Qu'il n'y eut jamais de furprife plus manifefte
faite au feigneur roi, que l'expédition des ordres
donnés au comte de Vaux & des lettres de juffion
des 6 mars, 13 juillet & 3 feptembre; que lefdits
ordres & lettres de juffion étoient accompagnés de

fix lettres clofes pour la dite cour, de quatre pour le premier préfident, de quatre autres pour le procu-reur-général, & quatre pour le greffier en chef dudit parlement, toutes de la date du 3 feptembre, lef-qu'elles n'ont dû être écrites qu'après l'examen des très-humbles & refpectueufes remontrances que la-dite cour a cru devoir adreffer audit feigneur roi, fur l'edit portant établiffement d'un troifieme vingtième, comme le fuppofent les lettres de juffion du 3 feptembre fur ledit édit.

Que ces remontrances que ladite cour s'étoit preffée de porter au pied du trône, n'étant parties que le foir du 30 dudit mois dernier, n'ont pu arriver à Compiegne que le 2 du préfent mois.

Que cependant les ordres & les inftructions donnés audit comme de Vaux, les lettres de juffion fur le vingtieme & toutes les fufdites lettres clofes, étant datées du 3 feptembre, il paroit impoffible de concilier toutes ces expéditions & d'autres encore faites en même temps, le fceau, le *vifa*, la figna-ture, avec l'examen defdites remontrances & des mémoires amples qui y étoient joints, & fur lef-quels étoit fondée une partie des repréfentations de ladite cour, & avec le départ du courier porteur de toutes ces dépêches arrivé à Befançon vers les cinq heures du foir du 4 du préfent mois, que toutes ces mefures & celles d'apporter en la cour lefdits édits & lettres-patentes déja imprimés, in-diquent une précipitation que l'exécution de l'é-dit de juillet fembloit ne pas exiger, puifqu'elle ne doit avoir lieu qu'au premier janvier 1783.

Confidérant encore ladite cour, qu'elle s'eft em-preffée, pour fubvenir aux dépenfes de la guerre, d'enrégiftrer l'edit du mois d'août 1781 portant augmentation de 2 fous pour liv. fur les objets qui

précédemment étoient affujettis aux 8 fous pour
livre , à l'inftant où il a été préfenté , & qu'aucune
cour n'a donné audit feigneur roi des preuves
plus promptes de fon obéiffance à fes ordres.

Qu'elle n'avoit jamais imaginé que l'article premier de cet édit, qui fixe en termes clairs & exclu-
fifs cette augmentation de 2 fous pour liv., pût s'é-
tendre à d'autres objets qui ne payoient pas les 8
fous; que les prétendues réferves levées par les lettres-patentes du 6 mars dernier, ne modifioient
point l'édit, & le confirmoient plutôt qu'elles n'y
dérogeoient, puifqu'elles difent la même chofe
que l'article premier dudit édit, lequel impofe
feulement 2 fous pour liv. en fus des 8 fous payés
précédemment ; qu'ainfi il exifte une contradiction évidente entre ledit article premier de l'édit
& les lettres-patentes du 6 mars.

La cour ftatuant fur les proteftations contenues
dans fon arrêté du jour d'hier, a déclaré & déclare
la tranfcription & lecture faites le préfent jour par
le comte de Vaux, d'une feconde copie de l'édit du
mois de juillet dernier, portant établiffement d'un
troifieme vingtieme, ainfi que les lettres de juffion
des 6 mars, 31 juillet & 3 feptembre, concernant
ledit édit, & celui du mois d'août 1781, portant
augmentation de 2 fous pour livre, nulles & de
nul effet, ordonne que l'article premier de l'édit du
mois d'août 1781, fera éxécuté fuivant fa forme
& teneur, conformément aux claufes confirmatives
d'icelui, inférées dans l'enrégiftrement dudit édit,
& fans que, fous aucun prétexte, l'augmentation
de 2 nouveaux fous ou 10 fous pour liv. puiffe être
étendue à aucun objet qui n'auroit pas été affecté
des 8 fous, notamment aux dons gratuits des villes
& droits fur les cuirs, à peine contre les contreve-

nants d'être pourfuivis extraordinairement;enjoint
aux officiers des bailliages & autres fieges du reffort
de la cour, de fe conformer aux édits, déclarations
& réglemens d'icelle, concernant l'enrégiftrement
des loix , notamment à l'art. 14 du recueil des anciennes ordonnances de la province , & aux arrêts
de la cour des 11 août 1752 , 28 juin & 23 août
1754.En conféquence, déclare nulles toutes tranfcriptions & publications qui pourroient être faites
auxdits fieges defdits édits & lettres-patentes mentionnés au préfent arrêt ; ordonne en outre que le
préfent arrêt fera lu, publié, regiftré & affiché par-
tout où befoin fera , pour être exécuté fuivant fa
forme & teneur ; & que copies collationnées dudit
arrêt feront envoyées dans les bailliages & autres
fieges du reffort , pour y être pareillement lues ,
publiées, affichées & exécutées ; enjoint au procureur-général du roi & à fes fubftituts , de veiller à
l'exécution du préfent arrêt , d'en certifier la cour
dans le mois , & de lui rendre compte des contra-
ventions qui pourroient y être faites. Fait en parlement à Befançon , toutes les chambres affemblées , le 6 femptembre 1782.

20*Septembre.*Le roi, ferme à maintenir les nouveaux réglements contre les jeux défendus, a, dit-
on , fait décerner des lettres de cachet contre plufieurs grands joueurs ou efcrocs, à la tête defquels,
on nomme un fieur *Hazen* , très-mal famé depuis
long-temps.On ajoute que MM. de Genlis, ont été
très-réprimandés à ce fujet , & que le roi leur a
ordonné d'être plus circonfpects à l'avenir & d'empêcher qu'il n'y eût des plaintes contr'eux.

20*Septembre.*Pendant la difperfion de la famille
royale , Mad. la comteffe d'Artois s'eft établie à
Bagatelle , & fait inoculer auffi fa fille , (made-

moiſelle) à Paſſy; *monſieur & Madame* ſont venus habiter le petit Luxembourg, car le grand n'eſt pas habitable , & eſt encore rempli de particuliers.

Monſieur & madame vont chaque jour réguliérement à la meſſe au couvent du calvaire , qui eſt vis-à-vis , & c'eſt un ſpectacle pour ce quartier-là. Le public qui s'y rend en foule, y eſt édifié de la piété exemplaire avec laquelle ils aſſiſtent à la célébration des ſaints myſteres , & d'autant plus qu'elle forme un contraſte frappant avec l'indévotion de la plupart de ceux des gens du monde, qui vont encore à l'égliſe dans cette capitale, mais n'y font qu'un objet de ſcandale.

Madame eſt tombée malade, & a été obligée de ſuſpendre ſes actes de piété publique ; elle a fait dire la meſſe dans ſa chambre. Le roi & la reine ſont venus la voir.

Monſieur eſt allé à Brunoy, y paſſer la revue des carabiniers. La maladie de cette princeſſe a empêché que cette cérémonie militaire ne fût accompagnée des fêtes qu'on avoit préparées.

29 *Septembre*. L'académie royale de muſique, fort indéciſe ſur la nouveauté par où elle commenceroit ; après avoir varié beaucoup, ſe détermine enfin pour les fragments qui s'exécuteront mardi. Ils conſiſtent dans les trois actes annoncés.

L'acte *du Feu*, ancien , entrée des éléments, paroles de Roi; *Ariane dans l'isle de Naxos*, poëme en un acte nouveau, compoſé par M. *Moline*: la muſique de ces deux morceaux eſt d'un Allemand débutant dans la carriere, au moins en France , M. *Edelmann*.

On y a joint un troiſieme acte , *Apollon & Daphné*, paroles de M. *Pitra*, muſique de monſieur *Mayer*.

21 *Septembre*. Extrait d'une lettre de Befançon, du 18 feptembre.....Voici le fecond arrêt: il concerne l'édit du troifieme vingtieme, portant d'avance prorogation de cet impôt 3 ans après la paix.

La cour, confidérant que la province a fupporté pendant la durée de la guerre plufieurs impôts extraordinaires, & qui fe montent à des fommes confidérables, ainfi qu'il a été établi dans remontrances qu'elle a adreffées au feigneur roi, le 28 du mois d'août dernier, & que, par l'infuffifance des récoltes & par les pertes effuyées en l'année préfente, elle eft dans un état d'épuifement & de mifere qui ne lui permet pas de payer de nouvelles charges; que néanmoins ladite cour eft fi perfuadée de la bonne volonté des peuples à fe priver du néceffaire même pour foutenir la gloire des armes du roi, qu'elle fe portera à lui donner encore un témoignage de fon dévouement & de fon obéiffance, en enrégiftrant le troifieme vingtieme pour une année, efpérant que, dans le cours de ladite année, ledit feigneur roi donnera la paix à fes peuples, & le fuppliant de vouloir bien regarder cette preuve de fon refpect & de fon attachement à fa perfonne, comme le dernier effort de fes bons & fideles fujets.

La cour s'étant fait repréfenter la minute de l'édit du mois de juillet dernier, portant établiffement d'un troifieme vingtieme, préfenté à la cour en la forme ordinaire le 29 dudit mois; vu les conclufions du procureur-général du roi, ladite cour a ordonné & ordonne qu'il fera lu, publié & enrégiftré aux actes importans, pour être exécuté pendant l'année 1783 feulement; fauf à le proroger d'année à autre en cas de continuation de guerre; & que, pour fe conformer aux intentions du roi, qui exempte dudit troisieme vingtieme l'industrie, laquelle supporte le tiers des impositions conformément à la déclaration du 20 mai 1706, il sera fait diminution du tiers dudit troisieme vingtieme, suivant l'abonnement accordé pour les deux premiers ; ordonne que ledit édit sera lu, publié, &c. &c.

Fait en parlement, à Besançon, toutes les chambres assemblées, le 6 septembre 1782.

21 *Septembre.* Extrait d'une lettre de Berlin, du 5 septembre... Rassurez-vous sur le compte de l'abbé Raynal, de la mort duquel le bruit s'est répandu mal-à-propos & sans aucun fondement. Notre monarque l'a appellé auprès de lui, & il continue son séjour ici. Il y a toute apparence qu'il y passera l'hiver. Il jouit de l'accueil le plus flatteur près de la famille royale & des personnes les plus distinguées. Il travaille à une *Histoire de la révocation de l'édit de Nantes.* Vous concevez combien ce louable projet doit le rendre intéressant dans tous les pays protestants, & sur-tout aux réfugiés François. Il aura là de quoi donner l'essor à la fougue de sa plume, de quoi se répandre en déclamations violentes contre le fanatisme, mieux placées dans cet ouvrage que dans celui qui lui a causé tant de chagrins & de persécutions. Le jésuite Mainbourg nous a laissé une histoire du calvinisme ; mais celle de l'abbé Raynal sera vraisemblablement un peu plus philosophique....

21 *Septembre.* La revue du régiment des carabiniers a eu lieu en effet à Brunoy le mercredi 18, & quoiqu'il eût fait un assez vilain temps ce jour-là, elle s'est passée sans pluie.

On voit avec peine la dégradation ou le marquis de Poyanne avoit réduit ce régiment ; autrefois, par fon inftitution , compofé de l'élite de la cavalerie. Ce colonel , uniquement occupé de l'extérieur de fes foldats , faifoit ramaffer dans les tavernes & mauvais lieux tous les beaux hommes qu'on y pouvoit rencontrer ,& ne s'embarraffoit pas du refte. Cependant il a été préfenté pour gardes à *Monfieur*, un efcadron de véterans du nombre de 152. Il exifte encore dans ce corps 60 officiers qui ont fait la guerre, dont 13 ont fait en totalité celle de Flandre.

La veille , la bénédiction de 10 nouveaux étendards s'étoit faite par l'évêque d'Angers ; & ce prélat avoit prononcé un difcours très-brillant & digne du fujet. C'eft *Monfieur* , & les neuf premiers officiers fupérieurs qui avoient préfenté les étendards à la bénédiction.

22 *Septembre*. Mad. la comteffe de Monteffon a été très-gravement malade ces jours-ci, au point de donner de vives inquiétudes à M. le duc d'Orléans ; le docteur *Barthès* , le fucceffeur de *Tronchin* , a été affez heureux pour tirer d'affaire cette dame; & dans l'excès de fa reconnoiffance le prince lui a fait 2000. liv. de penfion.

22 *Septembre*. Extrait d'un lettre de Péterfbourg, du 23 août.... Dimanche dernier 18 de ce mois , la cérémonie de l'inauguration de la ftatue équeftre de *Pierre premier*, s'eft faite avec toute la pompe & la folemnité dues à la mémoire du héros reftaurateur de l'empire. Ce monument confifte en une pierre d'une grandeur extraordinaire , tranfportée ici de la Sibérie , avec des frais immenfes. Cette pierre repréfente un rocher, dont le *czar* tâche de gagner le fommet à cheval ; allégorie relative aux peines que *Pierre le Grand* a prifes pour policer fon empire & jeter les fondements de fa grandeur actuelle. L'allufion eft rendue plus fenfible par le

ferpent, emblême de la prudence, qu'on voit aux
pieds du cheval. Sur le piédeftal on lit cette infcription auffi noble que fimple : *Petro primo, Ca-*
tharina fecunda. Il eft élevé fur une grande place,
terminée d'un côté par le palais du fénat, de l'autre par l'amirauté & par le pont établi fur la Neva,
pour la communication du quartier du Vafili-
Oftrow, avec le refte de la ville. Ce vafte emplacement étoit occupé par une foule immenfe de
peuple & par 10000 hommes de troupes fous les
armes, & le monument étoit caché par de grands
chaffis de toile peinte en décoration, qui le déro-
boient aux yeux des fpectateurs .

A cinq heures du foir, l'impératrice fortant de
fon palais, defcendit la Neva en chaloupe,
aborda à la place fuivie d'un cortege nombreux,
compofé de tous les officiers & des dames de fa
cour, & montant au palais du fénat, vint fe placer au grand balcon.

S. M. impériale donna le fignal, & en même
temps tous les chaffis s'abattirent & découvrirent
le monument dans toute fa beauté. *Pierre le grand*
fut falué par une triple falve de l'artillerie de l'a-
mirauté & de celle de la forterefle, accompagnée
de la moufqueterie de toutes les troupes fous les
armes : les régiments défilereht devant fa majefté
impériale, qui remonta enfuite en chaloupe &
retourna dans fon palais.

L'événement a été confacré, fuivant l'ufage,
par une médaille qui repréfente d'un côté la ftatüe
de *Pierre premier*, & de l'autre le bufte de l'impératrice.

Tout le monde fe réunit pour applaudir à l'idée
hardie & à l'exécution heureufe de ce monument

qui fait le plus grand honneur aux talents du sieur *Falconnet.*

Il est fâcheux que cet artiste n'ait pas pu jouir de l'admiration publique. Il est sorti de Russie depuis plusieurs années, & l'on le dit en France, où il vit dans la retraite. On dit qu'il ne travaille plus à son art ; qu'il a acheté une petite campagne aux environs de Paris, où il écrit à présent sur son métier ; car il est aussi homme de lettres.

En outre, l'impératrice a signé le jour même de l'inauguration de la statue de Pierre premier un *Oucase*, par lequel elle commue la peine de mort ou autres corporelles à de certains criminels ; elles les remet absolument à d'autres ; elle en fait élargir certains, le tout suivant la nature & en proportion des délits. Sa M. I. finit par souhaiter que ces diverses graces ramenent les coupables à un repentir sincere, à une meilleure conduite, & à la soumission aux loix divines & humaines, & que tous réunissent leurs vœux pour le repos de l'ame du grand monarque, à la mémoire duquel ces marques de clémence ont été accordées.

23 *Septembre.* Le sieur Foucherot, architecte, & le sieur Fauvel, peintre, que le comte de Choiseul-Gouffier avoit envoyés en Grece pour y faire de nouvelles recherches, après une absence de deux ans, viennent d'arriver à Marseille avec de riches porte-feuilles. Il faut se rappeller que que M. de Choiseul travaille à un voyage pittoresque de la Grece, très-curieux.

23 *Septembre. Madame* se proposoit de distribuer elle-même à chaque officier des carabiniers une cocarde ; n'ayant pu se rendre à la revue à cause de son indisposition, c'est *monsieur* qui a fait

de préfent : il a promis d'envoyer fon portrait au corps, pour marque de fa fatisfaction perfonnelle.

Monfieur étoit accompagné du marquis de *Ségur*, miniftre de la guerre; du baron de Bezenval, commandant de la province; de plufieurs officiers-généraux, & d'un grand nombre d'officiers de différents corps.

23 *Septembre*. Le réfultat des répétitions des trois actes qu'on donne demain à l'opéra, eft que *l'acte du Feu* du ballet des éléments de Roi eft foible, mais bien écrit, & mérite les efforts du muficien moderne. Malheureufement on a jugé la mufique de M. Edelmann, participant de la longueur du poëme; à l'exception de quelques morceaux, elle n'a produit qu'un effet médiocre. On a trouvé auffi que certaines paroles ajoutées font indignes des anciennes, & font avec elles une difparate fenfible.

Quant à l'acte d'*Arianne dans l'isle de Naxos*, c'eft le mélodrame Allemand dont on a donné, il y a un an, la traduction au théatre italien. La mufique de celui-ci, de M. Beinda, célebre compofiteur Allemand, a eu le plus grand fuccès. On a trouvé que celle de M. Edelmann, infiniment moins variée, caractérifoit un génie plus tourné au grand, plus fpécialement appellé au genre tragique. On croit que la nouvelle aura beaucoup de partifans, fur-tout parmi les Gluckiftes. Elle eft même pathétique, & attendrit jufqu'aux larmes nombre de fpectateurs.

On a ri, au contraire, de *l'acte d'Apollon & Daphné*, dont le poëme eft miférable; la mufique de M. Mayer eft médiocre, défaut d'autant plus fenfible, qu'il auroit fallu y faire reconnoître le dieu du goût & de l'harmonie. L'ouverture, qui eft d'un autre auteur, de M. Rey, a été très-goûtée.

En général , ces fragments ont produit peu de fenfation fur les amateur difficiles ; peut-être le gros du public le fera-t-il moins aujourd'hui.

24 *Septembre*. M. Chriftine, avocat au parlement de Befançon, & ancien défenfeur des ferfs du Mont-Jura , a écrit une lettre de félicitation à M. de Florian , en date du 6 de ce mois , où il le remercie au nom de fes anciens clients. Il lui marque que plus de 3000 de ces malheureux font venus chez lui fucceffivement , pour entendre la lecture du poëme de cet auteur couronné à l'Académie ; tous verfoient des larmes , & ont la plus grande confiance que M. de Florian achevera de toucher le cœur de leurs tyrans ébranlés.

24 *Sept*. Extrait d'une lettre d'Amfterdam, du 20 7bre. Le premier volume des *faftes de Louis XV* eft comme beaucoup d'autres de ces ouvrages à prétention ; il ne tient rien moins que ce que promettoit le *profpectus*. Laplupart des bonnes chofes qu'il renferme font tirées de la *Vie privée de Louis XV*, & du refte rien de neuf , ou très-peu de chofe.

Le fecond volume n'eft point encore arrivé ici.

On ne parle point du tout ici de M. *Linguet* , & fa réputation eft bien tombée ; on n'en fait pas aujourd'hui grand cas dans nos cantons. Mais on attend avec impatience la fuite des quatre premiers volumes de *l'Efpion Anglois à Paris* , qui font fort goûtés chez l'étranger , & qu'on affure enfin devoir bientôt paroître.

25 *Septembre*. Il paroît un mémoire en faveur du fieur Loquin , dont le procès n'eft pas encore jugé. Il eft de M. *Ader*, & fi mal fait , dit-on , que fur fes propres dires on condamne l'accufé.

25 *Septembre*. Les comédiens Italiens donnent vendredi 17 la premiere repréfentation du *Diable*

boiteux, ou la *chose impossible*, opéra comique
nouveau, en un acte, en profe & en vaudevilles.
Outre le titre affez piquant, l'auteur eft fait pour
attirer beaucoup de monde. C'eft le fieur *Favart*
fils aujourd'hui un des acteurs de la troupe.

26 *Septembre*. M. le marquis de Voyer vient
de mourir à fa terre des Ormes, d'une maladie
qu'il avoit gagnée en Aunis, à peu-près femblable à celle qui a emporté l'an paffé le comte de
Broglio. C'eft une perte, comme militaire.

26 *Septembre*. Extrait d'une lettre de Marfeille,
du 18 feptembre.... On regrette dans cette ville
la perte de M. Aubert, médecin, qui, bien dif-
férent de fes confreres, a confacré tout fon bien
pour les pauvres. Indépendamment des charités
habituelles qu'il faifoit, il laiffe deux établiffements qui rendront fa mémoire immortelle.

Il a fondé à l'hôpital du St. Efprit une place de
médecin, pour en foigner jour & nuit les malades. Un don de 20,000 liv. de fes premiers bénéfices, forme le fonds fur lequel font affignés les
émoluments attachés à cette place.

Le nouvel hôpital des pauvres malades aban-
donnés eft d'un genre diftingué, & lui fait encore plus d'honneur. Il l'a doté d'abord du revenu d'une fomme de 100,000 livres, qui en fit
la bafe; le principal produit de fon travail, fes
épargnes annuelles, toute fa fortune enfin a été
confacrée à le groffir.

M. Aubert eft mort âgé de 84 ans: il étoit
d'un tempéramment foible & délicat, obligé de
ne faire ufage que d'aliments bouillis; mais par
fon régime & par fa fobriété, il a pouffé fa carriere dans un âge auffi avancé.

Marfeille gémiffoit de ne point avoir le portrait

trait de ce bienfaiteur : fa modeftie l'avoit toujours empêché de fe laiffer peindre ; fes admira-
teurs imaginerent de faire découvrir fon cercueil,
& de faire mouler fon mafque dans la face même.
Ce mafque fut envoyé à M. Foucou, fculpteur
du roi d'un mérite éminent. Après avoir modelé
le bufte du défunt fur cette reffemblance, il le
fit paffer en cette ville pour qu'on décidât de
fon effet. L'imitation a paru fi vraie, que les adminiftrateurs de l'hôpital fondé par M. *Aubert*,
ont demandé à M. Foucou d'exécuter ce bufte en
marbre. Nous apprenons qu'il eft fini, & que
nous le recevons inceffamment.

27 *Septembre*. Sur la fin du regne de Louis XV,
où l'imagination s'évertuoit à retrouver toutes les
tournures de favorifer la licence des mœurs, les
brevets de dame s'étoient introduits à la cour.
C'eft un titre que fa majefté accorde aux filles
de qualité non mariées, & qui veulent cependant être préfentées, afin de jouir de tous les privileges, & fur-tout de la liberté que donne cet
honneur. Ces brevets fe font prodigieufement
accrus fous Louis XVI, & l'on a vu de très-
jeunes perfonnes en obtenir. Ainfi affranchies de
la modeftie, de la retenue, de la fimplicité de
leur état virginal, elle fe livrent impunément à
tous les fcandales; plufieurs même font accou-
chées fans beaucoup de myftere. Ce défordre a
enfin fait ouvrir les yeux au gouvernement, &
le roi, ami des mœurs & de la décence, s'eft
rendu très-difficile à cet égard. Il n'y a plus que
la plus haute faveur qui puiffe faire obtenir un
pareil brevet.

27 *Septembre*. Les fragments exécutés mardi
dernier à l'opéra ont été affez bien accueillis,

Tome XXI. F

mais plus pour leurs acceffoires que pour eux-
mêmes.

Dans l'acte du feu , Mlle. le Bœuf, employée
depuis quelques années dans les chœurs , a chanté
pour la premiere fois un air de bravoure , qu'elle
a rendu de maniere à faire defirer de les lui voir
quitter , afin d'exercer plus avantageufement fa
voix agréable & brillante. Ce feroit d'ailleurs
le moyen de la guérir d'une exceffive timidité ,
qui empêche fon organe de fe développer dans
tout fon éclat.

. Le jeu paffionné & attendriffant de Mlle. *Sainte-
Huberti* dans le rôle d'Ariane , a beaucoup fait valoir le fecond acte , où cependant il regne une
invraifemblance révoltante de la part du compofiteur qui a foutenu , prefque d'un bout à l'autre ,
le rôle de Théfée par une mufique animée &
bruyante : il a en outre ajouté à cette fcene , un
chœur , qui , ne l'étant pas moins , devoit certainement bien réveiller Ariane.

Au troifieme acte on a remarqué combien le
poëte moderne avoit enchéri fur Ovide , qui fait
courber la tête à Daphné, devenue laurier, comme
pour acquiefcer aux difcours d'Apollon M. Pitra
lui fait parler au travers de l'écorce de l'arbre ,
& chanter un *trio* avec Apollon & Penée. Tout
ce ridicule n'eft nullement effacé par la mufique.
Le dernier ballet de cet acte en fait le fuccès.
Il préfente un enfemble très impofant.

Le Parnaffe occupe dans le lointain le fond du
théatre ; Apollon , pour célébrer fon amante ,
appelle toute fa cour ; les neuf Mufes fe grouppent
fur le Pinde : l'Amour arrive fur le théatre au
milieu des trois Graces qui danfent autour de
lui ; il les quitte malicieufement , & va chercher

Terpſichore, qu’il fait danſer lui-même au ſon de ſa lyre.

La petite *Nanine*, jeune fille que l’on con-noiſſoit depuis long-temps à ce théatre, remplit le rôle de Cupidon avec des graces naïves & beaucoup de fineſſe. Quant à celui dè Terpſi-chore, on ſe doute bien qu’il eſt exécuté par Mlle. *Guimard*.

Ce qui a ſur-tout fait plaiſir aux vrais connoiſ-ſeurs de la ſcene dans ces fragments, ç’a été d’y voir le coſtume rigoureuſement obſervé. On doit cette amélioration, ſur-tout aux ſoins du ſieur Moreau le jeune, qui en a donné les deſſins.

28 *Septembre.* Après la guerre de ſept ans, c’eſt-à-dire, celle de 1756, le roi de Pruſſe conçut le deſſein de former déſormais pendant la paix, près de Poſtdam, des camps particuliers pour l’inſtruction de ſes généraux ; & dès l’année 1784, ce prince commença à mettre ſon projet en exé-cution. Les troupes des garniſons voiſines furent réunies à celles de Poſtdam, au mois d’octobre de cette même année, & manœuvrerent enſuite deux jours de ſuite. Depuis cette époque, elles ſe ſont conſtamment aſſemblées tous les ans dans le courant du mois de ſeptembre, pour exécuter les divers eſſais de manœuvres que le roi de Pruſſe juge praticables à la guerre, & que la féconde imagination de ce prince peut fournir. Ces manœuvres, qu’on appelle les *manœuvres de Poſtdam*, durent ordinairement trois jours ; & comme ſa majeſté Pruſſienne y appelle ſuccef-ſivement la plupart de ſes officiers principaux, on peut dire qu’elles ſont la véritable école où ce héros forme ſes généraux dans l’art de la guerre.

F 2

Le roi de Pruffe laiffe indiftinctement à tout
le monde la liberté d'affifter aux grandes revues
de Berlin ; mais il ne permet à qui que ce foit,
qui n'eft pas militaire à fon fervice, de voir les
manœuvres de Poftdam.

Elles fe font prefque toujours trois fois par an.
Les troupes deftinées à y être employées, au
nombre d'environ 40,000 hommes, ou quelquefois davantage, foit effectifs ou fuppofés, s'af-
femblent la veille à Poftdam. Elles font divifées
en deux parties, dont l'une forme l'armée du roi,
& l'autre l'armée ennemie. Alors le monarque
leur indique la manœuvre qui doit fe faire, &
les généraux ne la favent jamais qu'au moment
de l'exécution ; c'eft à eux de s'évertuer fuivant
leur génie, foit pour l'attaque, foit pour la défenfe, en forte que ce font autant d'*impromptu*.

Un François, qui a réfidé long-temps en
Pruffe, où par état il s'eft trouvé placé de maniere à prendre connoiffance de tout ce qui eft
relatif au militaire, a recueilli ces favantes manœuvres dont il a été témoin. Elles font au
nombre de cinquante-une, & ont été éxécutées
depuis 1764 jufques & compris 1781, en forte
qu'on peut les regarder comme formant un tout
complet, puifqu'il eft impoffible d'imaginer quelque pofition, quelque circonftance qui n'ait pas
été prévue par ce grand maître durant cet intervalle. L'auteur les propofe par foufcription moyennant 320 liv.

28 *Septembre.* On ne fait point encore s'il y
aura un voyage de Marly. Comme la reine femble
fe plaire affez au château de la Muette, le roi
veut connoître avant la dépenfe, & en a demandé
les états ; mais les gens intéreffés à lui cacher

cet objet ; parce qu'ils aiment a pêcher en eau trouble, éludent & different tant qu'ils peuvent.

Monſieur & Madame reſtent encore au Luxembourg juſqu'au neuf du mois prochain.

28 *Septembre*. La piece nouvelle jouée hier aux Italiens, quoique très-peu de choſe au fond & médiocre dans la forme, a été favorablement accueillie. C'eſt une ſuite de l'eſtime du public & de ſon amour pour le pere, & même pour la défunte mere de l'auteur. Il a été demandé, & étant acteur en même temps, il n'a pu ſe diſpenſer de paroître : mais, pour rendre ce rôle moins ſot, moins humble, il a affecté de haranguer le public, & de lui adreſſer un petit remerciement, qu'on a applaudi ſans l'avoir trop entendu.

29 *Septembre*. Les comédiens François annoncent pour le jeudi 3 octobre la premiere repréſentation de *Zoraï*, ou *les inſulaires de la nouvelle Zélande*, tragédie nouvelle, que l'on aſſure relative à des anecdotes du jour qui la rendront piquante. On la regarde comme une affaire de cabale de cour.

29 *Septembre*. M. le marquis de la Fayette qui eſt toujours ici, & malgré la parole qu'il avoit donnée au congrès de le recevoir bientôt, n'eſt point parti, eſt un nouvel argument pour la paix. Il eſt journellement en conférence avec monſieur Francklin & autres inſurgents ; & ſur ce qu'on lui témoignoit combien on ſeroit fâché en Amérique de ne pas le revoir, il a répondu qu'il avoit donné des raiſons de ſon retard, dont il eſpéroit qu'on ſeroit content.

Du reſte, M. de la Fayette eſt tellement enthouſiaſmé de cette république nouvelle, à l'exiſtence de laquelle il n'a pas peu contribué, qu'il a nommé la fille dont vient d'accoucher Mad. de la Fayette, *Virginie :* fon fils, il le nomme *George*, parce que c'eft le nom de *Washington*, & le premier mot qu'il lui ait appris à prononcer, c'eft celui de ce général, il lui a infpiré une telle admiration pour tout ce qui tient aux *Etats-Unis* de l'Amérique, que cet enfant ne voit pas fans une forte de refpect un voyageur qui revient de ce pays-là.

M. de la Fayette ayant fait part à M. Francklin de la naiffance de fa fille, & du nom qu'il lui avoit donné, le docteur lui a répondu en plaifantant, qu'il fouhaitoit qu'il eût affez d'enfants pour pouvoir leur faire porter fucceffivement celui de chaque province. Que certains pourtant n'étoient pas fort harmonieux, & que M. *Connecticut* ou Mlle. *Maffa-Chufet's Bay* feroient peu fatisfaits du leur.

30 *Septembre.* Extrait d'une lettre de Strasbourg, du 18 feptembre.... Nous venons d'avoir le bonheur de jouir de la préfence de M. le comte & de Mde. la comteffe du Nord. Ils ont été à la comédie de notre ville le 15 de ce mois, & le fieur Belleval, comédien du roi, connu fous le nom de *Montignac* par plufieurs pieces de théatre données en province, & par l'opéra de *Zulime* joué en 1778 à la comédie italienne, avoit préparé des couplets qui ont été chantés en *trio* à la fin de la Fée Urgele; ils ont été trop bien reçus des illuftres étrangers & du public, pour ne pas vous en faire part. Les voici.

Couple charmant, votre fecret
Malgré vous fe révele;

Votre cœur est un indiscret,
   Qui par-tout vous décele.
En vain, dans un nuage épais,
L'astre du jour voile ses traits ;
   Des cieux l'azur
   Paroît moins pur,
  Privé de sa présence ;
   Mais de son secours
   On sent toujours
   La divine influence.

Tout héros sur nous a des droits,
Tout François chérit les bons rois,
    Si de Louis
    Nos cœurs épris
Portent l'amour jusqu'au délire,
Vous partagez ce qu'il inspire.

Couple charmant, votre secret
  Malgré vous se révele ;
Votre cœur est un indiscret
  Qui par-tout vous décele.
Ainsi Pierre vint parmi nous,
Mais il fut moins heureux que vous ;
    Car si *Pallas*
    Suivoit ses pas,
Vous voyez sur vos traces
Et les vertus & les appas
De Minerve & des Graces.

En voyageant vous triomphez ;
Les peuples que vous visitez,
   Par vos bienfaits,
   Sont vos sujets.
Dans chaque état, vous pouvez dire ;
“ Je n'ai point quitté mon empire. ,,

Couple charmant , votre fecret
   Malgré vous fe révele ;
Votre cœur eft un indifcret
   Qui par-tout vous décele.
Vous allez , loin de ce féjour ,
Servir la patrie & l'amour. . . .
   D'une double victoire ,
C'eft joindre les fleurs du plaifir
   Aux rayons de la gloire.

Un fpectacle plus piquant pour M. le comte
& Mad. la comteffe du Nord, que toutes ces
fadeurs, dont ils doivent être raffafiés , c'eft celui
dont ils ont joui en fortant du fpectacle. Le
calme de la nuit & fon obfcurité avoient permis
d'illuminer tout le clocher de la cathédrale , l'édifice le plus élevé qu'on connoiffe en Europe, ce
qui produifoit un coup d'œil neuf & raviffant.

30 *Septembre*. Depuis quelques années déja on
avoit annoncé deux ou trois fois la faillite du
prince de Guemenée, grand chambellan de France,
époux de la princeffe de Guemenée, gouvernante
des enfants de France : on ne pouvoit fe perfua-
der que cela pût arriver. Ils ouvroient continuellement de nouveaux emprunts , & l'on y portoit toujours avec confiance , ce qui donnoit la
facilité de payer leurs arrérages , mais groffiffoit
énormément la maffe de leurs dettes ; enfin , le
public a ouvert les yeux ; les prêteurs ne font plus
venus, & l'on annonce une banqueroute de 25 à
30 millions Ce magnifique feigneur eft allé voyager
en Italie , & profite du temps de fon abfence pour
faire annoncer cette défagréable nouvelle à fes
créanciers. C'eft une défolation générale dans tout

Paris, tant le nombre en eft confidérable ; &
l'on ignore encore l'excès du mal, & quel fera
le remede.

1 *Octobre.* 1782. Le *mémoire pour le fieur Loquin
fils*, accufé, contre le procureur-général du roi,
eft en effet très-mal arrangé. L'on conçoit bien
qu'un coupable doit chercher à fe difculper, &
ne peut guère le faire fans dénaturer les faits :
mais au moins faut-il qu'il arrange fa fable d'une
maniere vraifemblable, & c'eft ce qu'on ne trouve
pas dans le récit du défenfeur de cet accufé.
Tout y eft romanefque, puéril & abfurde d'un
bout à l'autre. Du refte, M. *Ader* y a mis beaucoup de *pathos*, qui, étant déplacé, ne produit
aucune fenfation, & annonce feulement le vuide
de fa caufe. La procédure eft finie, & l'on affure
que le jugement interviendra cette femaine.

2 *Octobre.* M. Blanchard, dont le bateau volant
fait toujours l'attente des fots de cette capitale
& l'objet des railleries des incrédules, vient d'être
repréfenté dans une caricature avec fa machine,
au deflus de deux cerfs volants que des enfants
font mouvoir en l'air, & regardée avec admiration par une foule de fpectateurs. On lit au bas
cette centurie de Noftradamus :

En l'an mille fept cent octante, plus ou moins,
Attendrez dans le ciel étrange phenomene :
Grande ville aux abois (1) qui force gens promene,
Tous jufques aux marmots veulent en être témoins ;
Plus de guerre n'eft bruit, & quoi qu'on efpere,
Chacun d'iceux fera dupe de la chimere.

---

(1) Gibraltar.

F 5

3 *Octobre*. Depuis vingt ans il exiſte une ſo-
cieté établie, protégée & rédigée par le gouvernement, dont l'objet eſt de rechercher, de mettre
en ordre & d'employer les monuments de l'hiſtoire & du droit public de la monarchie Françoiſe.

Louis XV établit d'abord un dépôt de chartes,
ſous la garde du ſieur Moreau, hiſtoriographe de
France ; il eſt aujourd'hui ſous la direction du
chef de la juſtice. On joignit à ce dépôt, qui
ne renfermoit que les monuments de notre légiſlation, un autre cabinet deſtiné à conſerver les
monuments de notre hiſtoire. On imprima des
catalogues, commencés par M. Sécouſſe, & con-
tinués par M. de Brequigny. On en a déja trois
volumes *in-folio*. Pour découvrir ceux qu'on ne
connoiſſoit pas, on engagea dans ce travail la
congrégation de Saint-Maur.

Les travaux ont été ſi heureux, qu'on poſſede
aujourd'hui trente mille copies des monuments
anciens, qui pour la plupart étoient inconnus
à nos vieux hiſtoriographes; encore n'a t-on fouillé
que dans un petit nombre d'archives.

On a déja le catalogue des pieces découvertes ;
on travaille maintenant à un autre catalogue de
celles qu'on n'a pu découvrir encore. Il forme
environ ſept mille notices. Le ſoin de cette édition ſera confié à M Brequigny.

Dès 1779 on commença à tenir ſous les yeux
du miniſtre des aſſemblées *régulieres*. Les perſonnes qui compoſent ces comités ſont M le marquis
de Paulmy, M. de Brequigny, ſix des plus ſavants
réligieux de la congrégation de Saint-Maur &
le ſieur Moreau.

Juſqu'à préſent ce plan n'étoit pas connu, &
s'exécutoit dans le ſilence; enfin, on vient de

permettre qu'il foit rendu public. On invite en conféquence tous ceux dont les ancêtres fe font diftingués par des honneurs ou des fervices rendus à l'état, d'adreffer au fieur Moreau des copies de leurs titres originaux. Ils feront reçus fans être affranchis.

On ne peut que louer cet établiffement; mais il femble qu'il devroit être le principal objet de l'académie des infcriptions & belles-lettres, dans les travaux de laquelle il eft compris; & l'on ne voit pas pourquoi établir à cet effet une autre commiffion littéraire. Le mot de cette énigme, c'eft que le fieur Moreau n'eft pas de l'académie.

3 *Octobre*. M. de Saint-Ange, jeune auteur, a lu le 30 juillet dernier, à l'affemblée des comédiens François, une comédie en trois actes & en vers, intitulée *l'Ecole des Peres*. Elle a été refufée. Il l'a fait imprimer & en a envoyé un exemplaire à Mlle. *Fannier*, où il oppofe fon fuffrage favorable à tous ceux de l'aréopage comique. Cette piece avoit déja été lue au *Mufée*, & il faut convenir qu'elle y avoit, malgré les difpofitions favorables des fpectateurs, paru très-foible.

4 *Octobre*. Le procès du fieur *Loquin* a été jugé aujourd'hui. Faute de preuves fuffifantes, il eft condamné a garder prifon pendant un an que doit durer le plus amplement informé contre lui & contre la Dlle. Dargent, qui fera transférée à l'hôpital, où elle reftera durant le même efpace de temps.

Le jockay & le domeftique de M. l'Efpinaffe ont été élargis & déchargés de l'accufation.

4 *Octobre*. Extrait d'une lettré de la Haye, du 29 feptembre.... Il vient de nous arriver un charlatan de votre pays, qui nous fait beaucoup rire par l'importance qu'il donne à fa petite perfonne.

F 6

Il se nomme *la Blancherie* ; il s'intitule fastueusement *agent général de correspondance pour les
sciences & les arts* ; il dit qu'il dirige un établissement fondé à cet effet à Paris , comme chef-
lieu de cete correspondance , & qu'il la dirige
gratuitement ; qu'il est aux ordres du public de
tous les pays , pour tous les objets relatifs aux
sciences & aux arts , qu'il séjournera chez nous
pendant un mois , & qu'il recevra toutes les de-
mandes qui lui seront faites pour la France de
la part des citoyens de la république des Provinces Unies, pourvu qu'elles soient *franches de port* ;
il les recevra en françois , en latin , en hollandois,
en grec , dans telle langue que ce soit.

Ce merveilleux étranger nous promet en outre
un *Prospectus* contenant les divers détails de son
établissement cosmopolite , si recommandable par
l'intérêt que l'on a de connoître ou faire connoître
promptement les productions des sciences & des
arts , ou ce qui peut contribuer à leurs progrès ,
ainsi que par ses rapports de bienfaisance envers
les personnes de tous les pays susceptibles d'acquérir ou d'exercer des talens.

Enfin , il assure que depuis sept ans que cette
institution prend sa consistance , elle a paru remplir parfaitement son objet. Pour nous en convaincre ; il nous a enfin tiré la *botte secrette*, qui
est son journal, sous le titre de *nouvelles de la
république des lettres & arts*.

Quoique nous soyons accoutumés à ces fanfa-
rons littéraires , nous avons d'abord cru que celui-ci, prodige d'érudition & de connoissances ,
étoit membre de quelque académie. Il se trouve
qu'il n'est d'aucune : nous avons imaginé qu'au
moins il savoit les langues ; il a été vérifié qu'il

n'en parloit aucune étrangere, qu'il n'en entendoit aucune & parloit affez mal la fienne; nous
lui avons demandé quels ouvrages il avoit compofés : il nous a adminiftré je ne fais quelle mauvaife relation d'un voyage qu'il a fait aux ifles ;
échantillon de fes feuilles feches & infipides....
Nous doutons qu'il rapporte beaucoup de commiffions en France, & fur-tout de celles qu'il
défire pour dédommagement de fa gratuité, c'eft-
à-dire, beaucoup de foufcriptions.

5 *Octobre.* On ne fait que parler de la faillite
dn prince de Guemenée. On lui a expédié des
lettres de furféance pour trois mois, dans l'efpérance que durant ce temps on arrangeroit fes
affaires en évitant les frais qui abforbent ordinairement le plus clair de ces fortes de directions.
On ignore encore fi l'affaire fera portée au parlement ou au confeil. On prétend qu'il y a jufqu'à trois mille créanciers. Beaucoup de gens de
lettres font du nombre, meffieurs Rouffeau,
Thomas, Defeffarts, Roger, l'abbé Delifle: il
y a quantité de domeftiques qui avoient auffi
placé là leur petit pécule.

5 *Octobre.* L'auteur de *Zoraï*, la tragédie nouvelle, dont la premiere repréfention a été différée jufqu'à aujourd'hui, éft un débutant nommé
Marinier, de Cette en Languedoc. C'eft une tragédie, à ce que difent les acteurs, de pure invention, où tout eft créé, noms, action, circonftances. C'eft une oppofition frappante & conti-
nuelle entre les mœurs Angloifes & Françoifes,
entre le génie des deux gouvernements, dont
les Zélandois veulent adopter l'un ou l'autre. Ils
en balancent fur le rapport de deux de leurs con-

citoyens qu'ils ont députés chez ces peuples, les vices & la bonté refpective.

6 *Octobre Zoraï*, jouée bier, eft en effet une tragédie dont le fujet entiérement feint, confifte dans un affemblage monftrueux d'écarts, d'invraifemblances, de fituations romanefques. Ce qui montre le défaut de jugement de l'auteur, c'eft qu'il fait prêcher le defpotifme par le député envoyé en Angleterre, qui naturellement auroit dû en rapporter un efprit de liberté outrée, d'indépendance effrénée ; mais le but du poëte étoit de rendre nos ennemis odieux, d'en décrier les mœurs & le gouvernement n'importe par quel moyen. Au contraire, il s'étoit propofé d'exalter le gouvernement monarchique, parce qu'il eft cenfé tel en France. De-là des fadeurs dégoûtantes pour le roi, pour les miniftres, pour la nation, pour les femmes: tous ces détails ont produit des explofions vives & fréquentes, une frénéfie d'applaudiffements qui fembloient devoir caufer le fuccès le plus brillant de la piece. Mais le fonds eft fi vicieux, fi vuide, fi dénué d'action; la verfification en eft fi feche, fi profaïque, fi ampoulée, fi mauvaife; le ftyle fi peu françois, fi barbare, que l'auteur a eu le bon efprit, du moins de fentir que l'enthoufiafme, occafionné fur-tout par la préfence de la reine, ne pouvoit durer, & a pris le parti de la retirer fur le champ.

Il y a deux ou trois allufions relatives à M. *Necker*, qui ont produit auffi une très-forte fenfation.

7 *Octobre.* M. *Suard* fentant l'état précaire où il fe trouvoit, a cherché à fe retourner d'une autre maniere. Il a fait entendre au miniftre

ayant le département de l'opéra , que depuis que
les acteurs en avoient eux-mêmes le régime , cette
république étoit devenue un tripot , où le goût
& les principes de l'art se perdoient absolument ;
qu'il étoit essentiel qu'il ôtât au comité la partie
du jugement des ouvrages , sur-tout des poëmes ;
qu'il se le réservât pour lui seul ou pour ceux qu'il
voudroit bien consulter.

Ces insinuations auprès de M. Amelot , à qui
l'on ne faisoit envisager que le bien de la chose ,
ont produit leur effet , & le comité de l'opéra
vient d'être averti par une lettre ministérielle ,
que les réceptions des pieces qu'ils ont faites ,
seront regardées comme non avenues , ainsi que
le rang donné aux auteurs pour être joués

En outre M Suard , qui vraisemblablement
aura cette direction avec le sieur Moret , l'homme
de confiance de M. de la Ferté , a déterminé le
ministre à faire droit en ce qui le concerne sur
les réclamations des acteurs , & à le faire payer ,
soit par le roi , soit sur les menus.

Les auteurs , avertis du nouvel arrangement ,
en murmurent beaucoup , ainsi que les acteurs ,
& les uns & les autres se proposent de faire des
représentations au ministre , & de lui faire voir
qu'on a surpris sa religion.

8 *Octobre*. Par une suite du despotisme introduit à l'opéra , on vient de retirer les deux actes
du *Feu* & d'*Apollon* & *Daphné* , quoiqu'ils n'eussent pas rendu moins de deux mille livres ; & l'on
vient de remettre *Colinette à la Cour* , qui a été
plusieurs fois à six cents livres.

On conserve cependant l'acte d'*Arianne dans
l'isle de Naxos*.

8 *Octobre*. Les comédiens Italiens donnent au-

jourd'hui la premiere repréſentation de *Tibere*, parodie de *Tibere & Serenus*, en deux actes, en proſe & en vaudevilles. Elle eſt d'un jeune débutant à ce théatre, qui ſe nomme M. Red , & qui s'eſt cependant déja exercé aux boulevards.

8 *Octobre*. Depuis le retour du comte de Graſſe en cette capitale, où il réſide toujours & commence à ſe montrer avec aſſez d'impudence, on a cherché à le mortifier par de nouveaux calembours. On connoît le nouvel ornement de col appellé *Jeannette*, qui n'eſt autre choſe qu'une croix d'or ou de diamant, ou de perle. Autrefois ces Jeannettes étoient enrichies d'un cœur qui ſe rejoignoit au col, & ſervoit de coulant ; on n'en met plus, & l'on appelle ces Jeannettes ſans cœur, des *Jeannettes à la Graſſe*

9 *Octobre*. La parodie de Tibere n'eſt autre choſe que l'action de la tragédie, dont l'auteur a conſervé les perſonnages qu'il a traveſtis en bouffons aſſez triſtes, aſſez bas, & n'indiquant preſque jamais par des plaiſanteries heureuſes les défauts de l'ouvrage parodié : à trois ou quatre endroits près d'une critique fine & gaie, tout le reſte eſt très-plat, & l'on doit admirer l'indulgence du parterre, qui a cependant écouté juſqu'au bout cette longue & ennuyeuſe facétie.

Les airs n'étoient pas mal choiſis & faiſoient ſouvent épigramme plus que les paroles.

9 *Octobre*. On a des nouvelles plus poſitives de la mort de M. Duhamel du Monceau, arrivée à la campagne le 23 août. Il avoit quatre-vingt-deux ans. Il étoit inſpecteur-général de la marine, & membre de l'académie des ſciences pour la botanique depuis 1728.

Il avoit eu l'oreille de M. Rouillé pendant ſon

miniftere , & l'on peut le regarder comme le fon-
dateur de l'académie de marine.

10 *Octobre.* Extrait d'une lettre du camp de
St. Roch, du 20 feptembre.... Ce n'eft pas le
cheval de bois qui cette fois a pris Troyes, c'eft
Troyes qui a brulé le cheval de bois. Nous fommes depuis ce temps-là fans danger, mais fans
honneur. Nous paffons le temps dans l'inaction
& dans l'ennui. Les princes vouloient quitter : le
roi d'Efpagne les a fait inviter de refter au moins
jufqu'au combat naval auquel on s'attend , non
pour s'embarquer , mais pour animer les combat-
tants de leurs regards , s'ils peuvent en être ap-
perçus dans le lointain.

M. le duc de Crillon fait bonne contenance; il
croit toujours à fes merveilles. Il fait qu'avec de
la foi on peut tranfporter les montagnes , & eft
fermement perfuadé que tôt ou tard les murs de
Gibraltar, comme ceux de Jéricho, tomberont
au bruit de fes trompettes guerrieres.

11 *Octobre.* Toute la famille des Rohan eft
dans la défolation de la banqueroute du prince
de Guemenée , fur-tout le maréchal prince de
Soubife , qui ne dort ni ne mange depuis cette
fatale annonce. On a déja arrêté le fieur Marchand, intendant du prince de Guemenée, &
le fieur Denuel , courtier de change & entremet-
teur des emprunts du prince. On a , dit-on , mis
les fcellés chez fon notaire ; & enfin le fieur
Pinon , autre notaire , impliqué dans ces négociations ténébreufes & ufuraires , convaincu lui-
même de bénéfices énormes exigés , a été obligé
par fa compagnie de fe défaire de fa charge , &
de la vendre fur le champ.

Il eft très-vrai qu'il y a un arrêt du confeil

donnant main-levée de toutes les oppofitions faites, défendant toute pourfuite pendant trois mois, même tous actes confervatoires.

On évalue le total des rentes viageres que doit le prince banqueroutier à deux millions foixante-dix-huit mille livres. Dans cette fomme font comprifes beaucoup de penfions qu'il faifoit à des muficiens, des chanteurs, des comédiens ; car ce magnifique feigneur avoit un concert, une comédie, & tout ce qui peut contribuer à ruiner plus promptement.

On ne croit pas que Mad. la princeffe de Guemenée puiffe refter gouvernante des enfants de France, entachée d'un pareil déshonneur. La reine feroit affez difpofée à la remercier ; cependant le roi y répugne par égard pour Mad. de *Marfan*.

12 *Octobre*. La querelle de M. de Saint-Ange avec les comédiens devient une affaire grave, qui intéreffe la littérature, & principalement les auteurs dramatiques. En conféquence, il faut configner ici au long les faits dont l'auteur rend compte.

Sa comédie eft une piece en trois actes & en vers, ayant pour titre l'*Ecole des Peres* : elle fut achevée à la fin de 1779, & cependant l'auteur ne put parvenir à la faire infcrire pour être lue qu'au mois de juin 1781. De cette époque au jour de la lecture il s'eft écoulé un an & plus.

Au comité où fe fit la lecture il n'y avoit ni les fieurs *Préville*, *Molé*, *Brifard*, *de la Rive*, ni les Dlles. *Sainval*, *Raucour*, *Thenard*, *Veftris*.

L'auteur n'eut pour lui que deux vois, celles de mefdemoifelles *Fanier* & *Doligny*. La voix de Mlle. Doligny pouvoit être intéreffée, ayant un rôle dans la piece ; mais il n'y en avoit aucun pour la premiere. Il eut deux autres voix à correction. Celles des Dlles. la *Chaffaigne* & *Contat*.

M. de Saint-Ange ne diffimule pas qu'il eft un jeune homme n'ayant pour toute fortune que quelques difpofitions aux talents de l'efprit. Il a pris le parti de foumettre fa piéce au jugement du public ; en faifant imprimer & en obtenant les fuffrages des connoiffeurs, il a efpéré faire peut-être rougir les comédiens qui reçoivent tous les jours tant d'ouvrages qui font fifflés, d'avoir dédaigné celui-ci.

Il eft certain qu'en lifant la comédie de M. de Saint-Ange, on eft étonné que les acteurs fe foient rendus fi difficiles ; que, malgré fes défauts, confidérée comme effai, elle en vaut vingt autres reçues, jouées & applaudies. La verfification furtout eft d'un poëte qui fait écrire, & n'eft fans doute que trop brillante pour le ftyle familier de la comédie.

M. de Saint-Ange eft connu par une traduction des métamorphofes d'Ovide eftimée, & où il s'annonce par un talent marqué.

12 *Octobre.* M. Patte, architecte du duc régnant des Deux-Ponts, & qui aime à fe diftinguer par des paradoxes hardis, ainfi qu'on l'a pu juger d'après fon agreffion contre M. *Soufiot*, attaque aujourd'hui le ciment de M. d'*Etienne*. Il prétend deux chofes : l'une, qu'il eft le même que celui de M. *Loriot* ; la feconde, que la maniere dont il l'emploie, qui en conftitue la feule différence, eft la plus mauvaife, & tend néceffairement à donner moins de folidité à fes ouvrages.

12 *Octobre.* Jeudi dernier, la chambre des vacations a confirmé à peu près la fentence du

châtelet dans l'affaire du fieur *Loquin.* L'arrêt eft le même quant à fon égard ; & pour la demoifelle Dargent, la prifon eft plus honnête ; ce n'eft point à l'hôpital qu'elle doit réfider, c'eft à Saint-Eloy.

En outre, les médecins & chirurgiens du châtelet font interdits pour un certain temps à raifon de vices dans leurs procès-verbaux, qui proviennent ou d'ignorance, ou de faveur pour les accufés, & dans tous les cas méritent punition.

13 *Octobre.* Extrait d'une lettre de Touloufe, du premier octobre..... En attendant le récit que je vais vous faire, vous allez croire être encore aux fiecles de l'ignorance, de la barbarie & du fanatifme.

Vous ne favez peut-être pas que cette ville poffede, ou croit poffêder le corps de Saint Thomas-d'Aquin, & en eft toute glorieufe. L'infant duc de Parme depuis 1779 defiroit avoir dans fes états une relique de ce Saint. A force de perféverance, ce fouverain vient d'obtenir enfin l'objet de fes défirs.

Notre archevêque, prié par fon alteffe royale, autorifé par un refcrit du pape, & muni de l'*exequatur* du parlement, fe rendit hier 30 feptembre aux dominicains pour faire l'extraction.

Après une foule de cérémonies, qui faifoient bâiller & rire tour-à-tour le prélat, qui paffe pour n'être pas fort croyant, les dominicains, à qui le pape *Urbain V*, par fa bulle *Alma Mater*, du 31 août 1368, à donné le corps de Saint Thomas-d'Aquin en propriété, confentirent à effectuer leur promeffe, c'eft-à-dire, à accorder à l'infant duc de Parme un os du Saint.

Les clefs du coffre où font renfermées ces relique ne s'étant pas trouvées, on a eu recours à un ferrurier, & l'on y trouva *vingt-trois* os des plus grands & principaux du corps humain, fuivant l'explication qu'en donnerent les médecins & chirurgiens confultés.

Monféigneur prit enfuite un os du coude, le fit voir à l'affemblée innombrable des curieux, & avec ce fourire fin que vous lui connoiffez, le remit au pere Dufour, l'un des religieux, revêtu des pouvoirs pour exécuter la commiffion de l'infant.

Celui-ci reçut la relique, non fans rire auffi, dans une piece de taffetas couleur de feu, & l'enferma dans un fac de velours de même couleur, garni de plufieurs cordons de foie, que l'on fcella des fceaux de l'archevêque & de la ville. Enfuite, le tout fut reçu dans une boîte de bois de fenteur, également fcéllée. La cérémonie finit fuivant l'ufage par une proceffion, & le pere Dufour doit partir inceffamment pour la préfenter lui-même à Parme, à fon alteffe royale qui foupire après ce tréfor, au nom du prieur & couvent des dominicains de Touloufe.

En 1438, le roi de Caftille & de Léon avoit defiré une pareille extraction, & il n'y en avoit pas eu d'autres depuis. En conféquence on s'eft conformé en tout au procès-verbal de cette époque.

14 *Octobre*. Extrait d'une lettre d'Amfterdam, du 7 octobre.... La cour de juftice de Hollande a écrit le 16 feptembre une lettre aux états de Hollande, pour fe plaindre de la licence que fe permettent quelques auteurs politiques dans les brochures du jour. Il feroit fâcheux que l'on prît une réfolution plus févere à cet égard. Ces écrivains téméraires, par le coupable abus d'une

jufte liberté , n'ont déja que trop caufé d'entraves
de temps à autre à l'exercice des droits inhérents
en cette partie à la conftitution républicaine.

14 *Octobre.* La tendre amitié dont la reine
honore madame la duchefle de Polignac, fe porte
jufque fur la fille, Mad. la duchefle de Guiche,
qui vient d'accoucher à 14 ans & un mois. Le jour
où elle étoit dans les douleurs, S. M. y vint le
matin; elle y revint l'après-dinée, & refta jufque bien avant dans la nuit pour attendre que la
jeune femme fut abfolument délivrée. Depuis ce
temps, il n'eft pas de jour que la reine ne fe
donne la peine de venir voir l'accouchée.

15 *Octobre.* M. le *duc de Nivernois :* veuf depuis quelque temps, vient d'époufer Mad. la
comtefle de Rochefort, auffi veuve, *Brancas*
en fon nom. C'étoit une paffion ancienne, une
liaifon plus fpirituelle que phyfique. On peut fe
rappeller des jolis vers qui parurent il y a quelques
années d'une dame envoyant de fes cheveux
blancs à fon amant, & la réponfe de celui-ci :
voilà *les mafques.* Ainfi l'on peut juger de la fageffe de cette union facramentale, très-pareille
pour la naiffance, le rang, l'âge & les goûts.

M. le duc de Nivernois avoit une telle attention
pour Mad. la comtefle de Rochefort avant ce mariage, qu'il ne paffoit pas un feul jour fans la voir.
Elle demeuroit auprès de lui au Luxembourg :
lorfque le devoir obligeoit ce feigneur de fe rendre
à Verfailles, il ne manquoit pas d'aller prendre
avant les ordres de fa fouveraine.

16 *Octobre.* Les fuites du fameux procès de
M. le chevalier de Rutlidge, dont il fe promettoit les plus heureux fuccès, lui ont été très-
funeftes. Non-feulement il l'a perdu avant les

vacances ; mais ayant été condamné aux dépens ; dommages & intérêts, son adverfaire, le notaire de Herain, pour fe venger des outrages qu'il en avoit reçus dans fes factums, a ufé de la contrainte par corps que donne cette action de ririgueur, & l'a fait mettre à l'hôtel de la Force, où il reftera long-temps fi les entrailles de cet ennemi ne s'émeuvent, ou fi quelque perfonne charitable ne vient à fon fecours.

16 *Octobre*. L'arrêt du confeil qui fufpend toute pourfuite de la part des créanciers du prince de Guemenée, eft du 28 feptembre. Il eft motivé fur la connoiffance que le roi veut prendre d'une affaire qui concerne une maifon & des perfonages dont les fervices font finguliérement méritants de fa majefté & de l'état. Son objet doit être d'empêcher que les frais ne nuifent également aux intérêts du débiteur & des créanciers. Tous les revenus connus du premier doivent être mis en féqueftre chez le fieur *Boûlard* notaire.

C'eft M. Boudeau, procureur au châtelet, très-eftimé & très-connu pour fon intelligence & fon efprit conciliant, qui eft chargé de débrouiller ce chaos.

Le prince de Soubife continue à être dans la douleur & dans le deuil. Il alloit autrefois à l'opéra réguliérement chaque fois qu'on y jouoit : depuis ce fatal événement, il s'eft abftenu de s'y montrer.

17 *Octobre*. Le fieur *Molé* avoit depuis fept à huit ans dans fon porte - feuille une comédie que l'auteur lui avoit confiée, & dont fans doute cet auteur ne faifoit pas grand cas. Quoi qu'il en foit, il vient de l'en tirer, il l'a fait recevoir de fes camarades, & l'on la doit jouer inceffam-

ment. Son premier titre portoit : *Les Contre-temps.*
Il y fubftitue aujourd'hui celui des *Amants géné-*
reux. Elle eft en cinq actes & en profe.

On ajoute que ce cadeau eft venu de Marfeille ; qu'aux répétitions le cinquieme acte ayant
paru défectueux, c'eft le fieur Molé qui a pris
fur lui de le corriger, parce qu'il auroit été trop
long d'en écrire à l'auteur & de lui demander fon
avis. La premiere repréfentation eft pour le
lundi, 21 de ce mois.

18 *Octobre.* On prétend aujourd'hui que la
tragédie de Zoraï étoit une tentative du parti de
M. Necker pour exciter une fermentation en fa
faveur, & qu'un miniftre qui lui a obligation de
fon élévation, mécontent de celui des finances,
auroit voulu ramener fon ami à cette place.

Quoi qu'il en foit, il faut que la cour ait été
bien mécontente de cette tragédie, puifqu'il eft
venu un ordre de ne la pas jouer une feconde
fois ; ordre qu'avoit prévenu l'auteur, qui avoit
été inftruit fans doute par fon protecteur de ce qui
devoit arriver. Le roi fur-tout, malgré toutes
les fadeurs qui lui font prodiguées dans cette
piece, en a été indigné ; fur le compte qui lui
en a été rendu, à fenti l'indécence qui en réful-
toit par l'affectation de dégrader le gouvernement
Anglois. En conféquence, S. M. a déclaré qu'elle
ne vouloit point qu'on traitât au théatre trop directement ces matieres politiques, & a fait en-
joindre aux cenfeurs d'être plus féveres & plus circonfpects fur ces matieres.

19 *Octobre. Madame* & madame *la comteffe*
d'Artois ont été voir ces jours-ci chez M. *Vernet* les
quatre tableaux que ce célebre peintrede marine
étoit chargé de faire pour le prince des Afturies,

&

& qui, étant finis, étoient fur le point de partir avant de pouvoir être offerts aux regards du public. Ces princeffes n'ont point été rebutées par l'incommodité du local, par la petiteffe & la roideur de l'efcalier; leur goût pour les arts leur a fait furmonter ces difficultés qui auroient effrayé la délicateffe de nos riches bourgeoifes. Elles ont paru en être bien dédommagées par le plaifir qu'elles ont eu & qu'elles ont témoigné à l'auteur en lui prodiguant de fréquents applaudiffements. Les meilleurs qu'il recevra fans doute font ceux du prince Efpagnol, qui paie ces quatre tableaux. cent mille francs. Eh! que les artiftes fe plaignent enfuite qu'on n'eftime pas leurs talents, qu'on ne les paie pas affez!

Les princes profitant de leur féjour à Paris ou aux environs pour fatisfaire leur curiofité, fe font auffi tranfportés chez M. Girardot, banquier affocié de M. Haller & de M. Necker, qui emploie une partie de fes richeffes à fe former un cabinet de tableaux très-précieux, & qui occafionne fa feule dépenfe.

Ce banquier philofophe, imitant M. Helvetius, fe retire pour vaquer plus librement à la jouiffance des arts, & fe contente d'environ quatre millions de bien qu'il a.

19 Octobre. Mlle. Rofalie de Saint-Evreux eft une très-jeune débutante à la comédie italienne dans les rôles de foubrette; à une figure charmante, elle joint un jeu fin & piquant dont les amateurs font enchantés; & l'on ne défefpere pas de voir renaître le talent de Mlle. Dangeville, fi elle cultive le fien & s'applique à fon métier avec la conftance qu'il exige. Un anonyme lui ayant adreffé des vers à ce fujet, elle y a répondu par

d'autres, du moins ils portent fon nom ; il feroit à fouhaiter qu'ils fuffent d'elle, & la mufe nouvelle de la comédie italienne vaudroit celle du théâtre lyrique, connue depuis quelques mois fous le nom de Mlle. Aurore.

20 *Octobre.* La reftauration du palais beaucoup plus longue qu'on ne l'avoit annoncée, malgré les contre temps qu'elle a éprouvés, commence à prendre forme. Elle attire les amateurs ; on y confidere déja des morceaux de fculpture qui y font décoration. Tel eft un fujet allégorique exécuté en bas-relief au deffus de l'entrée de la faile Merciere. A la grande falle du palais, s'offre d'abord le médaillon de Louis XVI, couronné d'oliviers, ce qui défigne la paix rendue à fes fujets par le rétabliffement du parlement. Il eft placé fur un bouclier ou égide, qu'on fuppofe celle de Minerve, fymbole de la fageffe du jeune monarque, guidé par fon mentor le comte de Maurepas. Des guirlandes de lauriers tiennent ce médaillon fufpendu à un faifceau, attribut de la force, emblême relatif à la réunion des cours fouveraines qui forment la bafe de l'état par le maintien des loix. Ce fujet quoique confus & alambiqué, a de la nobleffe & du génie. L'exécution eft de M. le Comte, fculpteur connu, fous les ordres de M. Defmaifons, architecte.

D'un côté eft l'éloquence, & de l'autre l'étude des loix ou la jurifprudence, perfonnage de nouvelle création, peu heureux.

20 *Octobre.* La faculté de médecine a pris, on ne fait pourquoi, Saint Luc pour fon patron, & en conféquence on célebre la fête par une meffe folemnelle qu'elle fait chanter à Saint Etienne, du-Mont, fa paroiffe. Le curé de cette églife

avoit déja prononcé la derniere fois à cette occafion, devant la fcientifique affemblée, un difcours
latin, dont les docteurs avoient été très-contents ;
il en a prononcé un autre cette année. qu'elle n'a
pas moins goûté, & qui étoit une fuite du pré-
cédent, où il avoit prouvé combien la religion
eft néceffaire à un médecin. Dans celui-ci il
expofe combien la religion a toujours diftingué
la médecine fuivant ce proverbe du fage : *honora*
Medicum propter neceffitatem, par les éloges, les
prérogatives, les honneurs qu'elle lui a décernés.

La faculté, par l'organe de M. Philip, fon
doyen, a témoigné fa fatisfaction & fa reconnoiffance à ce pafteur ; elle l'a conjuré de vouloir
bien fe rendre à fes inftances, & lui communiquer enfin fa premiere harangue, ainfi que celles-
ci, pour être infcrites dans fes regiftres.

21 *Octobre* Extrait d'une lettre d'Amiens, du 10
octobre. Notre académie ne s'occupe pas fimplement de vers & de profe ; elle fe livre à des objets
plus utiles & plus importants. Elle a eu l'idée de
profiter des inftructions établies dans la capitale de
la France par M. le lieutenant de police, qui y a inf-
titué une école de meûnerie & de boulangerie, dont
les lumieres doivent fe répandre dans toutes les
provinces. M. l'abbé Reynard, profeffeur de phyfique au college de cette ville & membre de l'académie, voyant avec regret que les plus beaux bleds
ne donnoient ici qu'un pain de médiocre qualité,
a lu à la rentrée publique de cette année un
mémoire fur cet objet. Il a excité le zele de
M. Dagay notre intendant, & fon confrere ; &,
fur les follicitations de celui-ci, le gouvernement
nous a envoyé meffieurs Parmentier & Cadet de
Vaux, les grands apôtres de la nouvelle doctrine.

Il ont trouvé que la boulangerie & fur-tout
la mouture étoient encore ici dans l'enfance,
comme il y a deux fiecles; qu'on n'y connoiſſoit
que la mouture ruſtique , mouture qui ne donne
que les deux tiers de farine , tandis que par la
mouture économique on en obtient les trois
quarts; que le boulanger n'employoit que de la
levure ; que le vice de conſtruction des fours con-
ſommoit un tiers de bois en pure perte , objet
d'autant plus à confidérer en Picardie , que cette
production y devient de jour en jour plus rare.
En conféquénce , le cours s'eſt ouvert le lundi 7
de ce mois , fous la préſidence de M. Dagay ,
qui, pour frapper la multitude , a fait un petit
difcours fur cet établiſſement, & exalté la bienfaiſance du gouvernement.

L'aſſemblée étoit brillante, & toutes les féances
l'ont été de même. L'évéque , l'intendant , le
corps municipal, l'académie , ſe ſont fait un devoir
d'y aſſiſter, & trois ou quatre cents ſpectateurs
venoient écouter réguliérement les profeſſeurs
économiſtes.

M. l'Evéque a voulu que les jeunes eccléſiaſtiques deſtinés à occuper des cures dans le diocefe,
vinſſent auſſi faire cette étude , plus utile que
toutes les fpéculations théologiques ; & ce n'étoit
pas un fpectacle peu comique que de voir toutes
ces jacquettes noires , blanchies par les habits
farineux des meûniers & des boulangers. Il a cru
qu'ils devoient devenir les dépofitaires de vérités
ufuelles, intéreſſant auſſi eſſentiellement le peuple
des campagnes : qu'un paſteur inſtruit fur le choix
& la préparation des femences , pouvoit écarter
beaucoup de fléaux , qui ne font que la fuite de
l'ignorance & du peu de prévoyance du cultivateur.

On craignoit que les boulangers d'Amiens &
ceux que M l'intendant avoit mandés des diverses
subdélégations , entêtés comme le font ordinairement ces artisans grossiers & stupides , ne vou-
lussent pas s'écarter de leur routine. Heureusement,
les instructions lumineuses de messieurs Parmentier
& Cadet de Vaux les ont convaincus : ils ont senti
qu'en boulangerie l'économie marche avec la perfection ; en sorte que les préjugés ont cédé à
l'intérêt , & , le cours terminé , ils ont été en
corps en témoigner leur reconnoissance à monsieur Dagay.

La circonstance de ce cours est d'autant plus
intéressante, qu'il y a cette année une quantité
considérable de bleds germés en Picardie ; qu'il
importoit de tranquilliser la province sur l'usage
de ce bled , & d'indiquer les moyens à employer
pour en obtenir de bon pain ; procédé qui doit
être fixé par un sieur Brocq , régisseur de la boulangerie des invalides & d'autres hôpitaux. Sa manutention va être ainsi constatée aux yeux d'une
province entiere , & M. l'évêque , M. l'intendant,
ainsi que l'académie, ne manqueront pas de donner
la publicité convenable aux expériences & à leur
réussite.

Le cours de meûnerie & de boulangerie fera
renouvellé périodiquement comme le cours clas-
sique, & M. l'Apostolle, démonstrateur de chymie, & membre de notre académie, en est
chargé.

22 Octobre. Aujourd'hui on doit donner au
théatre italien, la premiere représentation de Tom-
Jones à Londres , comédie nouvelle en cinq actes
& en vers. Elle est d'un M. Desforges , comédien
de province , qui passe pour le fils du docteur

G 3

Petit, & en eſt très-digne par ſon eſprit & ſes talents.

22 Octobre. Le bruit couroit ces jours-ci que le duc de Fitz-James étoit obligé de faire banque-route, ſuite des pertes énormes qu'il avoit faites au jeu par les eſcroqueries des principaux joueurs dont on a parlé, & qui ont été punis ſur les plaintes que Mad. la ducheſſe de Fitz-James, dame du palais de la reine, en a portées à S. M. Il eſt à eſpérer que la maniere dont ils ont été traités, effraiera leurs ſemblables. Le ſieur Hazon, comme le plus coupable ſans doute, quoiqu'appartenant à une famille très-honnête, & ayant de ſes parents du même nom au ſervice, eſt banni de Paris & envoyé à Iſſoudum, avec injonction de ſe repréſenter tous les quinze jours au lieutenant de la maréchauſſée, qui lui délivrera une atteſtation de ſa comparution.

Le ſieur Vamballe, Liégeois d'origine, quoique marié ici, a dû être conduit aux confins du royaume par la maréchauſſée, avec défenſe d'y rentrer.

Le baron de Vigé a reçu ordre auſſi de ſortir de France.

23 Octobre. Depuis cent ans environ, il eſt d'uſage que l'académie des ſciences & l'académie des belles-lettres réunies, entendent le jour de Saint Louis le panégyrique de ce héros chrétien dans l'égliſe de l'oratoire. Sans doute il eſt difficile de rajeunir un pareil ſujet, d'autant mieux que l'académie françoiſe depuis la même époque en entend auſſi un chaque année dans la chapelle du Louvre: quel a dû être l'étonnement des deux premieres académies au diſcours de l'abbé de Boulogne, qui avoit entrepris la même tâche, lorſqu'elles

ont été frappées des beautés neuves & soutenues
dont il est rempli.

Dès le début de la plus grande magnificence,
l'abbé de Gua de Malves, adjoint vétéran de
l'académie des sciences, s'imaginant que le prédicateur l'avoit pris sur un ton trop élevé, s'écria;
Voilà un sot ; mais à la fin du discours, il dit:
C'est moi qui suis un sot.

Vers le milieu de la premiere partie, M. le
comte de Tressan, de la même académie, subju-
gué par son enthousiasme, ne put s'empêcher de
battre des mains comme au théatre, & la plupart
de ses confreres l'ayant imité, le public les sui-
vit. Enfin M. Dalembert, plus froid, plus iné-
branlable pendant quelque temps, ne put résister
à l'impulsion victorieuse de l'orateur.

L'habitude où l'on est de ne voir que des pané-
gyriques médiocres sur une matiere aussi rebattue,
écarte ordinairement de cette assemblée les grands
littérateurs, en sorte qu'il n'y a guere que les académiciens obligés d'y assister, les amis de l'auteur
& des séminaristes, des moines, des dévotes &
des oisifs, n'ayant rien de mieux à faire. Lorsque
l'on sut la sensation extraordinaire qu'avoit produit
l'abbé de Boulogne, on ne pouvoit le croire. Il
étoit, il est vrai, déja connu avantageusement
ment par son éloge du dauphin; mais quelle différence de sujet ; les critiques difficiles ne pouvoient
s'empêcher d'imaginer que ces louanges étoient
exagérées. D'après les conseils des juges les plus
séveres, l'auteur vient de faire imprimer son discours, & il se distribue d'avant-hier.

Il faut convenir qu'à la lecture même il justifie
les applaudissements des deux savantes compagnies
devant lesqu'elles il a été prononcé. C'est la force

de *Boffuct*, c'eft l'onction de *Fénélon*. L'auteur a
eu l'art d'y fondre la vie entière de Saint Louis,
& de fes faits communs à tous ceux qui l'ont
précédé ; par la façon de les préparer, de les
placer, de les enchaîner, il en a fait fortir un
éloge de ce prince fi clair, fi lumineux, fi vrai,
qu'on femble l'avoir méconnu jufqu'à préfent, &
ne lui avoir pas encore affigné la place qu'il mérite,
au deffus des plus grands rois de la monarchie
françoife. Du refte, des morceaux de force, des
digreffions touchantes le varient merveilleufement, & ne laiffent jamais l'ame du lecteur en
repos. Mais le chef-d'œuvre du talent de l'auteur,
c'eft d'avoir accordé la religion avec la philofophie, la morale avec la politique, & d'avoir ainfi
réuni tous les fuffrages.

Le ftyle eft fain, fimple, noble, ferme & fans
manière.

23 *Octobre.* Madame la princeffe de Guemenée
s'eft trouvée par l'examen avoir participé beaucoup
à la banqueroute de fon mari, avoir fait même
des infamies dans fa place. Elle touchoit l'argent
pour payer les fourniffeurs de fon département ;
elle gardoit cet argent & leur donnoit des contrats
de rentes viageres. Il n'a pas été poffible de lui
conferver fa place, & elle a été forcée de donner
fa démiffion. Elle s'eft retirée dans une petite
terre du côté de Pontoife.

Quant au prince de Guemenée, c'eft pour fe
fouftraire aux premieres clameurs de fes créanciers qu'il avoit fait courir le bruit de fon abfence
& de fon féjour en Italie. Il n'étoit point forti de
France & s'étoit retiré à Navare, où il eft encore
retenu par un ordre du roi.

Un nouvel arrêt du confeil ordonne à tous fes

créanciers de rapporter tous leurs titres , & de faire des déclarations de la nature de leurs créances , des sommes qu'ils ont fournies , &c.

On ne fait point encore quelle fera la fuite de la déroute pour la maifon de Rohan ; on ne doute pas qu'elle ne perde la charge de grand-chambellan qui eft en vente , & dont M. le duc de Montmorency offre déja , dit - on , 1,600,000 liv.

On rapporte de M. le grand - aumonier un propos qui mériteroit bien de lui faire perdre fa place auffi. Il femble tirer gloire de l'énormité de la banqueroute de fon frere : il dit *qu'il n'y a qu'un roi ou un Rohan qui puiffe faire une pareille banqueroute.* En effet les rois de Sardaigne, de Suede , de Danemarck , de Pologne , de Naples ne pourroit l'imiter.

23 *Oétobre.* Le fieur de Beaumarchais , depuis la mort du comte de Maurepas , trouvant fans doute des obftacles pour faire jouer la fuite de fon *Barbier de Séville* , très-libre & très-orduriere , à ce qu'on affure , à voulu en donner un avant-goût au public. Il en a détaché une romance intitulé la *Romance du Petit - Page* , fur un air ancien très - tendre ; & elle fait fortune. Tout le monde la chante à la Muette , & la reine elle-même , la trouvant charmante , à daigné l'apprendre & la répete fouvent.

23 *Oétobre.* *Tom-Jones* joué hier n'eft point une comédie , mais un drame , ou plutôt ce font les deux derniers volumes du roman de ce nom mis en action , avec la différence que celui-ci eft très-intéreffant , & que le drame nouveau eft fort-long & foit ennuyeux. L'auteur a voulu conferver la vérité des caracteres , & n'a pas fenti que plufieurs

étoient trop outrés, trop ridicules, trop bas pour
la fcene. Du refte, il paroît n'avoir aucune connoiffance du théatre; il eft fans imagination &
fans reffources. Tous les moyens de fon intrigue
confiftent dans des lettres qui circulent en foule,
& ont finguliérement déplu au public. Les mécon-
tentements de celui-ci ont été plus marqués dans
les deux premiers actes. De bons traits de morale, quoique rebattus, un rôle affez noble,
quoique froid & inutile, quelque vers heureux,
au milieu d'une foule de très-mauvais, ont prolongé l'exiftence de la piece, & lui ont même
valu des applaudiffements au point qu'à la fin on
a demandé l'auteur d'affez bonne foi.

Le fieur Raymond, l'un des acteurs, eft venu
déclarer qu'incertain de fon fort très-équivoque
au commencement de la repréfentation, l'auteur
avoit difparu.

Il y a quatorze rôles dans cette piece où brillent
le fieur Granger, Mad. Dugazon, & quelques
autres. Mais il y en a de pitoyables, & le fieur
Rofiere principalement n'a pas peu contribué à
mécontenter le parterre.

24 *Octobre.* On ne fait point encore qui remplace Mad. la princeffe de Guemenée. On dit
que Mad. de Marfan a offert de reprendre fes fonctions; mais qu'elle n'a pas été agréée. On dit
que la place a été offerte à madame la ducheffe
de Polignac, qui refufe pour ne pas s'éloigner de
la perfonne de la reine, & pouvoir toujours lui
faire fa cour affidument. Madame la princeffe
de Chymay, dame d'honneur de la reine, & Mad.
la ducheffe de Mailly, dame d'atours, font fur
les rangs.

23 *Octobre.* La gazette d'Utrecht eft arrêtée

depuis le quinze septembre. On a cru d'abord que ce n'étoit qu'une simple suspension, comme il arrive quelquefois au courier de l'Europe ; mais un avis adressé aux souscripteurs de venir retirer leur argent, a fait connoître que c'étoit une proscription décidée. On est fâché de cette suppression d'une feuille qui amusoit les oisifs par son bavardage, sa gaieté & sa malignité. On a cru d'abord que la digression sur la mort de l'évêque d'Angers (M. de Grasse), qu'on y traitoit de prélat *libidineux*, & dont on révéloit les amours & même les impudicités, en étoit cause, mais on assure aujourd'hui que c'est pour s'être exprimé d'une façon indécente sur le comte d'Artois, en le peignant s'amusant plus de fêtes, de spectacles & de galanteries, que des exercices de la guerre ; critique d'autant plus déplacée & plus injuste, que rien n'obligeoit son altesse royale à s'arracher aux plaisirs & à la mollesse de son palais, si elle n'eût eu la noble envie de marcher sur les traces des héros de sa race.

24 *Octobre*. La piece des *Amants Espagnols*, jouée hier, n'est qu'une mauvaise pastiche du Barbier de Séville. L'auteur, enthousiasmé de cette farce sans doute, a cherché a imiter jusqu'aux plaisanteries aux tournures & au style du sieur de Beaumarchais. Mais n'ayant pas les mêmes ressources du côté de la gaieté & de la méchanceté, du côté de la nouveauté du genre & de l'à-propos des circonstances & des allusions, tombé comme son héros, il ne se relevera pas de même. De mémoire d'homme, on n'avoit vu de comédie aussi constamment huée depuis le commencement jusqu'à la fin ; & sans la présence de la reine qui les contenoit sans doute, les acteurs humiliés

de cette difgrace qui rejailliffoit fur eux , fe feroient retirés dés le troifieme acte , où les brouhaha & les fifflets fe font manifeftés au plus haut
degré. Les feuls traits bien reçu étoient ceux dont
on pouvoit faire une application maligne à l'infi-
pidité de cette étrange production. On a entr'autres applaudi à tout rompre des divers coins de la
falle , ce mot que dit au dernier acte un des perfonnages : *nous avons paffé une cruelle foirée.*

L'auteur eft un M. Boja , rédacteur des petites
affiches de Marfeille. Le fieur Molé, qui le repréfentoit , & avoit adopté l'ouvrage par fes correc-
tions , outré d'une auffi mauvaife réception, n'a
point voulu fe rendre à l'improbation générale.
Les malheureux , s'écrioit-il dans fa loge , en
fortant de la fcene , *les malheureux* ne connoif-
fent pas cet ouvrage, & n'ont pas voulu le connoître.

25 *Octobre*. Les partifans de la gazette d'Utrecht
travaillent à faire lever la profcription , & efperent réuffir en répandant quelque argent. Mais
les négociations font longues , & ils ne comptent
guere la voir reparoître avant le premier janvier
1783.

25 *Octobre*. Extrait d'une lettre de Libourne,
du 19 octobre.... Le régiment du Roi cavalerie , dont M. le vicomte de Noailles eft colonel ,
vient en quartier ici. Il arrive d'Auch où il
réfidoit avant : M. de Noailles n'a point voulu
quitter fon régiment qu'il ne fût rendu & can-
tonné dans cette ville. Comme il y avoit beaucoup de malades , il a eu l'humanité rare & ingénieufe, par des fourriers détachés à propos , de
faire en forte qu'il fe trouvât du bouillon & des
rafraichiffemens tout difpofés pour eux au lieu

du féjour , & il a préféré de les amener ainſi à
les laiſſer dans un hôpital où ils feroient mal foi-
gnés, n'ayant plus de chefs qui veillaſſent à leur
conſervation.

M. le vicomte de Noailles , obfervateur févere
de l'ordre & de la difcipline , ne veut pas que
des officiers de fon régiment jouent la comédie;
il regarde ces diftractions comme capables de
diminuer & énerver l'efprit militaire. Mais comme en même temps il faut remédier aux vices
qu'entraînent l'oifiveté , il a inſtitué pour fon régiment un club , où les officiers trouveront tous les
papiers publics , tous les journaux , tous les livres
nouveaux concernant leur métier. En outre , il y
aura des maîtres fondés de géographie , de deſſin ,
de mathématiques , des langues Angloiſe , Allemande , &c. Cela procurera un fort à pluſieurs
officiers de fortune en état de profeſſer ces différentes études.

Nous attendons ici M. l'abbé *Robin* , l'aumônier du régiment , homme de lettres , que M. le
vicomte de Noailles s'eſt particuliérement attaché,
& très en état d'arranger la formation du club ,
d'en faire les réglements & d'y préſider. Il eſt
déja connu par une brochure *fur les initiations* ,
ouvrage où , à l'occaſion de la maçonnerie , il fait
des recherches favantes & agréables relatives à
ces fortes d'aſſemblées & de fêtes fecretes des anciens. Il vient de publier tout récemment, *Nouveau
voyage dans l'Amérique feptentrionale* , en 1781.
C'eſt la relation circonſtanciée de ce qu'il a vu
& de ce qui s'eſt paſſé durant fon féjour en ce
pays, où il étoit aumônier du régiment de Soif-
fonnois, dont M. le vicomte de Noailles étoit
alors colonel en fecond. Vous jugez que cet au-

môniet n'eft pas de la trempe de tous ces moines
& prêtre libertins, ignorants, crapuleux, désho-
norant & avilissant leur état.

26 *Octobre*. Avant le commencement des vacances, la faculté de médecine n'a pu se dispenser de
faire droit sur la demande du docteur *Deslon*.
Elle a tenu sa troisieme assemblée à son sujet;
mais instruite par l'exemple du docteur Préval,
elle a voulu prendre toutes les précautions capables de la garantir des tracasseries d'un procès:
en conséquence, sans priver l'accusé de ses fonctions honoraires, sportes, jetons, elle lui a
seulement interdit l'entrée à ses assemblées pendant deux ans, pour lui donner le temps de venir
à résipiscence, sauf à procéder alors définitivement
contre lui, en cas qu'il persiste dans ses sentiments,
& la conduite que lui reproche son corps.

Le docteur Deslon avoit annoncé qu'il vouloit
comparoir devant ses confreres, plaider sa cause
& se défendre de la maniere la plus vigoureuse;
mais soit qu'il ait été intimidé par ses juges, soit
politique, soit impuissance, il n'a rien dit, & a
subi modestement son jugement. Il a eu depuis
peu une nouvelle humiliation : le docteur Mesmer,
dont il étoit l'apôtre & est devenu le martyr, a
écrit une lettre à la faculté, qui a été lue en
pleine assemblée, où il le renie pour son défen-
seur, prétendant qu'il entend mal sa doctrine, &
est incapable d'en faire l'application.

27 *Octobre*. Il paroît décidé que ce sera madame la duchesse de Polignac qui sera gouvernante
des enfants de France. On ajoute que la survi-
vance de capitaine-commandant des Gendarmes
de la garde qu'avoit M. de Guemenée, lui est
ôtée aussi, & est donnée à M. le duc de Polignac,

27 *Octobre.* On aſſure que M. le prince de
Soubiſe étoit chargé d'une lettre du prince de
Guemenée pour le roi, qu'il l'a préſentée à S. M.;
mais que ſans la lire elle l'a jetée au feu, en
diſant : je n'en veux pas écouter davantage ;
dites-lui qu'il ne ſe flatte pas de reparoître devant moi, que ſes dettes ne ſoient payées.

27 *Octobre.* Extrait d'une lettre de Saint-Germain-en-Laye, du 26 octobre.... Il y avoit ici
un comte de la Merville, chevalier de St. Louis, ancien militaire, qui s'étoit jeté depuis quelque temps
dans les intrigues de cour, s'annonçoit pour avoir
des projets de finance excellents, avoit obtenu
la protection du maréchal de Noailles, faiſoit
courir le bruit qu'il alloit être contrôleur - général, avoit même déja reçu des viſites de félicitation, & avoit en conſéquence trouvé des dupes
qui lui avoient prété de l'argent, on dit environ
30000 liv. Mais ſa marmite vient d'être renverſée
par un ordre du roi qui lui enjoint de s'éloigner
indéfiniment, & ſans lui aſſigner aucun lieu
d'exil, il lui eſt ſeulement défendu d'approcher
de la cour, & preſcrit de s'en tenir au moins à
10 lieues de diſtance.

28 *Octobre.* L'infatigable M. de la Blancherie ne
ceſſe d'eſſayer à faire parler de lui & de ſon établiſſement de toutes les manieres, dans tous les journaux & à tous les inſtants. C'eſt aujourd'hui dans
le courier de l'Europe du 18 de ce mois, qu'il nous
donne un extrait de la feuille de correſpondance
du 15 août, où il étale avec emphaſe la recette,
la dépenſe & balance de ſon journal. Le tout, pour
plus d'éclairciſſement, eſt encore accompagné de
notes.

Il compte actuellement 94 *protecteurs*, dont un

à double contribution, le cardinal prince de Rohan, fuivant la magnificence ordinaire de fa maifon. Un protecteur contribue de 4 louis par an.

Il y a en outre les *affociés*, au nombre de 56, qui donnent chacun 2 louis.

La troifieme claffe eft celle des *foufcripteurs* de la feuille qui coûte un louis. M. de la Blancherie en compte, tant à Paris qu'en province, en Europe & dans le monde entier, 163.

De toutes ces fommes il réfulte environ 15000 l. de recette ; & il paroît que la dépenfe étant moindre, il y aura quelque centeines de piftoles à diftribuer aux artiftes qu'on voudra encourager.

On voit, de fon propre aveu, que fon établiffement chéri eft encore bien dans l'enfance. Comment, après ce qui eft arrivé à la fociété libre d'émulation, ayant un but décidé, infiniment plus accrédité, pourroit il fe flatter de conferver fon exiftence éphémere ?

29 *Octobre.* Comme il arrive fréquemment, Tom-jones, affez mal accueilli à la premiere repréfentation, au moyen de quelques changements, du meilleur jeu des acteurs, & du renfort de troupes auxiliaires envoyées par l'auteur au parterre, eft monté aux nues à la feconde repréfentation. Monfieur Desforges, dans fon enthoufiafme, a adreffé à la troupe italienne le quatrain fuivant.

Quels prodiges naiffent de l'art,
Quand on fait le porter à ce degré fublime ?
Jones, malgré mà mufe, eût pu refter bâtard ;
Votre jeu vient d'en faire un enfant légitime.

Ces idées & ces images de bâtardife ont fingulièrement frappé dans ce M. Desforges, dont la philofophie le met fans doute au deffus des préjugés, qui d'ailleurs a un pere putatif, puifqu'il eft cenfé fils du Desforges fayancier & le mari de fa mere.

30 *Octobre*. L'aventure du prétendu comte de la Merville ayant fait beaucoup d'éclat, on a recherché fa naiffance, fa vie & tout ce qui eft relatif à ce perfonnage devenu fameux.

Il fe nomme Heurtaud, il a encore fon pere, gentilhomme, ou au moins vivant noblement dans une terre en Normandie, qui fe nomme la Merville, & qu'a, de fa grace, érigée en comté fon fils. Celui-ci a d'abord fervi dans les gardes ; mais s'y étant dérangé & n'ayant plus affez de fortune pour s'y foutenir, il en eft forti & eft entré dans la marine. Il étoit durant la derniere guerre enfeigne de vaiffeau fur celui de M. d'Achée, lors de fon expédition dans l'Inde : durant un combat, s'étant trouvé hors de fon pofte aux batteries de l'entre-pont, & même caché dans le four, à ce qu'affurent fes contemporains, le général lui fit arracher fon habit d'officier, le débarqua à fon retour à l'Ifle de France, lui défendit de jamais reparoître à bord, & de fe qualifier officier de la marine.

M. de la Merville, qui dès ce temps avoit une tête à projets, étoit encore à la paix à l'Ifle de France ; il y fit des fpéculations fur le commerce de l'Inde, féduifit quelques habitants crédules, leur mangea de l'argent, fut actionné en juftice pour le rendre, & eut des procès défagréables. Afin de fe fouftraire à ces pourfuites, il fut obligé de repaffer en France. La fecte des économiftes commençoit à fleurir ; il s'y agrégea, & fit des mémoires en conféquence.

Malgré fa fâcheufe aventure de la marine, mon-fieur Ogier, dont il étoit parent par fa femme,

lui fit obtenir la croix de St. Louis , & cette décoration lui valut un mariage avec une Dlle. très-
bien née , nommée Vandeigre , qui lui apporta
du bien. Il ne tarda pas à fe monter fur un grand
ton avec la dot de fa femme , à faire figure & à
manger de nouveau.

Rentrè dans la mifere, M. de la Merville s'eft
retiré à Saint-Germain-en-Laye , & eft revenu aux
fpéculations économiques. Il a profité de fon féjour
dans cette ville pour s'impatronifer chez le maréchal duc de Noailles , qui l'a goûté & l'a introduit
à la cour.

Dans les circonftances critiques où la France fe
trouvoit , le philofophe économifte avoit beau jeu
pour fe faire écouter. Cependant il n'a commencé
à faire bruit que depuis la difgrace de M. Necker.
Il a eu affez de crédit pour obtenir des conférences
dans le cabinet du roi avec fa majefté même , qui
parut goûter fes mémoires , & lui ordonna de les
lui laiffer. Les chofes reftant dans cet état de ftagna-
tion , fon ambition ne s'eft pas trouvée fatisfaite ;
il a cherché les moyens de produire une forte ex-
plofion , & de forcer en quelque forte le monarque
à fe décider en fa faveur par la clameur publique.
Il n'en a pas vu de meilleur que de communiquer
fon plan aux miniftres , aux grands feigneurs ; il
a obtenu le fuffrage de plufieurs , & entr'autres du
comte de Vergennes.

La publicité donnée aux mémoires du comte de
la Merville a alarmé M. de Fleuri , qui eft allé au
roi , & lui a repréfenté le danger de laiffer prendre
confiftance à cet intrigant , ce qui ne pouvoit que
jeter de l'incertitude fur fes opérations de finances
& ébranler le crédit public. Sa majefté , irritée que
M. de la Merville eût révélé les entretiens fecrets

qu'elle lui avoit accordés , a fenti la juftice des repréfentations de M de Fleuri , & lui a permis de prendre les précautions qu'il croiroit néceffaires pour arrêter la caballe qui commençoit à fe former pour M. de la Merville. Ce miniftre n'a pas trouvé de meilleur moyen & de plus doux en même temps, que de l'empêcher d'approcher de la cour , dont il avoit féduit beaucoup de gens par fes belles promeffes.

Le fyftême de M. de la Merville , au furplus , n'a rien de neuf en lui-même, puifqu'il propofe uniquement de fupprimer les impôts de toute efpece , les entrées & autres droits , & de réduire tous les revenus du roi à une certaine portion qu'il préleveroit fur les revenus des terres & des maifons.

30 *Octobre.* En exécution de l'arrêt du confeil du 12 octobre 1782, qu'on a annoncé, les créanciers de meffieurs les princes de Rohan & de Guemenée ont été invités par des placards affichés ces jours-ci, à porter les titres de leurs créances chez M. Boulard , le notaire féqueftre.

Ces placards , qui manifeftent plus authentiquement la faillite d'un prince de la maifon de Rohan, affligent encore plus vivement le maréchal prince de Soubife. Il continue à être dans le deuil & à ne point paroître à la cour. Comme gouverneur de la Muette , Madrid & bois de Boulogne , il avoit été obligé de s'y établir durant le féjour de la cour, & fa fonction auroit été d'y refter ; mais depuis cette fatale cataftrophe , il a fupplié le roi de trouver bon qu'il s'en ablentât.

31 *Octobre.* Un jeune Bordelois , nommé Garat, fils d'un avocat du même nom , & neveu du Garat homme de lettres qui s'eft établi à Paris , y eft venu trouver fon oncle. Il eft doué de l'organe le

plus beau & le plus merveilleux, & s'eft flatté en
conféquence avec raifon de fe produire ici avec
fuccès. Sans favoir une note de mufique , il contrefait, à s'y tromper, toutes les voix des acteurs
& des actrices, tous les inftrumens d'un orcheftre,
& à lui feul il exécute fucceffivement un opéra
entier. Les premiers compofiteurs de cette capitale,
MM. Piccini, Sacchini, Gretry, Philidor, ne
pouvoient croire à ce prodige, & s'en font convaincus par leurs propres oreilles. Ce talent unique l'a
bientôt faufilé parmi les actrices célebres, les filles
du grand ton de cette capitale, & c'eft à qui l'aura.
Il n'a que 18 ans ; il n'eft point mal de figure, & en
outre paffe pour être doué d'une vigueur à toute
épreuve auprès du fexe. C'eft aujourd'hui Mad. Dugazon qui s'en eft emparée. Ceux qui s'intéreffent à
lui font fâchés qu'il s'énerve de la forte. Quoi qu'il
en foit, avant qu'il ait perdu fa voix & fon talent,
ce qui ne manquera pas de lui arriver bientôt, on
voudroit le faire paroître à la cour, & il eft grande-
ment queftion d'engager la reine à l'entendre.

31 *Octobre*. M. le duc de Chartres eft enfin parti
pour l'Italie avec MM. de Genlis & le duc de Fitz-
James ; c'eft bien la moindre chofe qu'il devoit à ce
dernier qu'il a ruiné au jeu, ou du moins dont il a
eu les meilleures dépouilles.

C'eft l'abbé Beaudeau qui a fa confiance actuellement, & qu'il a vraifemblablement chargé de
veiller à la fuite de fes bâtiments. Cet abbé Beaudeau
eft un des principaux inftigateurs de l'expulfion du
fieur Seguins, le tréforier, & il l'a fait même très
durement, car il ne lui a pas laiffé plus de 24 heures
pour fortir des petites écuries du duc de Chartres
où il logeoit : il a fait auffi expulfer un commis
qui lui déplaifoit, quoiqu'il n'y eût aucun grief à

articuler contre lui. On ne fait s'il prendra le titre de tréforier ; mais il préfide aux dépenfes.

1 *Novembre* 1782. Il paroît toujours, lors des affemblées du clergé , quelque pamphlet propre à réveiller le zele de nofleigneurs : on parle de deux du même genre très-piquants , très-fatiriques & très-recherchés par conféquent. L'un a pour titre : *Lettres fecretes fur l'état aĉuel de la religion & du clergé de France , à M. le marquis de... ancien meftre-de-camp de cavalerie, retiré dans fes terres :* l'autre *Remontrances des curés congruifies de Provence & de Dauphiné.*

1 *Novembre.*On affure que madame la duchefle de Polignac n'aura foin que de M. le dauphin ; que la reine fe charge de Mad. royale, ainfi qu'elle s'en étoit expliquée , il y a un an , à la princeffe de Guemenée , lors de la naiffance du jeune prince. Deux fous-gouvernantes refteront près de la princeffe fous l'infpeĉion de S. M. ; & en cas de maladie ou d'abfence, c'eft Mad. Adelaïde qui doit fuppléer la reine dans cette fonĉion.Déja l'on prépare l'appartement de Mad. Sophie, attenant celui de Mad. Adélaïde , pour y loger Mad. royale.

2 *Novembre.* M. l'abbé Royou étoit depuis quelque temps le propriétaire en titre, du *Journal de Monfieur* , qui lui avoit coûté 4000 liv. Il commençoit à le monter : il compte aujourd'hui 300 foufcripteurs, & il fe flattoit d'en amorcer d'autres par fes extraits piquants ; mais un échec qu'il vient d'éprouver, retarde fes progrès & va détruire fes efpérances.Meflieurs de l'académie françoife , mécontents du compte que le journalifte a rendu de la féance de la St. Louis , & des farcafmes lancés fur quelques uns d'entreux, ont trouvé accès auprès du prince par l'entremife de M. Ducis , l'un deux , &

fecretaire des commandements de S. A. R. Ils lui
ont peint l'abbé Royou comme un fatirique
effréné , comme un chien enragé ; ils ont même
attaqué fes mœurs ; en forte que le prince a été
indigné qu'on abufât de fon nom pour repandre
un libelle périodique. La veille de la touffaint ,
M. le comte de la Châtre, premier gentilhomme de
la chambre de fervice auprès de *monfieur*, eft venu
de fa part intimer une défenfe à l'abbé Royou
d'intituler fon journal, *Journal de Monfieur*. Celui-
ci a cherché à fe juftifier, a prié M. de la Châtre de
vouloir bien interpofer fes bons offices auprès de
S. A. R. en fa faveur ; ce qu'il lui a promis , mais
fans lui laiffer entrevoir beaucoup d'efpérance de
réuffir.

2 *Novembre*. Extrait d'une lettre de Befançon...
J'ai vu cet automne , Mad. Jacquet de la Douai ,
la femme de ce malheureux dont il a été queftion
il y a un an. Elle eft revenue de Paris, où elle
étoit allée pour folliciter en faveur de fon mari ,
dès qu'elle en a appris la cataftrophe ; mais toutes
fes démarches ont été inutiles. Elle vit, dans la
médiocrité & les larmes , à un petit bien de campagne qu'elle a auprès de Lons-le-Saunier, avec une
fille très-jolie La mere eft fort aimée & fort eftimée :
elle eft bien née , fille du greffier en chef du parlement de Dombes , ayant apporté du bien que fon
fol époux a mangé. Tout le monde la plaint.
Quant au fieur Jacquet , le bruit de la province
eft, qu'il a été condamné par une commiffion
fecrete à la peine de mort qu'il méritoit ; mais
qu'elle a été commuée en une prifon perpétuelle.

J'ai vu auffi le frere de cet autre fou , qui nous
a fait faire cette belle équipée à Gibraltar. Ce
M. Darçon eft lieutenant-général du bailliage de

Lons-le-Saunier , & gémit de l'étourderie de fon frere l'ingénieur.

3 *Novembre.* Les *Lettres fecretes fur l'état actuel du clergé , &c.* paroiffent anciennes ; elles font datées de 1781 ; elles font au nombre de 4. Leur but eft de réveiller le zele pour la maifon du feigneur éteint dans tous les cœurs. Afin de mieux réuffir , ou du moins afin de fe faire lire, l'auteur a pris le ton léger & cauftique du perfiflage.

Dans la premiere, qui n'eft proprement qu'une introduction , il déplore l'abandon & le décri de la difcipline, même dans l'enfance,pour laquelle on a imaginé des éléments de féduction , jufque durant le caréme ou , tandis que les chaires retentiffent de gémiffements & d'anathêmes,toutes les fources de la volupté reftent ouvertes. Après cette peinture vive & énergique , il s'en prend aux chefs de l'églife qui en abandonnent les intérêts , qui végetent dans l'inaction & la molleffe , aux orateurs chrétiens devenus tolérants,n'étant plus que les foibles échos de ces tonnerres qui portoient le trouble & l'effroi dans les cœurs. Il en vient enfin à l'objet fpécial de fon ouvrage, à ce nouveau genre d'épifcopat qui embraffe le régime économique & politique d'un diocefe , & qui fait qualifier celui qui l'exerce d'*évêque adminiftrateur.*

On définit dans la feconde lettre, ce que c'eft qu'un *évêque adminiftrateur,*forte de *métis,*moitié facré , moitié profane, qui , fous la livrée fainte, exerce un apoftolat philofophique , dont l'objet eft de purger la France de toutes les erreurs du gouvernement, dont le principe eft que le bonheur public eft la *véritable,* la *feule* religion d'un état. Ce n'eft donc pas l'homme de dieu, le fucceffeur des Ambroife & des Chryfoftôme; c'eft un *Jockey* miniftériel, un reffort fecondaire qui s'engraine dans le rouage politique, & n'a de zele que pour l'*empirifme civil*, qu'on peut appeller l'épidémie du temps.

La troifieme lettre contient plus de détails fur les chefs & principaux agents de cette métamorphofe. L'archevèque de Touloufe eft le premier qui ait embraffé ouvertement le nouvel apoftolat. M. Necker par l'établiffement de quelques affemblées provinciales où préfident les évèques, les avoit fur-tout animés de l'efpoir d'être fes coopérateurs; il s'eft évanoui avec lui. Les prélats adminiftrateurs fe retournent d'une aurre maniere; les erreurs fifcales renaiffant de toutes parts, vont fournir matiere à leur ferveur politique.

M. Champion de Cicé, ci-devant évêque de Rhodès, aujourd'hui archevêque de Bordeaux, figure ici après M. de Brienne. L'abbé de Vermont y eft repréfenté comme un des promoteurs du dernier par fes intrigues auprès de la reine. Ce qui donne lieu de développer l'anecdote de l'élévation momentanée de l'archevêque de Touloufe au fiege de la capitale, & amene un éloge de M. de Juigné, que la fageffe du monarque a préféré.

On parle encore d'un certain abbé Cornu de Baliviere, qu'on peint comme un joueur du falon de Marly, où il fe fait admirer par la rapidité de fes combinaifons, la fupériorité de fes chances, l'audace de fes paris; de l'abbé d'Efpagnac, ivre de paradoxes & de galanteriés, vif, préfomptueux, difciple de l'abbé Delisle, échauffant les têtes de toutes les femmes, affichant ce qu'on appelle *les grandes mœurs*, c'eft-à-dire le mépris de l'opinion & des préjugés, récompenfé en conféquence d'une bonne abbaye.

Dans

Dans la quatrieme & derniere lettre, on regarde l'état du clergé comme défefpéré, fur-tout depúis l'affemblée de 1780, qui pouvoit opérer tant de bien & n'a rien produit. On trouve la caufe de tant de maux dans le mauvais choix des miniftres de la feuille, à commencer depuis l'évêque d'Orléans. Suit un portrait du cardinal de Roche-Aymon, fon fucceffeur, & une fortie violente contre M. de Marbœuf, & l'abbé de Fremont, fon fecretaire.

Ce pamphlet, à raifon de ces portraits fatiriques, & fur-tout de celui de M. l'évêque d'Autun, eft fort rare, & a occafionné quelque détention, légere cependant & pour la forme.

3 *Nobembre*. MM. *Piis* & *Barré*, fe font réconciliés avec les comédiens Italiens qui doivent jouer inceffamment deux de leurs pieces, une comédie en un acte & en vers, intitulée *le Mariage in extremis*, & *L'oifeau perdu & retrouvé*, opéra comique en un acte & en vaudevilles. La premiere a été refufée unanimement des François, & paffe pour déteftable : la feconde avoit d'abord pour titre, *la Coupe des foins ;* mais on leur a fait fentir combien ce titre étoit vague, & prêtoit d'ailleurs aux quolibets de toute efpece. On dit qu'il y a de jolies chofes.

4 *Novembre*. Le fieur le Quefne, ce marchand de foie qui depuis plufieurs années, au lieu d'étoffes dans fa boutique, n'offroit que les journaux de M. Linguet, s'eft débarraffé enfin de toutes ces paperaffes. Il n'a pu tenir aux plaintes continuelles d'une foule de foufcripteurs qui venoient redemander leur argent. Il déclare avoir rendu fes comptes au journalifte, & renvoie ceux qui s'adreffent encore à lui, à M. Linguet le frere.

Quant au fameux proferit, on convient chez M. le Quefne, qu'il n'eft plus à Paris; que ne pouvant tenir à l'état de défiance & de foupçon où il vivoit depuis fa fortie de la Baftille, il a pris le parti de s'en aller fourdement de France, fans paffe-port, & de renoncer pour jamais à fa patrie.

Il eft d'abord paffé à Bruxelles pour terminer les affaires qu'il pouvoit avoir dans cette ville, où il avoit établi fa réfidence. De là il s'eft tranfporté à Geneve & a voulu s'y faire naturalifer. Mais cette république fe trouvant actuellement tout-à-fait fous l'influence & la dépendance même de la France qui y tient encore des troupes, les chefs n'ont ofé adopter un fugitif qui avoit déplu au gouvernement. M. Linguet s'eft retourné du côté des *repréfentans*, en trop foible crédit pour le recevoir, mais ils font convenus de le faire comprendre dans la colonie des Genevois qui a propofé à l'Irlande de s'y établir. En conféquence, M. Linguet y eft déja & attend l'effet de la négociation.

4 *Novembre.* M. Guerin, marquis de Lugeac, lieutenant-général des armées du roi, vient de mourir à fa terre du Coudrai. C'étoit un brave militaire, mais un commandant trop dur. Il avoit eu l'honneur d'être à la tête des grenadiers à cheval, & s'en étoit fait détefter pour des infamies qu'ils lui avoient reprochées dans les mémoires publics.

4 *Novembre.* Extrait d'une lettre de Befançon, du 28 octobre.... Le 24 feptembre, le comte de Vaux a reçu un courier extraordinaire qui lui a apporté des lettres de cachet pour tous meffieurs, portant ordre de fe rendre au palais le 15 octobre à 7 heures du matin.

Ce jour, toutes les chambres affemblées, le comte de Vaux eft entré, & a notifié à la com-

pagnie une défense de délibérer fur aucun objet. Il
a enfuite fait tranfcrire un nouvel édit qui caffe les
deux arrêtés du parlement. On affure qu'il y avoit
pendant ce temps un paquet fur le bureau, intitulé
fix Lettres en blanc, & que ces lettres étoient pour
ceux qui auroient propofé de délibérer ; ce que la
compagnie ne pouvoit pas faire dans le moment.

Après la lecture publique, il a fait diftribuer à
chacun de meffieurs une nouvelle lettre de cachet,
portant défense, non-feulement de refter au palais
dès l'inftant de la remife de la lettre, mais encore d'y
rentrer avant la St. Martin. Le pere du jeune confeiller qui fit un jour efclandre chez un médecin, eft
forti le premier affez brufquement, & a été fuivi
avec précipitation de tout le monde ; de maniere
que le comte de Vaux eft refté feul avec le premier
préfident, chargé en effet de lui faire les honneurs.

On s'attend à des féances chaudes à la rentrée,
car la compagnie paroît bien montée.

5 *Novembre.* Quoique les *remontrances des curés
congruiftes de Provence & de Dauphiné* ne foient
que fictives, ces pafteurs du fecond ordre ne les
défavoueront pas certainement. Elles font datées
du 31 juillet 1782, & adreffées à nos feigneurs du
parlement de Paris, à l'occafion de l'enrégiftrement
qu'il a fait de la déclaration du 19 mars 1782,
qui défend aux curés en général de s'affembler.
Comme cette défense paroît avoir été faite relativement aux démarches des curés de Provence &
de Dauphiné, ce font eux que l'auteur met en
caufe ; & comme ils ne s'étoient réunis que pour
demander l'augmentation de leurs portions con-
grues, on les appelle *congruiftes.*

6 *Novembre.* Le *Mariage in extremis*, joué hier
aux Italiens, eft tiré des lettres du chevalier

H 2

d'Hev*** de Fontenelle. Le fonds en eſt ſinguliè-
rement plat. Il s'agit d'un amant qui menace de ſe
laiſſer mourir de faim , & perſiſte à refuſer toute
nourriture juſqu'à ce que ſa maîtreſſe ait conſenti à
l'épouſer. Le valet en fait autant vis-à-vis de la
ſoubrette. Point d'autre intrigue. Le ſeul coup de
théatre qu'il y ait conſiſte en un ſecretaire où
l'amant , dont le déſeſpoir n'eſt que feint , a caché
un pâté & du vin pour ſoutenir ſon abſtinence dans
la nuit ; découverte faite par le notaire , lorſqu'il
cherche du papier & de l'encre pour dreſſer à la
hâte le contrat de mariage.

Cette fable , très-mauſſade ſur la ſcene , eſt
moins bête & moins abſurde dans le roman , parce
que la femme ne ſe rend qu'au moins après 4 jours
de jeûne de l'amoureux. Du reſte , le dialogue eſt
rempli d'une infinité de platitudes , de jeux de
mots ; de quolibets du plus mauvais goût , & du
ton le plus ignoble.

L'oiſeau perdu & retrouvé , offre dans les premieres ſcenes quelques tableaux naturels, quelques
détails agréables; mais le ſujet eſt trop foible & trop
niais pour ne pas ennuyer à la fin , & d'ailleurs c'eſt
toujours le même cercle dans lequel tournent les
auteurs. Cependant le parterre a reçu avec beaucoup d'indulgence cette bagatelle , quoique la premiere piece eût dû l'indiſpoſer. Pour juger de ſa
bonhommie & de ſa complaiſance, il ſuffit de citer
le couplet ſuivant , qu'il a fait répéter deux fois:
il eſt vrai qu'une moitié ſiffloit, lorſque l'autre ap-
plaudiſſoit.

AIR : M. de Malboroug eſt mort.

Par le ſoleil brunie ,
C'eſt ainſi que dans la prairie,

La petite Thalie
Vous cherche des tableaux.
Oublié fes défauts,
Accueillez fes pinceaux.
Meſſieurs, votre préfence,
Quand vous y joignez l'indulgence,
Lui met en abondance
Du foin dans fes fabots.

7 *Novembre.* Dans les *remontrances des curés*,
très-modérées, très-bien faites, on examine d'abord
la nature de leurs aſſemblées, qui ne font nullement dans le cas des aſſemblées illicites & défen-
dues par les loix générales du royaume, qui ont
toujours eu lieu pour régler en commun leurs affi-
res. On analiſe enſuite les arrêts du conſeil, rendus
fréquemment dans certains cas particuliers, mais
accordés uniquement à la faveur, aux importunités
des évêques, & fouvent dreſſés par eux. On fait
voir que ce font des injuſtices & non des loix.

La premiere loi rendue en cette matiere, fuivant l'auteur, eſt la déclaration du 9 mars dernier,
enrégiſtrée par le parlement de Paris ; il la diſ-
cute, & prouve que fi cette fage compagnie avoit
eu le temps de l'examiner, elle en auroit découvert les vices, & n'eût pas adopté, comme une
manutention des regles les plus anciennes, une
légiflation toute nouvelle.

Il réfute l'objection cent fois répétée, que *les*
curés d'un dioceſe ne font pas corps. Il établit leur
droit naturel & civil à cet égard, conteſté feulement par le haut clergé, dont l'entrepriſe conſtante
eſt de faire difparoitre tous les droits du fecond. De
là un détail de fes ufurpations, foit en les privant
de fait de celui de s'aſſembler inhérent à la nature

H 3

de leurs fonctions , foit en les excluant des affemblées du clergé , foit en leur interdiffant le choix
de leurs vicaires , foit en leur ôtant la faculté de
déléguer leur pouvoir à tout prêtre du diocefe approuvé , foit enfin par la fuppreffion des fynodes.

L'orateur termine par exhorter nos feigneurs du
parlement à mieux défendre les pafteurs opprimés
par les évêques , en leur procurant une fituation
honnête , en portant leurs befoins au pied du
trône , en obtenant une répartition plus équitable
des biens eccléfiaftiques , qui faffe difparoître la
difproportion inouie qui met toute l'opulence d'un
côté & prefque l'indigence de l'autre.

7 *Novembre.* Depuis le mardi 29 octobre exclufivement, il n'y a pas eu d'opéra ; ce qui n'a entraîné
la ceffation que de deux repréfentations le jour de
la touffaint , où les fpectacles vaquent néceffairement , tombant cette année un vendredi. On a
employé ce temps à la prolongation du théatre ,
& l'on a travaillé avec tant d'activité qu'on recom-
mence à jouer demain. On donnera deux repréfentations extraordinaires pour dédommager les
locataires des loges à l'année.

Des connoiffeurs , qui ont vu la falle depuis fon
changement , craignent bien que le public n'en
foit pas content.

8 *Novembre.* On ne ceffe de s'entretenir du défaftre de la maifon de Rohan. On affure que Mad. la
princeffe de Marfan s'exécute , fe met en couvent
& confacre la plus grande partie de fes revenus à
foutenir l'honneur de fa maifon , s'il eft poffible.

On découvre auffi chaque jour de nouvelles infamies du prince de Guemenée. Depuis la guerre il
avoit des recruteurs d'argent à Breft & dans tous les
ports de Bretagne , pour féduire les pauvres mate-

lots & autres marins revenant de la courfe ou ayant fait quelque bénéfice fur leurs pacotilles ; ils les éblouiffoient par l'apparence d'un placement avantageux , & accaparoient ainfi tout leur argent. On prétend qu'on a même fait paffer des fonds en Bretagne pour appaifer les premieres clameurs.

8 *Novembre*. M. l'abbé Royou ayant pu fe faire entendre d'un prince trop judicieux pour le condamner irrévocablement, fans avoir reçu la juftification de l'accufé, a détruit pleinement les imputations dont on le chargeoit, a prouvé qu'on avoit furpris la religion de S. A. R. par un faux expofé , en tranfpofant, en interpolant, en dénaturant les paffages de fes extraits. Les défenfes font levées en conféquence, & le journal continue.

8 *Novembre*. L'éléphant de la ménagerie du roi eft mort fur la fin de feptembre dernier , âgé de onze ans. C'eft une époque mémorable dans l'hiftoire naturelle L'académie des fciences , qui malheureufement étoit alors en vacance, n'a pu s'occuper auffi promptement qu'elle l'auroit fait de l'examen de cet animal , dont l'efpece eft en général fi admirable par une intelligence prodigieufe , par une adreffe finguliere & par des fentiments multipliés d'attachement & de reconnoiffance. Louis XVI aimoit beaucoup celui-ci.

9 *Novembre*. L'éléphant que vient de perdre la ménagerie étoit un de ceux vus à la foire , & avoit été acheté 3000 liv. pour le roi , il y a 6 à 7 ans. Il a péri par imprudence en voulant boire ou plutôt fe baigner dans un des canaux du parc. En l'abfence de l'académie, il a été envoyé au jardin du roi. M. Daubenton le jeune, & M. Mertrud , démonftrateur royal d'anatomie, fe font empreffés de prendre toutes les mefures néceffaires pour fixer

H 4

invariablement les points les plus importants de l'hiftoire naturelle de l'éléphant, tant des parties extérieures qu'intérieures.

Le poids total a été évalué à près de cinq milliers; fa peau feule pefoit plus de 700 liv. , & fa tête féparée environ 500 liv. , quoiqu'elle ne fût pas chargée de groffes défenfes, cet animal n'ayant guerre que la moitié de fon âge d'accroiffement, fixé par M. de Buffon à 30 ans : l'on fe propofe d'empailler la peau & de fixer avec art le volume, les formes & le fite de toutes les parties de cet animal par une charpente de fer garnie & recouverte de la peau préparée , avec toutes les parties offeufes de la tête.

Cet événement rappelle la mort de l'éléphant de *Louis XIV* en 1681 , dont la mort fut annoncée par un courier à l'académie des fciences , invitée à venir en faire la diffection : ce qui eut lieu dans le palais du roi & en préfence de S. M.

On trouve l'hiftoire de cette célebre diffection dans les memoires de l'académie des fciences.

10 *Novembre.* Tout le monde n'eft pas content du changement fait à l'opéra. Il en réfulte une augmentation de 5 loges de plus de chaque côté de l'avant-fcene, d'une banquette à l'amphithéatre & de deux rangs au parterre. On a prolongé de 21 pieds le mur du fond du théatre par l'un de fes côtés ; mais l'avant-fcene fe trouvant reculée ainfi , plufieurs loges anciennes s'en reffentent , deviennent prefque nulles & les propriétaires fe plaignent.

10 *Novembre.* On difoit ces jours-ci chez la maréchale de Luxembourg , que la banqueroute du prince de Guemenée étoit une banqueroute de fouverain : oui , s'écria-t-elle ; mais il faut efpérer que ce fera le dernier acte de fouveraineté que fera la maifon de Rohan.

Toute la haute nobleffe en général n'eft pas fâchée de cet événement, qui humilie les Rohans, dont les prétentions & la hauteur lui déplaifoient infiniment.

11 *Novembre.* Les comédiens François doivent jouer inceffamment *les Amis rivaux*, petite piece nouvelle en un acte & en vers. Elle eft de monfieur Forgeot, qui a déja donné au théatre italien, en 1780, une comédie intitulée *les deux Oncles*, attribuée mal-à-propos à un baron d'Eftate, & dont il s'avoue aujourd'hui le pere, quoique fon nom n'ait pas encore été mis dans l'almanach des fpectacles.

12 *Novembre. Relation de la féance publique de l'académie royale des infcriptions & belles-lettres, tenue aujourd'hui pour la rentrée d'après la faint Martin*

On a d'abord fait l'annonce du prix que l'académie doit décerner à pâques 1784. Le fujet eft de déterminer *l'influence des loix maritimes des Rhodiens fur la marine des Grecs & des Romains, & l'influence de la marine fur la puiffance de ces peuples.* On voit que cette queftion eft relative aux événements préfents, peut du moins en amener une fuite d'autres qui, moins éloignés de notre temps, deviendront encore plus directs & plus fenfibles.

Après cette annonce, M. Dupuy, le fecretaire de la compagnie, a lu l'*éloge du comte de Maurepas*, de fa compofition. Faute de diligence, il avoit une tâche d'autant plus difficile à remplir, que le fecretaire de l'académie des fciences qui l'avoit primé, a pour ce genre d'éloquence un talent infiniment fupérieur, & qu'il avoit fur-rout excellé en ce même fujet. M. Dupuy s'eft donc retranché à un

H 5

simple historique des faits , & a évité autant qu'il a
pu de développer ceux où avoit brillé son rival.
Il s'est beaucoup étendu sur l'ancienneté de la
famille des Phélypeaux , sur les differents chefs
qui l'ont illustrée ; digression peu susceptible de critique ou de philosophie, & qu'avoit par cette raison
sans doute négligé le marquis de Condorcet. En
louant le secretaire d'état au département de Paris,
d'avoir fait fermer le trop fameux hôtel de Soissons,
il n'a pas fait une peinture assez énergique de ce
séjour d'horrreurs , de cet enfer anticipé , dont
nos maisons de jeu actuelles , nos tripots mes-
quins , quoique non moins funestes par leur multiplicité , ne sont qu'une foible émanation. Il a
glissé sur le rappel du parlement , sur l'origine de
la guerre présente , & a craint de s'expliquer trop
ouvertement sur ces matieres délicates.

M. Dupuy craignoit moins la concurrence dans
les détails relatifs à l'académie des belles-lettres ;
apparemment que la vie de son héros lui en four-
nissoit peu. Il n'a parlé que de sa réception , & de
la joie que le comte de Maurepas lui témoigna de
le revoir dans son sein , lorsqu'il fut rappellé au
ministere. Il n'a fait même aucune mention des
petits ouvrages attribués à ce ministre , & qui ,
quoique par leur futilité peu analogues aux travaux de la compagnie , l'en rapprochoient cependant plus que quantité d'autres honoraires sans
aucun talent ni mérite personnel.

Au reste , si le secretaire de l'académie des inscriptions ne pouvoit espérer de briller après celui
de l'académie des sciences , il doit se féliciter du
moins de s'être fait écouter encore , de n'avoir
point ennuyé , d'avoir même paru court , & sur-
tout de ce que les connoisseurs ont trouvé cette

fois moins de petitesse dans ses idées & plus de noblesse dans son style.

Cette lecture a été suivie de celle d'un mémoire de M. Dacier, intitulé : *Recherches sur l'usage observé en France, quand les rois ont acquis des fiefs dans la mouvance de leurs sujets.* L'auteur suit la trace de cet usage depuis la premiere réunion connue d'un arriere-fief à la couronne, jusqu'au regne de Louis XIV ; il fait voir combien la faculté indéfinie qu'avoient nos rois d'étendre leur domaine, & de devenir les vassaux de leurs propres sujets, a contribué à l'accroissement de leur prérogative & à la destruction de la puissance féodale, dont toutes les pertes tournoient au profit de l'autorité royale. Il falloit sans doute un aussi grand motif pour les déterminer dans les commencements aux actes humiliants qu'exigeoient ces acquisitions. Il est vrai que jamais ils n'ont rendu l'hommage eux-mêmes; mais ils envoyoient des représentants, porteurs de lettres d'excuse; celles-ci n'eurent lieu que dans le principe, & furent bientôt supprimées; mais la formalité est restée, soit de la maniere ci-dessus, soit par ceux auxquels ils les louoient, revendoient, concédoient, ou avec qui ils les échangeoient. De toute maniere leur but étoit rempli, & ils sont ainsi parvenus insensiblement à n'avoir plus de résistance à craindre contre leurs empiétements, & à rompre tout équilibre.

L'abbé Arnaud a lu ensuite un mémoire sur *les inscriptions & leur utilité.* Il a commencé par faire connoître les hommes qui se livrerent les premiers à la recherche des monuments de l'antiquité; de là il a passé aux monuments même ; il a exposé tous les avantages que la littérature a retirés de l'étude des inscriptions. Pour mieux faire valoir son travail

& jeter plus de mouvement & de chaleur dans une
difcution auffi froide, cet académicien, naturellement charlatan, a fuppofé que bien des gens
donnoient la préférence aux médailles fur celles-
ci. De là un vafte & long développement du mérite
fupérieur des infcriptions, que perfonne ne contefte, mais qui amene le point capital & fecret où il en
vouloit venir. Il propofe, vu leur importance &
la néceffité de les défendre contre les injures du
temps, ainfi que les médailles, de choifir un lieu
où l'on les raffembleroit fous l'infpection d'une
compagnie favante; & l'on fent que ce ne peut
guere être que l'académie des belles-lettres. On ne
fait fi cette infinuation a été concertée avec le miniftere; mais au cas où l'établiffement fe formeroit,
fans doute l'auteur du projet ne feroit pas oublié &
y feroit avantageufement colloqué. Quoi qu'il en
foit, il eft très-digne d'y préfider par fa connoif-
noiffance des langues, par fon activité, par fon
intelligence & fon induftrie.

L'abbé Arnaud a terminé fon mémoire par un
morceau fur l'érudition, où, après avoir parlé de
l'ufage qu'on doit en faire, il l'a vengée du mépris où depuis quelque temps on femble avoir pris
à tâche de la faire tomber.

Après cette lecture, M. Déformeaux a fait celle
de fon cinquieme *mémoire fur la Nobleffe Françoife.* Il s'eft attaché dans cette differtation à faire
connoître l'état de cet ordre illuftre, fon pouvoir &
fon influence fous le regne de St. Louis. Il a repréfenté ce prince fupérieur à fon fiecle, luttant prefque toujours contre les préjugés & les abus, cherchant à fubftituer à des coutumes barbares & abfurdes, une légiflation fimple, fixe & équitable, proté-
geant les droits de la nobleffe contre les prétentions

du clergé, & les droits de celui-ci contre celles de
la nobleffe, & empêchant fur-tout ces deux ordres
de tourmenter & d'opprimer le peuple. Il prouve
enfin, que le vœu le plus ardent de ce bon roi & le
but de fa politique, étoient le bonheur du peuple,
qu'il regardoit comme la portion de fes fujets la
plus nombreufe, la plus pauvre & la plus utile.

Le favant académicien s'accorde fi fort dans fa
maniere de penfer fur le compte de St. Louis
avec le panégyrifte dernier de ce roi, l'abbé de
Boulogne, que fon mémoire ne femble qu'un
commentaire du magnifique éloge de l'orateur
chrétien en cette partie ; & ce concert qui n'eft
fûrement pas arrangé, ne fait que donner plus
de relief aux fublimes beautés de ce difcours, par
la véracité de l'hiftoire qui doit en faire la bafe.

La féance a été terminée par la déclamation de
la huitieme *Néméenne* de Pindare pour Dinias, fils
de Megès, vainqueur à la courfe de Stade, que
M. de Vauvilliers a traduite en profe. Ces odes tiroient leur nom des jeux Néméens, inftitués en
l'honneur d'Hercule, vainqueur du fameux lion de
la forêt de Némée. On a entendu avec plaifir la traduction de l'académicien, qui a parfaitement bien
faifi le genre de fon auteur. On y a trouvé de la
force, de la nobleffe, du fentiment, & moins de
ces écarts extravagants qu'on reproche au poëte
Grec Quoique l'heure de la clôture de l'affemblée
eût fonné avant la fin de cette lecture, par une indulgence rare, le préfident a permis à M. de Vauvilliers de continuer jufqu'au bout ; mais il n'a pu
faire part au public de fes notes & de fon commentaire fur cette *Néméenne.*

12 *Novembre.* En ce temps de guerre on fent
plus que jamais la néceffité d'augmenter en France,

par tous les moyens poffibles, la récolte du falpé-
tre, qui fait la bafe de la poudre à canon; fa rareté
oblige les falpétriers de redoubler les fouilles déja
très-gênantes qu'ils font autorifés de faire chez les
particuliers; vexation dont la bienfaifance du roi
voudroit délivrer fes fujets.

En conféquence, dès 1775 l'académie des fciences avoit été autorifée de propofer un prix de
4000 liv. fur cet objet. Il devoit étre proclamé à
la féance publique de pâques 1778.

Les mémoires adreffés à ce premier concours &
qui étoient en très-grand nombre, firent connoitre
que le délai accepté étoit trop court, relativement
à l'importance du fujet & à la nature des expériences qu'il exigeoit, & le prix trop modique,
pour dédommager les concurrents des dépenfes
néceffaires, afin de remplir complettement les
intentions du gouvernement.

L'académie différa donc la proclamation du
prix, & en fixa l'époque à la St. Martin 1782. En
même temps elle fit des repréfentatious à S. M.
qui voulut bien augmenter le prix, porté à 8000 l.,
& accorder en outre une fomme de 4000 liv. pour
être diftribuée en un ou plufieurs *acceffit*, fuivant
le nombre des mémoires qui pourroient avoir droit
à des récompenfes, & fuivant l'étendue des dépenfes utiles qui paroîtroient avoir été faites par
les concurrents, relativement aux prix.

Ces nouvelles difpofitions ont produit l'effet
avantageux que l'académie devoit en attendre, &
elle a reçu une foule de mémoires, dont le grand
nombre lui a paru digne d'être recueilli. C'eft
dans la féance publique de demain 12 que la proclamation du prix & des *acceffit* aura lieu.

13 *Novemb.* La petite comédie des *Amis rivaux*

repréfentée aujourd'hui pour la premiere fois, a été
très-bien jouée & fort applaudie. Elle a paru d'un joli
comique , & d'un meilleur ton que les *deux Oncles*.

13 *Novembre. Relation de la féance de l'académie royale des fciences, tenue aujourd'hui mercredi pour fa rentrée publique d'après la St Martin.*

Une merveille toujours fubfiftante & toujours
incroyable, c'eft l'empreffement des auditeurs à fe
rendre en foule aux affemblées publiques de l'académie royale des fciences, le plus fouvent dénuées
d'intérêt , remplies d'ennui & certainement inin-
telligibles pour le grand nombre. En effet , fi les
membres des diverfes claffes entre lefquelles eft
partagée la compagnie ne s'entendent fouvent pas
refpectivement , fi l'anatomifte parle une langue
étrangere au géometre , le chymifte à l'aftro-
nome , & ainfi tour-à-tour , comment feroient-
ils plus à portée de la multitude ? La premiere
caufe de cette affluence extraordinaire & périodique, eft que la plupart des académiciens, étant profeffeurs dans quelque partie de doctrine , chacun
d'eux entraine fes éleves après lui , ce qui forme
déja une maffe impofante d'afpirants à la porte ,
fpectacle fuffifant pour en entraîner bientôt une
plus grande. La feconde , c'eft l'adreffe , la charlatanerie des chefs, qui favent qu'il fuffit pour
accroître le défir d'entrer dans un lieu, d'en rendre
l'accès difficile. C'eft ainfi que M. le marquis de
Condorcet, fecretaire de l'académie des fciences en
fonction , fur qui roule la manutention de ces fortes
de fêtes favantes, digne difcipline de M. Dalembert,
a comme lui multiplié les obftacles. Tout récemment , afin de mettre meffieurs plus à l'aife & de
redoubler la curiofité , il a imaginé de pofer des
barrieres poftiches dans l'intérieur de la falle , qui

ont confidérablement géné aujourd'hui & fait presque étouffer plusieurs personnes ; anecdote qui ne manquera pas d'être citée l'année prochaine, & de produire un concours plus immense. Par une autre innovation, plus efficace encore, il a invité beaucoup de jolies femmes, comme parentes ou amies des défunts qu'il avoit à célébrer, à venir l'entendre ; le peu de Virtuoses femelles qui assis- toient jusques-là à ces assemblées, étoient reléguées & enterrées en quelque sorte dans des tribunes obscures. Cette fois, sous prétexte de les placer plus commodément, il les a fait descendre & les a arran- gées parmi les auditeurs en forme d'amphithéatre, derriere les académiciens, ce qui a produit le contraste piquant des fleurs, des chapeaux, des pompons du sexe avec le scalpel, le télescope & la cornue. En effet, M. Portal a lu un mémoire d'anatomie *sur des morts subites, causées par la rupture du ventricule gauche du cœur ;* M le Mon- nier, un mémoire d'astronomie *sur les éclipses de soleil, avec des réflexions sur l'athmosphere de la lune,* & M. de Milly, un troisieme *sur une nouvelle méthode de faire l'analyse des substances végéta- les :* tous assez concis heureusement, n'apprenant rien aux profanes, & ne méritant aucun détail.

M. Lavoisier avoit préparé un mémoire *sur les effets qu'un feu animé par l'air vital ou l'air dé- phlogistiqué produit sur les pierres précieuses ;* mais M. le duc d'Ayen, le président de l'assemblée, l'ayant prié, s'il n'étoit point fort attaché à cette lecture, de s'en dispenser, il en a fait le sacrifice, & a laissé tout le reste de la séance au marquis de Condorcet, qui l'a très bien rempli, sauf quelques minutes que lui a dérobé M. de la Lande, pour faire part au public de la note suivante. Il a dit ;

* L'obfervation du paffage de Mercure fur le foleil, annoncé & attendu avec impatience, a été
faite le 12 par tous les aftronomes de Paris. On a
commencé à appercevoir Mercure à 2 h. 58 m., &
on l'a perdu de vue à 4 h. 20 m.; mais les attouche-
ments intérieurs des bords de Mercure & du foleil
font arrivés à 3 h. 4 m. 40 fec., & à 4 h. 17 m. 30 fec.
en prenant un milieu entre diverfes obfervations.
Les vapeurs & l'abaiffement du foleil rendoient les
bords irréguliers & mal terminés ; en forte que l'on
trouve des différences fenfibles entre les divers obfervateurs. M. le Monnier obfervoit chez lui dans
la rue Saint-Honoré ; M. Caffini & M. le Gentil,
à l'obfervatoire royal ; M. le duc d'Ayen & M.
Mechain, à l'hôtel de Noailles ; M. Meffier, à
l'hôtel de Cluny ; M. de la Lande, au college de
Louis-le-Grand ; M. Dagelet, à l'école militaire ;
M. l'abbé Marie, M. Megnié & M. le Gendre,
au college Mazarin ; M. Cagnoli, dans un nouvel obfervatoire qu'il a fait conftruire rue de Richelieu. Le ciel qui étoit couvert depuis plufieurs
jours, s'eft éclairci la veille, & a comblé les
vœux de tous les obfervateurs ".

Avant de procéder à la lecture des trois éloges
qu'il avoit à publier, M. le Marquis de Condorcet
a commencé par rendre compte du prix extraordinaire dont le fujet étoit la queftion fuivante :
*Trouver les moyens les plus prompts & les plus
économiques de procurer en France une production & une récolte de falpêtre plus abondantes
que celles qu'on obtient préfentement, & fur-
tout qui puiffent difpenfer des recherches que les
falpêtriers ont le droit de faire chez les particuliers.* C'eft M. Touvenel, docteur en médecine,
affocié regnicole de la fociété royale de médecine,

qui a remporté le prix de 8000 liv. par un mémoire dont le fecretaire a donné une analyfe fuc-
cinte & claire , dans lequel l'académie n'a pu fe
refufer de voir une fupériorité bien décidée fur
tous les autres concurrents.

Des 4000 livres à diftribuer comme *acceffit* ;
M. Lorgna , colonel des ingénieurs au fervice de
la république de Venife , directeur de l'école militaire à Verone, membre des académies des fciences
de Pétersbourg , de Berlin , de Turin , de Bologne,
Padoue , Mantoue , Sienne , &c. & correfpondant
de l'académie royale des fciences de Paris , a obtenu 1200 liv. MM. de Cherand , infpecteur des
poudres & falpêtres dans les provinces de Franche-
Comté & de Breffe , & Gavinel , ont eu 1200 liv.
auffi à partager pour un mémoire fait en commun.
Une fomme de 800 a encore été accordée à la
piece d'un M. J. B. de Beuni , médecin à Anvers,
de l'académie impériale des arts & belles-lettres de
Bruxelles , & pareille fomme à une derniere , dont
l'auteur eft refté anonyme.

Toutes ces annonces faites, M. de Condorcet a
commencé par *l'éloge de M. Danville* , le premier
géographe du fiecle. Son goût pour cette fcience
fe manifefta dès le college. En lifant les auteurs
anciens, il s'occupoit à deffiner les cartes des pays
dont ils parloient , à y placer les villes , les champs
de bataille , à y tracer la marche des généraux. A
l'âge de 22 ans , il obtint un brevet de géographe,
quoiqu'il n'eût pas voyagé , qu'il fût très-peu de
géométrie & moins encore d'aftronomie. Par fon
feul génie il fuppléoit à fes connoiffances , & dé-
crivoit un pays qu'il n'avoit jamais vu , de maniere à étonner ceux qui le parcouroient , fes cartes
à la main. Il n'avoit pas moins de fagacité pour

détruire, que pour découvrir ou rectifier. Il a fait
disparoître une foule de royaumes, de fleuves, d'isles
qu'avoient enfanté l'ignorance , la mauvaise foi ,
ou l'imagination romanesque de ses prédécesseurs.
Il étoit très-laborieux & a travaillé pendant près de
60 ans 15 heures par jour. Il avoit rassemblé avec
soin une immense collection de cartes , trésor précieux dont le roi fit l'acquisition, en lui laissant cette
jouissance pour le reste de sa vie. Malgré sa santé
délicate & ses occupations continues , elle a été
fort longue, & il a poussé sa carriere jusqu'à 85 ans.
Il est mort dans une sorte d'enfance , après avoir
employé ses derniers soins à mettre dans ses porte-feuilles l'ordre nécessaire où il vouloit les laisser.

Une chose qui distingue spécialement le talent
de M. de Condorcet, c'est la variété qu'il met dans
ses éloges. On a été plus à portée d'en juger durant
cette séance, où il en a lu trois. Cependant il faut
tout dire , & ils étoient eux-mêmes très-diversifiés
par les sujets. Après avoir fait sentir tous les avantages de la géographie dans le premier , il s'est
étendu dans le second sur la science du médecin.
Il s'agissoit du docteur Tronchin, dont nous avons
déja rapporté quelques traits de sa vie, quelques
principes de sa doctrine. Une anecdote que nous
ignorions, c'est la faveur rare de son admission à
l'académie, dont il étoit exclu de droit par les
circonstances. En effet, comme protestant il ne
pouvoit être reçu au rang des académiciens ordi-
naires ; comme attaché à M. le duc d'Orléans , il
n'avoit pas de qualité pour être classé parmi les
associés étrangers : cependant le desir de la compagnie de le posséder dans son sein , fit passer par
dessus la regle , & il fut reçu en 1778.

Outre le service que Tronchin a rendu à la France

en y introduifant l'inoculation , elle lui a d'autres
obligations : celle d'avoir introduit un nouveau
fyftéme de traitement pour la petite vérole, par le
régime rafraîchiffant fubftitué au régime échauffant ; celle d'avoir rendu l'air aux malades qu'on
étouffoit en les renfermant dans leur propre
athmofphere empefté ; d'avoir perfuadé aux femmes de faire l'exercice pour leur fanté & la confervation de leurs charmes , par cette méthode
ufitée aujourd'hui chez nos plus grandes dames de
fe promener à pied le matin, un bâton à la main,
ce qu'elles appellent *Tronchiner ;* enfin, d'avoir
achevé par fes confeils de gagner fur les meres ce
que Rouffeau leur avoit déja perfuadé par fon éloquence , de nourrir leurs enfants ; pratique également conforme à la morale & à la médecine. Au
refte, ce grand homme en médecine avoit peu d'invention ; & s'il y a fait des révolutions, ç'a été
moins comme créateur , que comme obfervateur
qui profite des vérités connues , qui les rajeunit ,
les fait germer & les remet en vigueur. Il n'a
prefque point écrit.

Rouffeau avoit été fort lié avec ce médecin,
puis l'avoit décrié: il avoit appellé tour-à-tour
mon ami Tronchin & le jongleur Tronchin , cita-
tion rapportée à regret par l'hiftorien, & fur laquelle il a brifé promptement ; il s'eft, au contraire, étendu avec complaifance fur l'amitié dont
Voltaire honoroit le défunt , & qui , après avoir
éprouvé quelques légers nuages , s'étoit fortifié
plus que jamais jufqu'au tombeau.

M. de Montigni étoit le troifieme confrere que
le fectetaire avoit à célébrer. Celui-ci étoit de la
claffe de méchanique. Son goût pour les arts s'étoit
manifefté dès l'enfance. S'étant caffé la jambe à l'âge

de 10 ans, on le trouva occupé à examiner les pieces de fa montre qu'il avoit démontée avec beaucoup d'adreffe ; on lui demanda quel étoit fon deffein : *J'ai voulu voir fon ame*, répondit-il. Cependant il a peu travaillé ; il s'eft contenté de prouver qu'il avoit affez de talent pour faire des découvertes, & a préféré de faire valoir celles des autres. Sa fortune & fes entours lui procurerent une place de *commiffaire du confeil*, il étoit déja tréforier de France. Dans fa nouvelle dignité il donna de la vie & du mouvement au commerce. Nos manufactures lui font redevables de plufieurs étoffes, dont la fabrication n'étoit connue que de celles d'Angleterre.

L'auteur de ce panégyrique a fait valoir la modération du défunt, qui fe trouvant en concurrence avec M. Dalembert pour le titre de penfionnaire furnuméraire, lui céda la préférence, quoiqu'il fût fon ancien, & reconnut l'infériorité de fon mérite.

M. de Condorcet parle rarement du trépas & de la fortune de fes héros. Il a affecté de vanter la mort de celui-ci, & d'exalter la fageffe avec laquelle il avoit adminiftré fes affaires en très-bon état. Il avoit, a-t-il ajouté, cet ordte fi précieux aux hommes d'une probité fcrupuleufe : ils favent que c'eft le feul moyen infaillible de ne pas s'expofer au malheur & au crime de manquer à leurs engagements ; crime d'autant plus honteux, qu'il refte prefque toujours impuni, & qu'il eft fouvent trop facile à ceux qui le commettent de fe fouftraire aux loix ou de les furprendre en fa faveur. Cette phrafe fatirique, relative aux circonftances & à la banqueroute du prince de Guémenée, a été extrêmement applaudie. C'étoit une vengeance toute naturelle que prenoient ainfi tant de favants & de gens de lettres préfents, dupes de leur confiance dans ce grand feigneur.

On ne peut mieux finir la notice de ces éloges que par celui d'une dame de diftinction préfente, qui s'écrioit en s'en allant: fi j'étois homme, & de l'académie, l'idée d'être loué par M. le marquis de Condorcet, me feroit une confolation à ma derniere heure.

14 *Novembre.* Si nous enrichiffons les théâtres étrangers de nos principaux fujets dans les divers genres, mais principalement dans la danfe, ceux-ci nous en envoient auffi de dignes de notre admiration ; c'eft un échange mutuel de talents qui ne peut tendre qu'à la perfection de l'art.

On parle depuis quelques jours d'une demoifelle Bacelli, premiere danfeufe de l'opéra de Londres, venue à Paris, & qui doit débuter au nôtre demain dans le ballet du fecond acte d'Electre. Son nom l'annonce italienne. Elle eft telle en effet, & fœur de la charmante actrice qui a fait pendant fi longtemps les délices du théatre rival des François, fous le nom & dans les rôles d'*Argentine.*

Au refte, elle devient même en quelque forte l'ouvrage de la France, car on ajoute qu'elle a les plus grandes obligations à M. Gardel le jeune, qui, depuis un an, s'eft fait un plaifir de l'aider de fes confeils & de fon expérience.

15 *Novembre.* Pour mieux faire fentir au public l'avantage du prolongement du théatre, on a commencé par *Caftor & Pollux* à reprendre le cours des repréfentations. En effet, lorfqu'on eft en face, on juge que le développement des grouppes, la dégradation des plans & les effets de la perfpective s'y font beaucoup mieux fentir. Mais le peu d'accord des nouvelles loges avec les anciennes déplait

aux gens difficiles, & en général tout ce qui eft ajouté après coup, rompant l'unité générale ne peut fatisfaire les yeux du critique.

Du refte, on juge encore mieux par cet arrangement qu'on ne fonge pas à rétablir de fi-tôt une nouvelle falle, & que celle-ci fubfiftera bien long-temps dant cet état.

15 *Novembre.* Par une réunion de confiance fort rare & très-facheufe pour les individus qui l'ont eue, il fe trouve une foule d'ex-jéfuites compris dans la banqueroute du prince de Guemenée : on en compte déja quinze ou feize de connus.

16 *Novembre.* C'eft dans le ballet du fecond acte d'Electre, fur un air de M Sacchini, que Mlle. *Baccelli* a débuté hier. On ne peut nier que ce ne foit une très-agréable danfeufe, qui réunit à une taille bien prife, de la vigueur & une exécution brillante ; mais étant abfolument dans le même genre de Mlle. Dupré, qui a paru il y a quelques mois, & qui a déja beaucoup de partifans, elle a caufé moins d'admiration, fur-tout par le tour de force avec lequel elle re-tombe, fe tient & pirouette fur l'orteil, fans rien perdre de fa nobleffe & de la grace de fon rôle, en ce que la première l'exécute auffi.

17 *Novembre.* On eft inondé de plus en plus d'annonces des fondateurs de Mufées, qui four-millent depuis deux mois : le fieur de la Blan-cherie, le premier de tous ces charlatans litté-raires, s'eft fait prôner fans relàche dans toutes les gazettes étrangeres & nationales. C'eft aujour-d'hui le fieur Pilâtre de Rozier, s'intitulant *in-tendant des cabinets de phyfique, de chymie & d'hiftoire naturelle de Monfieur, en fon palais du Luxembourg, attaché au fervice de Madame,*

membre de plufieurs académies nationales & étrangeres, qui vante fon premier Mufée, auto-rifé par le gouvernement.

Il répand un nouveau *profpectus* où il fait voir la fupériorité de fon inftitution, qui procure tous les moyens capables de réunir l'expérience à la théorie, où l'amateur & le favant pourront donner une libre carriere à leur imagination, & rectifier leurs idées par la manipulation.

En effet, ils auront en ce lieu, & des livres, & des machines, & des profeffeurs ; ils pourront en tout temps, chaque jour, à toute heure, faire ufage des uns, confulter les autres.

Il apprend que non-feulement il a le fuffrage des princes de la maifon royale, des miniftres, des favants de toutes les claffes ; mais qu'il reçoit des fecours des magnifiques cabinets de l'obfer-vatoire-royal, de l'école-royale vétérinaire, de ceux de quelques particuliers, & fur-tout du fuperbe cabinet de M. Sue, l'un des profeffeurs pour l'anatomie.

Enfin, M. l'abbé Cordier de St Firmin, créateur du *Mufée littéraire*, qui ne peut prendre encore un vol auffi haut, n'ayant point de protecteurs auffi auguftes, auffi puiffants, auffi déclarés, fe contente d'inviter les paffants à entrer dans le fien qu'il a fait bâtir à neuf, qui doit fe rouvrir le jeudi 21 de ce mois, & qui, par le concours de plufieurs jolies femmes, d'une mufique en-chantereffe, de poëtes aimables, d'orateurs élo-quents, doit en effet l'emporter fur les autres, tout fcientifiques, & très-ennuyeux conféquem-ment.

17 *Novembre.* Extrait d'une lettre de Bour-deaux, du 12 Novembre... M. le comte d'Eftaing, attendu

attendu ici depuis plufieurs jours, vient enfin d'y arriver, jeudi 7 au foir : la foule pour aller au devant de lui, étoit aufli confidérable que celle qu'attira l'empereur, le jour de fa defcente en cette ville, & il a penfé être étouffé comme cette majefté. Il ne put gagner le carroffe que M. de Fumel, qui commande ici, lui avoit envoyé. Le fieur de Beaumarchais, qui veut être de toutes les bonnes fêtes, étoit depuis plufieurs jours à Bourdeaux pour affifter à celle-ci : il a même fait l'empreffé ; il écartoit les importuns d'auprès du général, lui fervoit de bouclier, & l'a empêché d'étouffer. Il l'embarqua dans un fiacre qui fe trouva là par hafard.

M. le maréchal de Mouchy avoit donné ordre qu'on préparât le gouvernement pour le recevoir ; mais M. le comte d'Eftaing a voulu aller coucher à l'auberge, où il a foupé téte-à-tête avec le fieur de Beaumarchais ; ce qui a fort déplu aux honnêtes gens de cette ville. Cependant le commerce lui a fait une députation de négotiants pour le féliciter du choix du monarque, & fe féliciter eux-mêmes de ce choix. Il les a remerciés, & leur a rendu leur vifite le lendemain à la chambre de commerce. On avoit placé dans la falle d'affemblée un fauteuil où il n'a jamais voulu s'affeoir ; tout le monde étant refté debout, il a pris la parole ; il les a remerciés en fon nom, les a affurés de fa bienveillance ; il les a inftruits des bonnes difpofitions où le roi étoit à leur égard, des nouveaux arrangements que S. M. venoit de prendre pour la protection du commerce, pour établir une marine, indépendante de la marine royale, & prife dans les officiers bleus, dans les capitaines & officiers marchands. Il leur a fait

part auffi des pouvoirs qu'il avoit à cet égard, &
durant tout le temps de fa miffion, pour les divers objets relatifs à fon généralat; enfin, il a remis au juge de la bourfe une lettre du roi, qui
étoit comme fa lettre de créance auprès d'eux.

Du refte, M. d'Eftaing a refufé toutes les fêtes
qu'on lui avoit préparées; il a déclaré ne pouvoir en accepter aucune dans les circonftances
défaftreufes où l'on fe trouvoit, & a invité les négociants à tourner à des objets utiles l'argent
qu'ils vouloient confacrer aux plaifirs. Il a cependant accepté un dîner à la bourfe le lendemain.
Le jour de fa première féance, comme à fon arrivée les findics & chefs fembloient occupés, il
a témoigné une efpece de crainte de les troubler
dans leurs affaires. Le fieur de Beaumarchais a
pris la parole pour eux, & lui a répondu : entrez
monfieur le comte; il s'agiffoit du mariage que
vous venez de nous annoncer de la marine militaire avec la marine marchande, & l'on fe dif-
pofoit à vous offrir les rubans de noces. On fit
voir en effet, en même temps à M. le comte
d'Eftaing une foufcription ouverte, afin d'en remettre les fonds à fa difpofition, & foulager les
matelots bleffés ou malades qui auroient fervi
fous lui.

Le lendemain il a voulu donner à dîner aux
principaux négociants; il a vu la ville & la comédie, & eft reparti le lundi 11.

18 *Novembre.* La romance du petit page de la
cour eft paffée à la ville : quoique l'air, qu'on dit
tendre, ne foit réellement que trifte & niais;
que les paroles qu'on dit naïves, ne foient que
plates, la mode eft de l'avoir & de la chanter
par-tout. Comme elle n'eft point imprimée, &

qu'il n'y a pas d'apparence qu'on joue de si-tôt
la piece d'où elle est tirée, la voici :

Mon coursier hors d'haleine,
Que mon cœur, mon cœur a de peine !
J'errois de plaine en plaine,
Au gré du Dextrier.

Au gré du Dextrier,
Sans valet, écuyer,
Là, près d'une fontaine,
Que mon cœur, mon cœur a de peine !
Songeant à ma marraine,
Sentis mes pleurs couler.

Sentis mes pleurs couler.
Prêt à me désoler,
Je gravois sur un frêne,
Que mon cœur, mon cœur a de peine !
Sa lettre dans la mienne :
Le roi vint à passer.

Le roi vint à passer.
Ses barons, son clergé.
Beau page, dit la reine,
Que mon cœur, mon cœur a de peine !
Qui vous met à la gêne ?
Qui vous fait tant pleurer ?

Qui vous fait tant pleurer ?
Nous faut le déclarer.
Madame & souveraine,
Que mon cœur, mon cœur a de peine !
J'avois une marraine
Que toujours adorai.

I 2

Que toujours adorai :
Je fens que j'en mourrai.
Beau page, dit la reine,
Que mon cœur, mon cœur a de peine!
N'eft-il qu'une marraine?
Je vous en fervirai.

Je vous en fervirai,
Pour page vous aurai :
Puis à ma jeune Hélene,
Que mon cœur, mon cœur a de peine!
Fille d'un capitaine,
Un jour vous marirai.

Un jour vous marirai.
Nenni n'en guérirai :
Je veux, traînant ma chaîne,
Que mon cœur, mon cœur a de peine!
Mourir de cette peine
Et non m'en confoler.

18 *Novembre.* Suivant d'autres lettres de Bourdeaux, d'après les ordres du roi que le comte
d'Eftaing leur avoit communiqués, & l'autorifa-
tion qu'ils en recevoient, les fyndics & chefs du
commerce ont nommé trois commiffaires pour
défigner ceux des officiers de la marine marchande, capables des fonctions honorables que
le roi veut leur confier. Ce font meffieurs *Griguet*,
Candeau & *Grammont.* Le comte d'Eftaing en
a nommé trois autres de fon chef, & tous pris
dans la claffe des négociants proteftants, quoiqu'ils foient exclus par les réglements de toute
charge & même du fyndicat. Ceux-ci font mef-

fieurs. *Paul Nerat*, *Pierre Teffier* & *Pierre Serré*: enfin, les fix ont fait choix d'un feptieme, M. de la *Thuilliere*; & c'eft à ce comité que doivent fe préfenter tous ceux qui afpirent à compofer le nouveau corps de marine.

18 *Novembre*. A raifon de l'arbitraire introduit dans l'adminiftration du théatre lyrique, c'eft l'opéra nouveau, intitulé l'*Embarras des richeffes*, en trois actes, qui doit paffer, quoique ce ne foit pas fon rang à beaucoup près. Les paroles font de M. Lourdet de Santerre, & la mufique du Sr· Gretry.,

19 *Novembre*. L'abondance des pluies, tombées pendant l'automne de cette année, a retardé les récoltes dans plufieurs provinces de la France, & une partie des bleds a germé fur pied & en javelle.

Le comité de l'école de boulangerie, qui embraffe tout ce qui intéreffe l'économie rurale, a été chargé de la part du gouvernement de s'occuper de cet objet.

Il a d'abord été décidé que le pain provenant du bled germé n'eft point mal-fain; mais comme, le bled en cet état eft très-fufceptible d'acquérir bientôt d'autres vices réellement funeftes, il a fallu chercher les moyens d'arrêter la germination des bleds, ce que la deffication à l'aide du feu peut feule opérer.

En conféquence le comité a propofé d'établir dans les provinces les plus fujettes à la germination, c'eft-à-dire les plus humides, des étuves communes, comme il y a des preffoirs bannaux : il fe charge de diriger ces établiffements pour les villes ou communautés qui defireroient le former.

I 3

20 *Novembre.* Il a percé ici quelques exemplaires d'une brochure ayant pour titre : *Qu'est-ce que le Pape?* Elle parut à Vienne au moment où le pape alloit arriver. Son but visible étoit de prévenir les excès où des idées mal conçues & une dévotion outrée, auroient pu jetter les gens du peuple peu instruits. On présume par conséquent qu'elle étoit autorisée par l'empereur ; & en effet, son auteur bientôt connu, M. Eybel, obtint peu après une place de conseiller de la régence de Lintz. On prétend que le clergé ne lui a pas pardonné, & qu'il vient de mourir empoisonné. Quoiqu'il en soit, voici comme on raconte sa fin : le 15 octobre, il fut surpris de douleurs très-violentes dans les intestins ; il regarda d'abord lui-même cette espece de colique comme mortelle. Deux ecclésiastiques, venus pour lui donner les secours spirituels, tâcherent de l'engager à désavouer son écrit, & à rétracter ses sentiments. Il les renvoya, & fit appeler un prêtre plus tolérant, & par conséquent plus chrétien, entre les bras duquel il expira avec beaucoup de fermeté le 17, âgé de 42 ans.

21 *Novembre.* M. *Nogaret*, en possession d'imaginer des allégories pittoresques, & dont on a déja détaillé celle qu'il a composée pour l'impératrice-reine, vient de descendre de ce sujet relevé, & en a inventé une en l'honneur de M. l'archevêque de Paris actuel. Au dessus de l'ovaire du portrait du prélat est un fronton sur lequel la ville de Châlons, appuyée, paroît triste & abattue, tenant en sa main droite un rituel de la composition de M. de Juigné, fait à l'usage de son diocese. Sa main gauche, munie d'un burin, emblême de la reconnoissance, porte sur

fon écuffon vuide. L'amitié, fenfible à fes regrets, lui préfente un cœur, avec cette dévife :
longe & prope.

À gauche du fronton paroît la ville de Paris
fouriant, & tenant d'un air de fatisfaction les
armes du prélat, avec ces mots : *Dilectus quia
dilexit.*

Dans le fronton font les attributs de l'épifcopat.

Au deffus de l'ovaire figure la Foi, l'Efpérance
& la Charité. L'autel fur lequel la Charité eft
affife, offre un bas-relief analogue, où Jefus-
Chrift paroît tendant les bras au peuple, & s'é-
criant *venite ad me omnes.* L'autel oppofé, fur
lequel repofe la Foi, offre un fcribe & un phari-
fien qui fe difputent fur divers points de l'ancienne loi : Jefus leve la main au ciel, & d'un mot
les réduit au filence. *Adorate deum.*

Dans le bas-relief du milieu, le roi, fuivi de
la Prudence & de la Juftice, fe remarque dénouant
le bandeau de l'Abondance; il fixe l'attention &
les dons de celle-ci fur M. de Juigné, qui les
accepte avec foumiffion, & par un double gefte
annonce qu'il remercie & deftine tant de biens
au foulagement des malheureux. Ce qu'exprime
la devife : *Colligit ut fpargat,* devife qui fert en
même temps d'explication à un foleil, vu dans
fon apogée, entouré de nuages qu'il répand en
rofée, & formant la clef du cèintre dans le point
le plus élevé de ce morceau d'architecture. Un
fablier, une lampe & des rouleaux font placés
au deffous de l'ovaire, & ces attributs de l'étude
défignent les utiles entreprifes faites par le prélat
dans l'interprétation des langues favantes.

À droite & à gauche de l'ovaire font deux
trophées facrés, offrant chacun un médaillon.

I 4

Dans l'un paroît un héraut d'armes qui apporte une colonne à la Religion de la part de *la puiffance Légiflative*, avec cette infcription : *Columna ecclefiæ ;* dans l'autre, deux enfants vêtus de lin, préfentant à la *puiffance Légiflative*, de la part de la Religion, un petit tabernacle, fur lequel eft l'agneau fans tache. Sur la bordure font écrits ces trois mots : *mitis & fortis.*

Au bas de l'eftampe on lit en latin : "La ville „ de Paris rend graces au roi, rémunérateur des „ vertus, du préfent que S. M. lui a fait en lui „ donnant M. de Juigné pour archevêque. „

On voit par le développement de cette allégorie, qu'elle eft trop emphatique pour un fujet auffi fimple, trop compliquée d'ailleurs & trop recherchée.

22 Novembre. Extrait d'une lettre de Bourdeaux, du 16 novembre... Quoique le commerce, qui fe préparoit depuis quinze jours à recevoir le comte d'Eftaing de la maniere la plus diftinguée, n'ait pas été trompé dans fon attente, puifqu'il l'a poffédé dans fon fein plus de trois fois vingt-quatre heures, il n'en a pas moins été défolé de ne pouvoir donner à fon zele tout l'effort qu'il defiroit, par la modeftie de ce général. Il y en a eu cependant bien affez pour faire tourner une tête moins froide. En effet, trois cent navires pavoifés, tous portant du canon, qui l'ont accompagné lorfqu'il parut fur la riviere, des falves nombreufes d'artillerie, des cris répétés de *vive le roi & le comte d'Eftaing*, étoient déja bien flatteurs. La foule immenfe qui s'eft attachée fur fes pas, & l'auroit prefqu'étouffé fans le fieur de Beaumarchais, qui lui a amené un fiacre, lui a prouvé que cet enthoufiafme étoit général.

Le jour où il eft allé voir la comédie, la beauté de ce local a fourni lieu à une fuperbe illumination, & le nombre des douzes colonnes qui
forment le périftile, à l'infcription galante en
tranfparent : *vive d'Eftaing*, qui forme juftement
autant de lettres.

Il n'y a que le fieur de Beaumarchais qui a
gâté tout cela. Les chefs de la chambre du commerce, piqués de voir la confiance que le comte
d'Eftaing fembloit prendre en cet intriguant, &
de l'audace de celui - ci s'immifçant dans leurs
opérations, comme s'il étoit du corps des négociants de Bourdeaux, & qu'il le dirigeât, ont été
obligés de lui fignifier qu'il eût à s'abftenir de
paroître parmi eux. Meffieurs du Vergier, du
Bergier & Perès, les trois fyndics de la chambre,
ne voyant rien dans la lettre du roi qui eût trait
à la foufcription indiquée, qui l'exigeât ou l'infinuât, n'ont pas jugé à propos d'y contribuer,
ce qui a finguliérement refroidi les autres; en
forte qu'elle reftera à-peu-près au taux de trois
cents mille livres où elle étoit déja portée. La
crainte que le fieur de Beaumarchais ne leur ôtât
tout le mérite de leur zele en fe l'attribuant, eft
le motif qu'ils ont donné de leur refus.

M. l'abbé Hollier a célébré le comte d'Eftaing
par des ftances qu'il lui a adreffées au nombre
de cinq; comme ce ne font guere que des lieux
communs, je ne vous les envoie pas.

22 *Novembre.* Il a été parlé dans le temps du
projet de transférer les capucins du fauxbourg
Saint-Jacques à la Chauffée - d'Antin, & d'y établir pour eux un couvent dont l'églife ferviroit
de fuccurfale à la paroiffe de ce quartier trèséloigné. Le bâtiment a commencé en juillet 1780.

I 5

C'eſt M. Brogniart, architecte du roi, déja connu
par pluſieurs édifices qui réuniſſent le ton de la
meilleure architecture au goût & à l'élégance,
qui en a été chargé.

Hier M. l'archevêque de Paris a fait la bénédiction de l'égliſe, enſuite ce prélat y a célébré
une meſſe votive de Saint Louis, roi de France,
auquel elle a été dédiée. Cette fête pieuſe a attiré un grand concours de curieux. M. le lieutenant de police, qui, par ſa ſurveillance, a ac-
céléré les travaux, y a aſſiſté. La muſique du
dépôt des gardes-françoiſes a exécuté pendant
la meſſe différents morceaux ; il y a eu pendant
l'élévation un motet à trois voix, chanté par
les ſieurs Laïs, Cheron & Rouſſeau, acteurs de
l'opéra. A la ſuite de tout le cérémonial religieux, le R. P. provincial des capucins a ha-
rangué M. l'archevêque par un diſcours ſimple,
court & convenable au ſujet. Jamais capuciniere
en France n'avoit été ſi bien fêtée.

· 22 *Novembre.* Les comédiens Italiens doivent
repréſenter aujourd'hui, pour la premiere fois,
l'Indigent, drame en quatre actes de M. Mercier.
Il eſt imprimé depuis long-temps, & a eu du ſuccès dans la province. Le ſieur Granger en a déja
fait l'eſſai à Bourdeaux ; il en connoît le mérite
& a engagé ſes camarades à accueillir cette piece. En général il paroît partiſan de l'auteur. Au
reſte, il y a de l'intérêt dans *l'Indigent ;* le ſujet
en eſt vrai & rempli de tableaux neufs & pitto-
reſques ; mais un coup de théatre hardi dans le
ſecond acte, pourroit faire tort à l'ouvrage, ſi le
public n'eſt pas diſpoſé favorablement, & ſur-
tout ſi l'exécution n'eſt pas préciſe & rapide,
comme l'exige ſa ſituation.

23 *Novembre.* Le *Musée* s'est ouvert avant hier dans son nouvel emplacement de la maniere la plus brillante, & avec le concours des personnages les plus distingués dans la littérature. On a été surpris de la rapidité avec laquelle les travaux ont été poussés sous la direction de l'agent de la compagnie, l'abbé *Cordier.* On lit sur le frontispice cette inscription : *Musée de Paris,* institué le 17 novembre, 1780, la septieme année du regne de Louis Auguste.

24 *Novembre.* Le succès de *l'Indigent,* joué hier sans être complet, doit être satisfaisant pour l'auteur. On y a critiqué des détails puérils, & une intrigue romanesque. Le sujet est un tisserand, fils d'un laboureur, qui vit dans un grenier avec une jeune personne qu'il croit sa sœur. Un riche remarque celle-ci, en devient amoureux, & se flatte de la corrompre aisément dans sa misere. Elle lui résiste : il se retourne du côté du frere, & lui fait accepter une bourse de cinquante louis. L'artisan les emploie à racheter de prison un vieillard, son pere : l'un & l'autre s'empressent de venir remercier leur bienfaiteur ; mais apprenant par la jeune personne dans quelle intention cet argent a été donné, le vieillard regrette ses fers ; il jure de rendre la somme & de les reprendre ; toutefois il veut auparavant procurer un appui à Charlotte ; c'est le nom de l'ouvriere qu'il déclare n'être pas son enfant. Il veut la marier à Joseph. Après différentes explications, il se trouve que cette vertueuse fille est sœur de son corrupteur, & qu'il lui revient une fortune considérable : elle rentre dans ses droits ; & n'en épouse pas moins l'artisan, son compagnon d'infortune.

Le coup de théatre, dont on craignoit l'issue :

I 6

a bien pris. Il se passe dans la scene du tête-à-
tête du riche séducteur avec la jeune ouvriere.
Enfermée & ne sachant comment s'arracher à ses
poursuites, elle trouve un fusil & s'en sert pour
enfoncer la porte : il étoit chargé, il part, les
valets accourent au bruit, & elle profite du tumulte pour s'évader.

On n'a pas trouvé que le séducteur mît assez
d'art dans son langage & dans sa conduite envers la jeune personne : la maniere peu délicate
ou même grossiere & tyrannique, dont il s'y
prend pour lui enlever tout moyen de défense,
a révolté un grand nombre de spectateurs.

Il y a dans le dernier acte un très-beau rôle
de notaire, mais qui se donne trop d'importance, & sort de la classe où il devroit se tenir,
pour trancher du premier magistrat ou du petit
ministre.

La prose de ce drame est aussi trop nue ; le
dialogue est trop souvent coupé, haché, sus-
pendu d'interjections & de silences.

Malgré ces défauts & beaucoup d'autres, il y
a un caractere d'originalité dans la maniere de
l'auteur, qui le fait sortir de la classe ordinaire,
& donne à ses productions un véhicule qu'elles
n'auroient pas, s'il suivoit la carriere générale.

25 *Novembre.* C'est demain qu'on donne à l'opéra la premiere représentation de l'*Embarras des
richesses*, & en conséquence on en a fait aujour-
d'hui une répétition générale. Ce sujet n'est autre
chose que la fable de la Fontaine mise déja en
action au théatre italien par le même auteur des
paroles, M. Lourdet de Santerre ; c'est la piece
du pere du Cerceau, intitulée *Grégoire*, & c'est
encore mieux la comédie de Dalainval, intitulée

également l'*Embarras des richeffes* , & jouée au
même lieu en 1725. Tout cela indique une grande ftérilité dans le poëte , quant au fonds ; mais
quant aux acceffoires , il s'eft ménagé des reffources infinies , fans s'inquiéter peu , il eft vrai ,
des anachronifmes & des inconféquences fréquentes dont fon ouvrage fourmille. Quoi qu'il
en foit , fi le poëme a paru aujourd'hui miférable , la mufique de M. Gretry a fait grand plaifir. Les amateurs l'ont trouvée pleine de grace ,
de fineffe , & ayant prefque toujours le caractere
convenable aux fituations des acteurs ; la partie
de l'accompagnement fur-tout a finguliérement
réuffi : il faut voir l'effet que cet enfemble pro-
duira demain.

25 *Novembre*. M. de Vaucanfon , de l'académie
royale des fciences , eft mort ces jours-ci. C'étoit
le plus grand méchanicien de l'Europe. Il s'eft
fur-tout immortalifé par fes automates , par un
flûteur qui jouoit des airs délicieux , par un ca-
nard qui mangeoit , digéroit & fe vuidoit.

26 *Novembre*. M. le marquis de Molac , lieutenant-général des armées du roi, officier-général ,
qui s'eft toujours occupé de manœuvres militaires
& de tout ce qui eft relatif à fon état , dans fes
moments de loifir , fe livre au commerce des
Mufes ; il a confervé un attrait particulier pour
la langue latine , qui fait fouvent le dégoût de
la jeuneffe , & a été le charme de la fienne ; il
vient de compofer pour Newton une épitaphe
en un diftique , qu'on trouve fupérieure à celle
qu'ont fait graver les Anglois fur fon tombeau à
Weftminfter. Voici les vers de M. de Molac.

Quem divum tempus , cœlum , natura fatentur ,
Humanum monftrat tranfitus ad tumulum.

Cè M. de Molac eſt un de ceux qui ont eu un procès avec Mlle. Déon, à l'occaſion de la généalogie de celle-ci.

26 *Novembre*. Meſſieurs les maire, échevins & aſſeſſeurs de la ville de Marſeille, ayant déterminé d'accorder la ſomme de 1200 livres pour ſervir de prix à l'ouvrage qui, au jugement de l'académie des belles-lettres, ſciences & arts, préſentera le plan d'éducation le plus convenable à la conſtitution de cette ville, cette compagnie a accepté avec reconnoiſſance cette offre patriotique ; & pour concourir autant qu'elle peut à des vues auſſi intéreſſantes & auſſi utiles, elle a délibéré d'ajouter au prix propoſé, la médaille d'or deſtinée aux auteurs qu'elle couronne. En conſéquence, l'académie annonce que dans une ſéance publique, qui ſera tenue uniquement pour cet objet, au mois de novembre 1783, elle adjugera le prix au meilleur ouvrage ſur le plan d'éducation publique le plus convenable à Marſeille, conſidérée comme ville maritime & commerçante.

27 *Novembre. L'Embarras des richeſſes* n'a pas été fort accueilli avant-hier. On en a trouvé le poëme déteſtable ; l'auteur y a tellement interverti la fable charmante de la Fontaine, qu'on n'y reconnoît plus ni les perſonnages, ni la moralité, ni même l'intention. Il y a introduit un Plutus, dont les propos & les actions ſont un contre-ſens perpétuel avec ſon caractere donné par la mythologie, & avec ſon eſſence, mais qui amene un grand ſpectacle ; & il s'eſt imaginé que cet acceſſoire couvriroit toutes les bêtiſes, toutes les abſurdités de ſon ouvrage. Cependant les malins n'ont pas laiſſé échapper les vers d'une naïveté

triviale dont il eſt de temps en temps ſemé. Heu-
reuſement la muſique de M. Gretry a ſuſpendu
le mécontentement général par un chant très-
agréable , joint aux accompagnements les plus
riches. On lui reproche ſeulement quelques ré-
miniſcences.

27 *Novembre.* Depuis long-temps on attendoit
aux Italiens un opéra comique annoncé ſous le
titre de la nouvelle *Omphale*, tirée d'un conte
charmant de Senecé : *Filer le parfait amour.* Il
doit être joué demain comme comédie en trois
actes & en proſe, mêlée d'ariettes. Les paroles
ſont de M. de Beaunoir, ci-devant l'abbé *Robinot,*
très-connu aux petits ſpectacles des boulevards,
qui a pris enfin un eſſor plus digne de lui.

La muſique eſt de M. Floquet.

28 *Novembre.* Les événements de cette campagne où la France & ſes alliés ont eſſuyé des
échecs aſſez honteux, ont donné matiere aux
frondeurs, qui ſe ſont déchaînés plus violemment
que jamais, non-ſeulement contre les Graſſe, les
Guichen, les Cordova & autres agents immédiats
de ces déſaſtres, mais encore contre le gouvernement qui les a choiſis, & qui a mal combiné
le plan de leurs opérations. Quoi qu'il en ſoit,
on veut que depuis quelque temps il y ait des
ordres de ſurveiller plus rigoureuſement ces cen-
ſeurs indiſcrets, & qu'en conſéquence on ait arrêté pluſieurs perſonnes dans les lieux publics.
On parle d'un M. de Fréville, grand écono-
miſte, prôneur outré de leur doctrine, ne trouvant rien de bien que ce qui en émanoît, & qui
étoit dirigé d'après les principes de la ſecte. Il
a été mis à la Baſtille, & renvoyé enſuite à l'hôtel
de la Force.

Un M. l'Hofpital, déclamateur conftant contre
toutes les opérations du gouvernement & dé-
criant perfonnellement chaque miniftre, appellé
dans les cafés le chef des Anglomanes, à raifon
de fon enthoufiafme exceffif pour tout ce qui
vient de la Grande-Bretagne & tout ce qui s'y
fait, a reçu injonction, ou du moins avis d'être
plus circonfpect, & a été ainfi frappé d'une terreur falutaire qui le rend aujourd'hui plus réfervé.

On attribue les rigueurs exercées récemment
contre ces frondeurs publics, au miniftre des
finances, qui a craint que ces clabauderies ne
fiffent tort à fon emprunt, auquel en général on
n'a pas grande confiance.

28 *Novembre.* Quoique la comédie de M. de
Beaunoir ne réponde pas à ce qu'on attendoit de
lui fur un fujet auffi charmant, & d'après fes
jolies productions à la foire, elle a eu le plus
grand fuccès aujourd'hui. Jamais auteurs n'ont
été demandés d'une maniere plus bruyante, ni
avec plus d'opiniâtreté. Enfin, un acteur eft venu
annoncer qu'on l'avoit cherché long-temps fans
pouvoir le trouver.

29 *Novembre.* On apprend que le fieur Monvel
eft mort à Stockholm, où l'on a dit qu'il étoit
allé s'établir lors de fon expulfion de Paris. Il
paroît que le climat rude auquel fon foible phyfique n'étoit pas habitué, une nouvelle maniere
de vivre, & le chagrin principalement, ont beaucoup contribué à le faire périr à la fleur de l'âge;
car il n'avoit guere que 38 ans.

Il débuta à la comédie Françoife en 1770: il
fut reçu dans le courant même de fes débuts,
au nombre des comédiens du roi, pour jouer les
feconds rôles. Une fenfibilité profonde & une in-

telligence confommée fuppléoient à ce qui lui
manquoit du côté de la figure, de l'organe &
des autres moyens extérieurs. Il étoit en outre
auteur, & il n'eft aucun de fes travaux dramatiques qui, fans être marqué au coin du génie,
n'ait eu une forte de fuccès.

29 *Novembre*. On annonce depuis quelques
jours un mémoire juftificatif du comte de Graffe
en forme de confultation, & les confultés font
des officiers - généraux de la marine, qui, d'a-
près l'expofé des faits par l'accufé, décident qu'il
a très-bien fait. Certaines gens vont jufqu'à dire
que le mémoire eft *in*-4°., qu'il a tant de pages,
qu'il y a deux cartes ou plans des évolutions de
ce général. Cependant ce mémoire ne perce pas
encore. On en annonce un auffi du baron d'Arros
d'Argelos, capitaine de l'un des vaiffeaux-mate-
lots du comte de Graffe, actuellement détenu au
château de Saumur.

Enfin, l'on parle auffi d'un autre écrit du même
genre de M. d'Arçon, relatif au mauvais fuccès
de fes batteries flottantes contre Gibraltar.

Bien des gens doutent que le gouvernement
permette la publicité de ces productions, qui en
néceffiteroient beaucoup d'autres, & leveroient le
voile fur bien des infamies qui intéfferoient de
grands perfonnages, ayant intérêt de les cacher.

30 *Novemb*. On devoit donner aujourd'hui la
feconde repréfentation de la *nouvelle Omphale*;
mais l'indifpofition d'un acteur l'a retardée, ce
qui ne fait que redoubler la curiofité du public.
Le fujet au furplus, eft très-piquant par lui-même: l'expofé du conte en fera juger.

Un jeune chevalier, *qui fe croit beau comme
défunt Medor*, fuivant l'expreffion de Sénecé,

& qui eft perfuadé qu'aucune femme ne peut lui réfifter, apprenant que celle d'un de fes amis languit feule dans un château, forme le projet de la féduire. Il va en conféquence l'y trouver, & lui fait fur le champ fa déclaration. Camille (c'eft le nom de la dame) irritée de fon audace, feint, pour l'en punir, de partager fes transports, l'engage, afin d'être plus librement enfemble, à fe laiffer enfermer dans une tour du château. Le chevalier préfomptueux eft aifément pris à ce piege; mais à peine eft-il entré dans la tour, qu'on lui apporte un rouet, en lui déclarant qu'il ne fera libre qu'après avoir filé toute la quenouille. Notre étourdi, au défefpoir d'être joué, & cependant faifant de néceffité vertu, eft prêt de finir fa tâche, quand l'époux de Camille arrive, le tire de prifon, & s'amufe à fes dépens.

30 *Novembre.* M. Gervaife, l'auteur du *Portier des Chartreux*, livre fi fameux & qui lui avoit procuré tant de chagrin, vient de mourir. Il s'étoit livré depuis tout entier au barreau, où il faifoit des mémoires très-graves, très-fcientifiques, bien oppofés à cette premiere production. Il avoit un extérieur froid, qui contraftoit merveilleufement avec la chaleur prodigieufe de l'ouvrage cité ci-deffus, chef d'œuvre original dans fon genre, où, à côté des tableaux les plus licencieux & les plus obfcenes, fe trouve quelquefois la morale la plus exquife.

M. Gervaife commençoit à vieillir, il avoit placé tout fon pécule chez le prince de Guemenée, & l'on prétend que la nouvelle de cette banqueroute lui a porté le coup de la mort.

30 *Novembre.* Mad. de Boufflers de Lorraine, l'ancienne maîtreffe du roi Staniflas, & la mere

du chevalier, revenue de cette province, où elle paffe la plus grande partie de l'année, n'a eu rien de plus preffé que d'aller féliciter M. le duc & Mad. la ducheffe de Nivernois fur leur mariage. L'époux charmant, en reconnoiffance de cette attention, a fait à un fouper avec cette aimable femme, des couplets à fon honneur, que les détracteurs regardent comme niais, mais que d'autres gens de moins mauvaife humeur ne trouvent que naïfs & gais : ils font encore rares.

1 *Décembre* 1782. On dit que M. le prince de Guémenée doit être enlevé de Navarre & conduit à la citadelle de Dijon. On parle diverfement de la caufe de fa détention. Les uns prétendent que c'eft pour l'empêcher de fe livrer à de nouvelles prodigalités ; qu'il fe conduifoit dans ce château avec une infouciance incroyable, qu'il fe fouloit tous les jours, & faifoit encore des dettes, lorfqu'il trouvoit des dupes crédules ; d'autres veulent que ce foit fur la demande des chefs de fa maifon & pour le fouftraire à des militaires, fes créanciers de mauvaife humeur, qui à l'échéance de leurs rentes, veulent l'aller trouver pour fe couper la gorge avec lui, ou lui brûler la cervelle.

Quói qu'il en foit, il y a une affemblée générale des créanciers indiquée au mardi 3 de ce mois.

A l'égard de Mad. la princeffe de Guémenée, elle ne fe conduit pas mieux que fon mari à la petite terre de M. *Yvel*, où elle eft reléguée. On affure qu'à peine y a-t-elle été arrivée, qu'elle y a fait venir des ouvriers pour y conftruire un théatre & y jouer la comédie. Il a fallu avertir M. le prince de Soubife, qui eft accouru furieux, qui lui a reproché l'indécence horrible d'une telle apathie, & lui a déclaré qu'on l'enfermeroit, comme le prince son époux, si elle persistoit à vivre dans un pareil désordre.

1 *Décembre* 1782. M. Collé, ce chansonnier si piquant, cet excellent convive, cet homme de société charmante, si couru des femmes, si fêté des hommes, est un nouvel exemple de la foiblesse de notre humanité. Quoiqu'il ne soit pas très-vieux, il est devenu si vaporeux, si maussade, si chagrin, si insupportable, que non-seulement il ne va plus nulle part, mais que ses amis les plus intimes ont été obligés de l'abandonner. M. de Monsigny, commensal comme lui de la maison d'Orléans, M. de Carmontel aussi, qui lui étoient extrême-ment attachés, n'ont pu tenir à son commerce, & l'ont quitté les derniers. Il n'est plus entouré que de mercenaires qui le détestent, qui lui ren-dent toute la mauvaise humeur qu'ils en éprou-vent, & le font enrager tour-à-tour. Voilà ce que c'est que la fin d'un vieux garçon qui ne sait pas se rendre aimable jusques dans la vieillesse.

2 *Décembre*. Le lundi vingt-neuf novembre, à dix heures du soir, un garde du commerce alloit constituer prisonnier à l'hôtel de la Force un marchand, en vertu d'une sentence consulaire, faute d'avoir fourni la caution exigée. Celui-ci prétendit que sa dette n'étoit pas en regle, & de-manda un référé chez le lieutenant civil. Il y est conduit, accompagné de sa femme & de ses en-fants désolés. Le magistrat, ému comme homme, mais froid & impassible comme juge, trouve la procédure très-exacte, & ordonne l'exécution du jugement.

À peine le malheureux pere de famille est parti,

que M. le lieutenant-civil·fe préfente le tableau
touchant qui avoit déchiré fes entrailles ; il ne fe
donne pas le temps de faire mettre les chevaux ;
il part, malgré la neige, à minuit, fuivi d'un
valet-de-chambre, fe tranfporte à la prifon affez
éloignée de fon hôtel, & annonce qu'il fervira
de caution. Son trouble ne lui permet pas de
confommer l'acte de cautionnement. Rentré chez
lui, il s'en apperçoit ; il ne veut pas même que
la nuit entiere s'écoule fans la délivrance du prifonnier ; il retourne en diligence, toujours à pied ;
& les formalités abfolument remplies, le marchand fe jette à fes genoux & veut lui balbutier
fa reconnoiffance. Ne perdez point de temps,
lui dit du ton le plus fimple fon libérateur, allez
confoler votre famille inquiete & en larmes.

Le lieutenant-civil actuel eft M. Angrand d'Al-
lerey, qui, s'il n'a pas les talents & l'expédition
de fon prédéceffeur, a, comme l'on voit, une
ame fenfible, une charité active, qualités non
moins précieufes dans un homme en place.

Cette action généreufe ayant été racontée dans
le journal de Paris d'une façon ambiguë, bien
des gens l'attribuoient à M. le lieutenant-général
de police. M. le Noir, très-capable de la faire,
mais incapable de s'attribuer celle d'un autre,
eft le premier à en publier le véritable auteur.

2 *Décembre.* M. Rochon de Chabannes, tandis
qu'il réfidoit à Drefde, chargé des affaires du roi,
cultivoit les lettres dans fes moments de loifir. Il
y avoit traduit *le Duel*, comédie allemande de
Braunde, ou plutôt il l'avoit refondue ; car indépendamment de tous les changements que le goût
lui avoit prefcrits, il avoit été obligé d'en dénaturer l'action ; &, pour y jetter plus de mouve-

ment & de gaieté, y avoit introduit un rôle entier. Il gardoit dans son porte-feuille cette bagatelle en profe & en un acte, n'y mettant pas
beaucoup de prétention. Cependant M. Friedel
ayant annoncé une traduction générale du théatre
allemand, M. Rochon a cru devoir fe mettre en
regle, & pour conftater fa primauté à l'égard du
Duel, il a fait imprimer fa piece. Elle eft devenue
ainfi publique, & les Italiens, avides de fe former un répertoire en ce genre, le follicitent
depuis quelque temps de la faire jouer chez eux.
Avant de fe rendre à leurs inftances, il a defiré
voir fur quelque théatre particulier l'effet qu'elle
produiroit; le *Duel* a donc été déja joué dans
deux fociétés dramatiques, par celle de la rue
des Marais & par celle de Popincourt, &, quoique mal rendue, a fait grand plaifir aux connoiffeurs qui y ont afliffé. Le but en eft moral: il
s'agit de faire voir l'extravagance du préjugé qui
oblige de hafarder encore fa vie, quand on a été
infulté & de priver la patrie d'un fang qui lui
devroit être confacré jufqu'à la derniere goutte.
On ne fait aujourd'hui fi l'auteur, plus complaifant pour les Italiens, leur laiffera la liberté qu'ils
demandent, & dont il réfulteroit à coup fûr un
fuccès de plus pour lui.

3 *Décembre.* On ne fauroit exprimer le ridicule
dont eft couvert au théatre lyrique, même par
les acteurs, l'auteur du poëme de l'*Embarras des
richeffes*, qu'ils n'appellent plus que M. *Lourdet
fans tête*, en jouant fur le nom. Celui-ci commence à s'appercevoir des balourdifes de fon
poëme, dont quelques-uns feroient fenfibles pour
le premier écolier de fixieme. Il place la fcene
à Athenes, & il parle du dimanche; il y fait

acheter un jardin *deux mille écus* ; enfin, il y fait danfer dans un ballet les quatre parties du monde ; quoiqu'affurément la quatrieme, qui eft l'Amérique, fût alors parfaitement ignorée. Pour réparer ces anachronifmes, M. *Lourdet de Santerre* veut tranfporter la fcene en France. En conféquence, quoiqu'on ait fait déja 30,000 liv. de dépenfe pour cet opéra, il eft queftion d'en changer les habillements & de vétir les perfonnages dans le coftume françois. Ne voulant cependant pas avouer fon ânerie, il prétexte que cela fera plus gai, & ne s'apperçoit pas que Plutus à Paris eft une autre abfurdité.

3 *Décembre.* M. le baron de Vigé, un des joueurs punis avec ignominie & banni du royaume, a trouvé le moyen de calmer le courroux du monarque ; il a eu permiffion de rentrer en France, & de refter dans une terre qu'il y a, en fimple état d'exil.

4 *Décembre.* On peut fe rappeller une facétie faite en 1779, à l'occafion de la querelle élevée à la comedie françoife entre les demoifelles Veftris & Sainval l'aînée. C'étoit une allégorie tirée de la guerre maritime actuelle, que fuppofoit un plaifant, non-feulement adroit à manier le farcafme, mais familier avec les termes de marine, & très au fait du caractere, des mœurs & des talents des divers perfonnages du tripot comique. On parle aujourd'hui d'une fatyre femblable contre les jeunes feigneurs & les jeunes femmes de la cour. On la dit auffi très-jufte & très-piquante. Comme elle ne fait que de naître, elle n'eft pas encore bien répandue.

4 *Décembre.* Les comédiens François fe propofent de donner, pour premiere nouveauté, *le*

Vieux Garçon, comédie en cinq actes & en vers
de M. Dubuiffon, l'auteur de la tragédie de
Thamas Kouli-Kan. On affure que c'eft le fujet
du *Célibataire* de Dorat retourné, que le poëte
d'aujourd'hui a pris dans une claffe plus rappro-
chée de la bourgeoifie, ou plutôt dans une claffe
très-ordinaire.

5 *Décembre*. Les partifans du chevalier Gluck,
qui fe flattoient de voir revenir inceffamment à
Paris ce grand homme, commencent à défefpérer
de fon retour, du moins pendant l'hiver; & les
chefs du théatre lyrique en conféquence laiffent
de côté fon *Hypermneftre*. Ils fe refufent d'ailleurs à lui donner le prix exorbitant qu'ils lui
ont promis, attendu qu'il avoue lui-même n'être
pas auteur de tout l'ouvrage, & n'en avoir compofé qu'une partie; ce qui, quoiqu'il l'ait adopté,
refroidit affez généralement tous les amateurs.

5 *Décembre*. Madame la nouvelle ducheffe de
Nivernois vient de mourir. Son époux, en vain
impatient de s'affranchir des bienféances, l'avoit
époufée prefque à la fin du deuil de fa premiere
femme; elle n'a pu jouir qu'un inftant de fon
bonheur. Ce feigneur, enchanté de fon côté,
avoit fait travailler à un ameublement magnifique pour relever de fon deuil, & tous ces préparatifs font aujourd'hui convertis en un fecond
deuil plus réel que le premier. Quoi qu'il en foit,
on a déja fait pour la défunte l'épitaphe fuivante.

Ci-gît qui, conftamment brûlant d'un même feu,
Fut époufe deux fois, deux fois infortunée;
Termina fans jouir fa trifte deftinée,
Avec l'un vécut trop, avec l'autre trop peu,

Une

Une autre mort , arrivée prefque dans le même temps , eft auffi l'entretien des converfations du jour. C'eft celle de la ducheffe de Chaulnes , douairiere , qui , par un fot & fol amour , avoit perdu & fon nom , & fa dignité , & le tabouret. Elle-même ayant ouvert les yeux fur fon ignoble mariage , fe faifoit appeller *la femme à Giac.* On conferve le billet d'enterrement de la part du mari , pour fon ridicule fingulier , pour l'omiffion abfolue de la premiere qualité de fon premier. Il porte :

" Vous étes prié d'affifter au convoi , &c. de
,, dame Anne - Jofeph Bonnier de la Moffon ,
,, époufe de M. Giac , chevalier , confeiller du
,, roi en fes confeils , maître des requétes ordi-
,, naire de fon hôtel , furintendant honoraire
,, de la maifon de la reine , décédée au Val-de-
,, Grace , &c. ,,

6 Décembre. On a exécuté aujourd'hui le nouvel opéra dans le coftume françois , que defiroit l'auteur , & il n'a pas paru moins ennuyeux. Il faut ajouter à tout ce qu'on en a dit le couplet fuivant , fur l'*air* de la Béquille du pere Barnabas.

Embarras d'intérêt ,
Embarras dans les rôles ,
Embarras de ballet ,
Embarras des paroles ,
Des embarras , de forte ,
Que tout eft embarras ;
Mais venez à la porte
Vous n'en trouverez pas.

6 Décembre. Depuis quelque temps la cour & la ville vont voir à l'hôtel du feu duc d'Aumont , les meubles précieux & effets rares qui doivent s'y mettre en vente inceffamment. C'eft un fpec-tacle véritable par la foule des jolies femmes, des petits-maîtres, des élégants qui y abondent. On juge en parcourant tant de curiofités accumulées fans ordre & fans choix, que le poffeffeur avoit plus de magnificence que de goût. Point de ta-bleaux ; des colonnes, des tables, des luftres, des marbres, des porphyres, des granits, des jafpes d'un prix fou ; voilà en quoi confiftoit le luxe du duc d'Aumont, très - fimple d'ailleurs, & dénué des connoiffances exquifes qu'auroit exigé fon genre de dépenfes. Des bronzes affez beaux font ce qui peut plaire le plus à l'artifte, & fatisfaire le vrai connoiffeur dans cette profu-fion de richeffes.

6 Décembre. Extrait d'une lettre de Rennes, du 3 décembre... Nos états font ouverts depuis la fin d'octobre. Ils font orageux : on a remis fur le tapis l'affaire de la recommandation du gouver-neur, & l'on n'a voulu accorder le don gratuit extraordinaire qu'à condition de traiter directe-ment la chofe avec la cour. Après bien des tracaf-feries, nous avons eu l'agrément d'avoir le recours au fouverain. Nos députés, après avoir été ba-lottés par les miniftres, ayant enfin pris le parti de fe préfenter eux-mêmes au roi dans la galerie, & S. M. les ayant remis à fe faire entendre au confeil, l'évêque de Dol portant la parole, il en a réfulté la réponfe fuivante.

Réponfe du roi aux Députés des Etats de Bretagne en cour.

"Rien ne peut difpenfer mes fujets de l'obéif-

fance qu'ils me doivent. Les états de ma province de Bretagne euffent dû en 1780, commencer
par élire des députés dans la forme prefcrite par
l'arrêt de mon confeil du 11 novembre de la même année, & cet acte de foumiffion ne m'auroit
fait voir dans leurs repréfentations que le mouvement de leur zele, & non une réfiftance à mes
volontés, que la juftice & le maintien de mon
autorité ne me permettent pas de fouffrir. Je veux
bien cependant, par un effet de la bonté dont
je n'ai ceffé de donner des témoignages à mes
fujets, faire connoître aux états de ma province
de Bretagne, que je ne me fuis déterminé à rendre l'arrêt de mon confeil du 4 novembre 1780,
qu'en grande connoiffance de caufe, après de
mûres réflexions, & m'être convaincu qu'il ne
porte aucune atteinte aux *privileges que les rois*
mes prédéceffeurs ont bien voulu accorder à ma
province de Bretagne, & que je veux lui conferver, mais dont je ne permettrai jamais qu'on
abufe. Ma déclaration du premier juin 1781, ne
porte aucune atteinte à ces mêmes privileges.
J'entends qu'elle foit exécutée. Je vous charge
de dire à mes états que je n'admettrai déformais
aucune repréfentation fur ma décifion ; qu'elle
n'ait été précédée de la plus parfaite obéiffance.
Je connois l'attachement de mes fujets de ma province de Bretagne ; je compte qu'ils fe confor-
meront à ma volonté, & ils éprouveront toujours les effets de ma bienveillance & de ma
protection. ,,

Les états font confternés d'une femblable réponfe, & occupés à revoir tout ce qui s'eft paffé
à cet égard.

7 *Décembre.* Le *Mufée littéraire*, ci-devant in-

K 2

titulé *Société Apollonienne*, a produit une fi forte
fenfation par fon affemblée publique dans fon
nouvel hôtel, que le Mercure a cru devoir en
rendre compte dans fon N°. 49, & donner la
longue notice des différents ouvrages qui ont été
lus. Cela a paru d'autant plus remarquable, que
cet établiffement n'étant autorifé par aucun titre ;
n'ayant point de protecteur connu, & ne jouiffant
que d'une fimple tolérance de police que pourroit
faire ceffer la plus légere jaloufie de quelque autre
corps avoué, aucun journal national n'avoit encore ofé en parler. Quoi qu'il en foit, en réflé-
chiffant bien fur cette fociété, elle pourroit être
très-utile, fi elle étoit dirigée par des hommes
d'un goût exercé, par des chefs recommandables,
d'une confiftance impofante & ayant des vues
d'une certaine étendue.

Le Mufée pourroit ainfi devenir un lycée, un
gymnafe, où les jeunes littérateurs effaieroient
leur talent, où les auteurs plus connus preffen-
tiroient le goût du public fur un manufcrit qu'ils
auroient à faire imprimer, où les poëtes dramatiques fur-tout trouveroient un tribunal plus éclairé,
plus impartial, plus noble & plus digne d'eux
qu'une troupe de comédiens fans étude, fans éducation, dont chacun ne juge que par inftinct,
par routine ou relativement à foi.

Ce font de pareilles vues que M. Court de Ge-
belin, le préfident, auroit dû développer dans fon
difcours d'ouverture, au lieu de fe borner à un
détail circonftancié du méchanifme de l'inftitution, à un éloge vague & amphatique de la fociété.
Il eft étonnant qu'elles aient même échappé à
M. l'abbé Cordier de Saint-Firmin, le promoteur,
l'ame & l'agent de cette fociété, qui, ayant pris

plus fpécialement pour texte du fien, l'objet de la réunion, n'en a pas faifi ces rapports & cet enfemble. Ce n'eft donc aujourd'hui encore qu'une affemblée puérile, une tour de Babel, où les candidats & les juges fe bornent à recueillir des battements de main, la confidération peu flatteufe de quelques caillettes, à faire un bruit momentané & qui fe diffipe au fortir de la falle. Le tout eft terminé par une mufique ne revenant à rien, & fouvent plus que médiocre.

A juger de la féance du vingt-un novembre par les titres des morceaux lus très-nombreux, elle a dû être infiniment ennuyeufe; on y trouve jufqu'à une differtation de Bénédictin ; & elle a duré cinq heures & au-delà : affurément c'eft vouloir fatiguer les auditeurs jufqu'à la fatiété.

Une anecdote particuliere de cette féance, c'eft une efpece d'inauguration du bufte du roi, faite aux acclamations de l'affemblée. Ce bufte avoit été apporté par M. Couafnon, fculpteur de S. M. pour en faire préfent au Mufée. Le préfident fit à cette occafion l'éloge du monarque & des vœux pour fa profpérité, & M. Girard de Lourmarin, fecretaire du roi, enfanta l'impromptu fuivant.

Pere de fes fujets, roi jufte, ferme & fâge,
Voulant toujours le bien, cherchant la vérité,
Corrigeant les abus, détruifant l'efclavage,
Reftaurateur de l'ordre & de la liberté ;
Louis feize fera furnommé d'âge en âge
L'ami de la juftice & de la vérité.

Quoique ce fixain, où le caractere du roi eft parfaitement bien faifi, n'annonce que des vues

K 3

bienfaifantes, non encore effectuées, on en fut
fi content qu'on cria *bis*, & il fallut que le poëte
recommençât.

7 *Décembre*. On parle beaucoup d'un libraire
de Neuchatel, nommé Samuel Fauche, qui vient
d'être violemment mulcté à la réquifition de la
France auprès du roi de Pruffe. On dit que c'eft
à l'occafion de différentes brochures dont s'étoit
plaint le gouvernement de ce pays-ci, entr'autres
d'une intitulée *l'Efpion dévalifé*, qui s'eft trouvée imprimée chez lui & encore en magafin.
C'eft, ajoute-t-on, une ame de boue, dominée
par la plus baffe cupidité.

8 *Décembre*. Extrait d'une lettre de Befançon,
du premier décembre.... Depuis la rentrée du
parlement, la conteftation avec la cour, bien
loin de s'affoiblir, eft devenue plus grave.

Le parlement, les chambres affemblées, les
13, 18 & 19 du mois dernier, a d'abord fait
des arrêtés relatifs non-feulement à ce qui s'étoit
paffé, mais encore à différentes perceptions d'impôts illégales, fur de fimples arrêts du confeil,
ou même de l'autorité du commiffaire départi. Le
bruit qui avoit couru que la cour vouloit fupprimer le parlement & le réunir à celui de Dijon,
bien loin de l'intimider, lui a donné de la vigueur. Il y a une grande animofité entre les
membres; il eft aimé du peuple, & il lie encore
mieux fes intérêts aux fiens par ce qu'il vient
de faire.

Il nous eft arrivé de nouvelles lettres-patentes,
datées de la Muette du 29 octobre dernier. Elles
étoient infidieufes en ce qu'on les repréfentoit
comme l'effet d'une commifération du roi, qui
n'avoit été retardée que par la réfiftance de la

cour, envers laquelle S. M. avoit d'abord été forcée de maintenir fon autorité.

Pour plus d'intelligence, il faut favoir que le
montant du troifieme vingtieme en totalité auroit
dû être de 525,000 livres ; que, pour l'exemption
portée par l'édit du mois de juillet dernier en faveur de l'induftrie, fixée par les lettres-patentes
du 3 feptembre, à 45,000 liv. fe trouvoit réduite
à 480,000 livres.

Par ces lettres-patentes du 26 octobre, il étoit
accordé une modération de 83,705 livres, dont
80,000 liv. à déduire fur le vingtieme de la province, ce qui le réduifoit encore & finalement à
400,000 liv. & 3705 fur le clergé, ce qui ne portoit celui-ci qu'à 30,000 liv. au lieu de 33,705 liv.

Le parlement, le 25 novembre, a enrégiftré ces
lettres-patentes purement & fimplement ; mais,
fans fe laiffer féduire par ces apparences trompeu-
fes de calme & de modération, il a rendu le même
jour deux arrêtés très-longs.

Par le premier, perfiftant dans fes arrêtés des
5 & 6 feptembre dernier, & du 13 du préfent
mois, il déclare, *fous le bon vouloir & plaifir du
feigneur roi*, les tranfcriptions & publications faites par le comte de Vaux, les 6 feptembre & 15 octobre, nulles & de nul effet, comme attentatoires
à l'autorité dudit feigneur roi, à la fûreté des
propriétés, aux droits de ladite cour ; de, en tout
temps & en toutes circonftances, porter au pied
du trône, avant la vérification libre defdits édits,
fes très-humbles repréfentations fur ce qu'exige le
bien de l'état, l'intérêt de la vérité & le maintien
des formes établies dans la monarchie : & cependant pour donner audit feigneur roi de nouvelles
preuves de fon obéiffance & de fa foumiffion, a

K 4

ordonné & ordonne que l'édit de juillet de la
présente année, portant établissement du troisieme
vingtieme, & les lettres-patentes du 26 octobre
suivant, seront exécutés suivant leur forme &
teneur, pendant la durée de la guerre, & sans
préjudice des droits du clergé, dans la confiance
que S. M. voudra bien encore accorder à sa province de Franche-Comté la diminution de la somme de 50,000 livres, pour, avec celle de 125,000
liv. mentionnée aux lettres-patentes, parfaire le
tiers du vingtieme, qui, suivant la déclaration du
11 mai 1706, doit être imposé sur l'industrie; à
l'effet de quoi de très-humbles représentations seront adressées audit seigneur roi : se réservant néanmoins ladite cour, en cas de perception ultérieure
dudit troisieme vingtieme, d'user de toutes les
voies que la sagesse & la situation des peuples lui
suggéreront pour prévenir la continuation d'un
impôt qui n'a d'autre motif qu'un secours extraordinaire, occasionné par les dépenses de la guerre,
& attendu que les lettres de jussion du 3 septembre, concernant les deux sous pour livre, appor-
tées en la cour par le comte de Vaux, ont empêché l'envoi des itératives remontrances de la cour
à ce sujet, & que l'article premier dudit édit ne
porte que la création de deux sous pour livre sur
les objets chargés précédemment des huit sous ;
ladite cour déclare que conformément audit article premier, la perception d'aucun sou pour livre
sur tous autres droits que sur ceux assujettis aux
huit sous, demeurera suspendue jusqu'après l'envoi desdites remontrances, & les réponses que
ledit seigneur roi voudra bien y attribuer, & jusqu'à ce qu'il lui ait plu de manifester sa volonté
dans les formes légales sur l'établissement de sous

pour livre fur les droits autres que ceux affectés
defdits huit fous , &c.

Cet arrêt concerne l'*exécution de l'édit du mois
d'août* 1781 , *portant augmentation de deux fous
pour livre fur les droits du roi, & de celui du mois
de juillet* 1782 , *portant établiffement d'un troifieme vingtieme. Le fecond défend d'impofer &
de percevoir aucune fomme au-delà du montant
de l'abonnement des vingtiemes* , & finit ainfi :

" La cour ordonne que les lettres-patentes du
21 mars 1772 , portant fixation de l'abonnement
des deux vingtiemes ; l'édit du mois de février
1780 , portant prorogation du fecond vingtieme ;
les lettres-patentes du 30 juin 1781 , portant augmentation dudit abonnement ; & la déclaration
du 13 février 1780 , concernant le brevet des
impofitions , feront exécutés fuivant leur forme
& teneur , & en conformité des claufes appofées à
leur enrégiftrement ; fait défenfe en conféquence
à toutes perfonnes d'impofer , & à tous commis ,
répartiteurs , collecteurs & receveurs , de répartir
exiger & percevoir aucune fomme en fus & au-
delà du principal , fous pour livre & taxations
des vingtiemes , fuivant l'abonnement fixé par
lefdits édits & lettres-patentes , à peine de concuffion , &c. "

9 *Décembre.* M. de la Blancherie , jaloux des
progrès du *Mufée fcientifique* & du *Mufée littéraire* , imagine toutes fortes de petits moyens
pour faire parler du fien , qu'on pourroit appeller
le *Mufée oculaire* , & lui procurer des partifans.
Cette fois il propofe d'en faire le dépôt des ftatues
des gens de lettres vivants : il annonce qu'on y a
en conféquence déja placé trente-neuf buftes
qu'il nomme. On fe doute bien que les héros

K 5

font pris dans le nombre de fes foufcripteurs, &
qu'en lui portant fon louis, on deviendra facilement un grand homme, digne d'être préfenté
aux regards de la nation.

9 *Décembre.* M. *Loriot*, fameux méchanicien,
connu par l'art de fixer le paftel, par la table du
petit château de Choifi, & par d'autres inventions plus ingénièufes encore, vient de mourir;
il avoit auffi découvert un ciment impénétrable
à l'eau, pour lequel il étoit en conteftation avec
M. d'Etienne.

10 *Décembre.* Extrait d'une lettre de Befançon,
du 4 décembre..... Je vous envoie aujourd'hui
le préambule du premier édit, où, dans vingt-
trois confidérations très-détaillées, le parlement
épuife tout ce qu'on peut dire de plus fort en
pareille matiere.

"Vu par la cour, les chambres affemblées,
,, fes arrêtés du fix feptembre dernier, 13, 18
,, & 19 du préfent mois de novembre, confidé-
,, rant ladite cour que fon devoir le plus effen-
,, tiel eft de faire parvenir la vérité au trône,
,, & d'entretenir dans les cœurs des peuples la
,, foumiffion & la confiance.

,, Que l'obéiffance aveugle à des ordres fur-
,, pris, feroit capable d'affoiblir ces fentiments
,, précieux.

,, Qu'il n'y eut jamais de furprife plus mani-
,, fefte que l'expédition des ordres apportés à
,, la cour par le comte de Vaux, le 6 feptembre
,, dernier.

,, Que ces ordres portent l'empreinte ineffa-
,, çable de l'erreur; que leur date & leur expé-
,, dition ne peuvent fe concilier avec celle des
,, très-humbles & très-refpeƈtueufes remontran-

„ ces adreſſées au ſeigneur roi, avec leur exa-
„ men & ſa réponſe.

„ Que leſdites remontrances parties de Beſan-
„ çon le 30 août dernier, arrivées à Verſailles
„ le 2 ſeptembre ſuivant, n'ont pu être miſes
„ le 3 ſous les yeux du roi, qui étoit alors à Com-
„ piegne, où les miniſtres ne l'avoient pas ſuivi ;
„ que les lettres-patentes de juſſion, datées de
„ Compiegne ledit jour 3 , & arrivées à Beſançon
„ le lendemain 4 , ſont infidelles, en ce qu'elles
„ ſuppoſent que ledit ſeigneur roi a examiné dans
„ ſon conſeil, reſté à Verſailles, leſdites remon-
„ trances ; que ces lettres-patentes ne ſont donc
„ l'effet de ſa volonté, puiſqu'il n'en a pas eu
„ plus de connoiſſance, que des repréſentations
„ du parlement.

„ Qu'il eſt impoſſible même que l'expédition
„ de deux lettres de juſſion, d'une ſeconde copie
„ de l'édit du troiſieme vingtieme, de lettres de
„ créance & d'inſtruction, d'un grand nombre de
„ lettres cloſes, le ſcel, le viſa, la ſignature ,
„ ſoient l'ouvrage du 3 ſeptembre ; que, dans
„ un ſi court eſpace, le chef de la magiſtrature ,
„ ſecretaire d'état ayant le département de la
„ province, le conſeil dudit ſeigneur roi , ait
„ examiné leſdites remontrances & les mémoires
„ qui leur ſervent de preuve.

„ Que les faits démontrent que le miniſtre
„ des finances, ſans ſe donner à lui-même le
„ temps néceſſaire pour lire leſdites remontran-
„ ces & les mémoires qui y étoient joints, ſans
„ inſtruire ledit ſeigneur roi, ſans l'examen de
„ ſon conſeil, a pris ſur lui d'adreſſer , le 3
„ ſeptembre, au comte de Vaux, leſdites expé-
„ ditions préparées d'avance ; qu'en revêtant ainſi

K 6

,, fa volonté particuliere de l'autorité royale, il
,, a répandu la douleur dans les cœurs des ma-
,, giftrats, la confternation parmi les peuples.

,, Que, pour couvrir l'irrégularité de fa con-
,, duite aux yeux dudit feigneur roi, il lui a pré-
,, fenté l'arrêt rendu & l'enrégiftrement fait par
,, la dite cour le 6 feptembre, comme contraire à
,, l'obéiffance & au refpect qui lui font dus.

,, Que cet arrêt & cet enrégiftrement, dictés
,, par le devoir, font les interprêtes fideles de la
,, volonté fouveraine, manifeftée dans l'article
,, premier de l'édit d'août, portant augmentation
,, de deux fous pour livre, & dans l'édit de
,, juillet dernier, portant établiffement d'un troi-
,, fieme vingtieme.

,, Que la cour, en déclarant abufive la tranf-
,, cription illégale faite par le comte de Vaux,
,, bien loin de s'oppofer à l'autorité dudit feigneur
,, roi, dont elle connoît l'étendue, & dont elle
,, tient la fienne, l'a maintenue au contraire de
,, tout fon pouvoir, en annullant l'effet d'une
,, volonté étrangere qui en ufurpoit le nom.

,, Que ledit arrêt du 6 feptembre eft l'exécu-
,, tion littérale de l'article premier de l'édit du
,, mois d'août 1781, conçu en ces termes : *Il*
,, *fera perçu à notre profit, à compter du jour*
,, *de l'enrégiftrement & publication de notre pré-*
,, *fent édit, jufqu'au dernier décembre 1790 in-*
,, *clufivement, outre & par-deffus les huit fous*
,, *pour livre énoncés en notre édit du mois de fé-*
,, *vrier 1780, deux nouveaux fous pour livre en*
,, *fus du principal de tous nos droits indiftincte-*
,, *ment quelconques, foit qu'ils foient levés à no-*
,, *tre profit, ou qu'ils aient été aliénés, cédés,*
,, *concédés ou abonnés, & de ceux perçus au*

,, *profit des états, provinces, villes, communau-*
,, *tés d'habitants & d'officiers, & hôpitaux, à*
,, *quelque titre que ce soit, en sorte que tous les-*
,, *dits droits se trouvent assujettis au payement*
,, *de dix sous pour livres à notre profit, pour*
,, *le temps qu'ils devront durer, en exécution de*
,, *notre présent édit & de celui du mois de fé-*
,, *vrier 1780, le tout aux seules exceptions por-*
,, *tées par les articles 6, 7, 8 & 9 ci-après.*

,, Que ce texte n'a besoin, ni de commen-
,, taire, ni d'explication; qu'il porte simplement
,, augmentation de deux nouveaux sous pour li-
,, vre sur les objets précédemment affectés de
,, huit sous, & qu'il ne peut être regardé comme
,, la création d'un impôt de dix sous pour livre
,, sur ceux qui en étoient exempts; que les clau-
,, ses apposées lors de l'enrégiftrement dudit
,, édit, reffemblant à celles mifes par le parle-
,, ment de Bourdeaux, confirment la difpofition
,, de l'article premier, au lieu de le détruire,
,, & doivent fubfifter autant que lui ; que l'in-
,, terprétation qu'on s'efforce de lui donner,
,, auffi oppofée à la lettre qu'à l'efprit de la loi,
,, ne peut être que l'effet de l'erreur.

,, Que l'enrégiftrement du troifieme vingtieme
,, eft la preuve du zele & de la foumiffion de la
,, cour, comme cette contribution fera le der-
,, nier effort des peuples de cette province; que
,, la diminution d'un tiers du troifieme vingtieme,
,, portée dans l'enrégiftrement, eft l'exécution
,, de l'édit de juillet, qui exempte l'induftrie,
,, fixée à cette proportion pour la Franche-Com-
,, té, par la déclaration du 18 mai 1706.

,, Que ládite cour enfin a cru remplir les in-
,, tentions dudit feigneur roi, & fes vues de juf-

,, tice, en limitant la durée d'un impôt arraché
,, à fa bienfaifance pour les befoins preffants
,, de la guerre, à la ceffation de ces mêmes
,, befoins.

,, Qu'en repréfentant les démarches les plus
,, pures, l'exécution des loix, comme des atten-
,, tats, un ordre inconnu audit feigneur roi,
,, comme l'effet de fa volonté fuprême, on eft
,, parvenu à furprendre à fa religion de nouveaux
,, ordres auffi abufifs que les premiers ; que les
,, officiers de ladite cour réunis, & auffi-tôt dif-
,, perfés en vertu de lettres clofes, le 15 octobre
,, dernier, en temps de vacation, n'ont été raf-
,, femblés dans une forme inufitée jufqu'à ce
,, jour, que pour voir leur conduite blâmée, les
,, loix violées, la liberté opprimée, l'erreur érigée
,, en loi.

,, Que cet enchaînement effrayant d'erreurs &
,, d'excès, contraires à la majefté du trône, au
,, bonheur des peuples, rend néceffaire l'obfer-
,, vation des anciennes ordonnances de nos rois,
,, qui défendent aux magiftrats d'obéir aux let-
,, tres-patentes même, évidemment furprifes, &
,, qui défendent au chancelier de les fceller.

,, Que l'ordonnance du mois de novembre
,, 1774, publiée fans délibération préalable, tranf-
,, crits fur les regiftres de différentes cours du
,, royaume, en vertu d'ordre abfolu, d'objet de
,, leurs arrêtés, confervateurs des formes, ufages
,, & maximes de la monarchie, n'a jamais eu
,, & ne peut avoir d'exécution fans ébranler les
,, fondements de l'état, anéantir la liberté de la
,, nation, détruire la confiance, éteindre l'amour
,, des peuples, & affoiblir l'autorité d'un mo-
,, narque qui ne veut régner que par les loix.

„ Que l'exécution de l'article 22 de ladite or-
„ donnance, rappellé pour la premiere fois dans
„ les lettres de juffion du 15 feptembre, compro-
„ mettroit vifiblement l'ordre public, & feroit
„ craindre de voir renouveller dans des temps mal-
„ heureux, des événements que l'on voudroit pou-
„ voir effacer des annales de la monarchie.

„ Que dans la circonftance préfente l'exécution
„ de cet article autoriferoit la furprife & l'infidé-
„ lité, revêtiroit la volonté d'un fujet du pouvoir
„ fouverain, entraineroit la ruine d'une province
„ fidelle & foumife.

„ Que le droit de délibérer, effentiellement
„ lié aux principes de la monarchie, forme la
„ conftitution du parlement; qu'il eft illufoire
„ & dangereux de lui adreffer des loix, pour
„ lui interdire enfuite la faculté de les vérifier;
„ que, fans ce droit facré de la vérification, fon-
„ dé fur la liberté de la nation, la vérité ne par-
„ viendroit plus au trône; la fituation des pro-
„ vinces feroit inconnue, la volonté fouverai-
„ ne refteroit fouvent fans effet; que le monar-
„ que commande par la loi; que l'autorité doit
„ y être conforme, & que l'obéiffance ne peut
„ être aveugle.

„ Que ladite cour dans pareilles circonftances,
„ ayant adreffé au feu roi, le 31 août 1763, fes
„ très-humbles & très-refpectueufes remontrances
„ au fujet d'édits burfaux, & le duc de Randan,
„ avant que les remontrances fuffent parvenues
„ audit feigneur roi, ayant fait tranfcrire, le 6
„ feptembre fuivant, lefdits édits fur les regiftres,
„ fans qu'il fût permis d'y délibérer, & les ayant
„ envoyés aux fieges royaux, pour y être exécu-
„ tés, *comme publiés au parlement*, ladite cour

,, eſtimant *qu'il importoit à l'ordre & à la ſûreté*
,, *publique d'effacer tout ce qui pouvoit conſerver*
,, *la mémoire d'un faux auſſi repréhenſible*, dé-
,, clara nulle ladite tranſcription le 21 novembre,
,, le jour même où ledit ſeigneur roi annonçoit
,, à ſes ſujets, *qu'il vouloit régner, non par l'im-*
,, *preſſion ſeule de l'autorité, mais par l'amour,*
,, *par la juſtice & par l'obſervation des regles*
,, *& des formes ſagement établies;* que ledit ſei-
,, gneur roi, inſtruit de l'abus que l'on avoit
,, fait de ſon pouvoir, ordonna, le 5 décembre
,, de la même année 1763, que tout ce qu'il
,, s'étoit paſſé *à l'occaſion deſdites opérations de*
,, *finance, ſeroit regardé comme nul & non-*
,, *avenu*, & aſſura, *par cet acte ſolemnel & im-*
,, *muable de ſa volonté, la loi ſuprême de l'en-*
,, *régiſtrement.*

,, Que les reproches amers & peu mérités,
,, contenus dans le préambule des lettres paten-
,, tes du 26 octobre dernier, n'affoibliſſent point
,, les ſentiments de reconnoiſſance dont ladite
,, cour eſt pénétrée envers ledit ſeigneur roi,
,, pour la remiſe faite à la province de cent vingt-
,, cinq mille livres ſur le troiſieme vingtieme;
,, que cet acte de juſtice eſt l'effet de la bonté
,, de ſon cœur; les reproches, celui d'impreſſions
,, étrangeres & d'inculpations injuſtes. Que, rem-
,, plie de confiance dans la ſageſſe bienfaiſante
,, dudit ſeigneur roi, elle ne négligera rien pour
,, en obtenir la remiſe du tiers du troiſieme ving-
,, tieme, devenue néceſſaire par les beſoins des
,, peuples.

,, Que l'état actuel de la province de Franche-
,, Comté préſente un tableau effrayant: les habi-
,, tants des montagnes, déja réduits à des extrê-

„ mités cruelles, obligés de payer 4 à 5 fous la
„ livre de pain d'avoine, forcés d'affommer.,
„ faute de fourrage, leur bétail ou de le vendre
„ à vil prix ; le laboureur, privé de la récolte du
„ maïs, de l'orge, des fruits & des légumes,
„ contraint de fe nourrir du bled qu'il deftinoit
„ au payement des impôts ; la rareté des avoi-
„ nes & des foins ; un hiver anticipé qui fup-
„ prime le pâturage & affoiblit les reffources du
„ cultivateur, diminuant déja l'efpoir confolant
„ de la récolte prochaine, annonçant la difette
„ & la mifere.

„ La cour confidérant que, dans ces triftes
„ circonftances, une foule d'impôts, accumulés
„ fur de fimples ordres, ou par des arrêts du
„ confeil, opprime, dans fon reffort, les fujets
„ dudit feigneur roi ; que le retard & la lenteur
„ opéreroient un mal irréparable ; que les ordres
„ apportés le 15 octobre, par le comte de Vaux,
„ font évidemment la fuite de l'infidélité com-
„ mife le 3 feptembre ; que ce feroit enfin fe
„ rendre coupable que d'exécuter aveuglément
„ de tels ordres, qui ne peuvent être émanés du
„ plus jufte & du meilleur des rois, &c.

11 *Décembre.* Extrait d'une lettre de Bourdeaux, du 7 octobre... Pour vous faire mieux juger
du motif de la divifion élevée entre nos commerçants au fujet de la cotifation fur laquelle les zélés
inculpent les autres de tiédeur & de refroidiffe-
ment, voici la lettre du roi datée du 20 octobre
1782 écrite au comte d'Eftaing, avant fon départ
pour notre ville, & qui étoit la bafe de fa négociation avec nous.

„ Monfieur le comte d'Eftaing, je vous ai choifi
„ pour aller faire entendre, en mon nom, à la pla-

„ ce du commerce de Bourdeaux, la fatisfaction
„ que j'ai de la fidélité & de l'attachement que
„ les négociants de mon royaume fe font em-
„ preffés de me prouver. J'attends d'eux une
„ nouvelle marque de leur zele. Vous leur de-
„ manderez de vous indiquer ceux d'entre les
„ officiers marchands, employés fur leurs bâti-
„ ments, qui leur paroîtront pouvoir contribuer
„ à foutenir la dignité de mon pavillon & la prof-
„ périté de mes armes, dans une guerre dont l'a-
„ vantage de mes fujets & la liberté du commer-
„ ce, font l'unique objet. Je vous autorife à pro-
„ mettre en mon nom, à tous les officiers mar-
„ chands qui vous feront préfentés, & que vous
„ reconnoîtrez fufceptibles des fonctions aux-
„ quelles je les deftine, un état permanent, ho-
„ norable, & tous les avantages de diftinction
„ que doivent attendre de leur patrie ceux qui
„ fe facrifient pour elle, &c.

On voit par cette lettre vague & ambiguë,
1°. qu'elle ne concerne pas plus les négociants de
notre ville que ceux des autres; 2°. que le roi ne
follicite, ni directement, ni indirectement, aucun
fecours pécuniaire; que les graces promifes à la
marine marchande ne font pas différentes de celles
dont elle a toujours été fufceptible. Il n'eft donc
pas étonnant que des commerçants déja fatigués
par une contribution exceffive à l'occafion du vaiffeau & acceffoires offerts par eux, n'aient pas cru
devoir faire des facrifices plus onéreux. Il ne l'eft
pas plus qu'ils n'aient pas été infiniment flattés
d'un arrangement qui ne fait que confolider le mal
au lieu de le fupprimer. En effet, tant que la diftinction révoltante établie entre les deux marines
fubfiftera, il n'y a rien de bien à efpérer de leur

mélange. Les capitaines marchands étoient déja récompensés par les grades des capitaines de flûte, de lieutenants de frégates, de capitaines de brûlots; ils pouvoient obtenir la croix de St. Louis ; ils pouvoient entrer non-seulement au rang des officiers de port, & par là pénétrer dans le corps, mais en grades même, & cette intrusion les rendoit odieux & méprisés; & ils le feront toujours, s'il n'y a pas de refonte totale.

11 *Décembre.* Mlle. de Tournon, qui avoit épousé le vicomte Dubarri & depuis sa mort avoit jugé à propos de quitter le nom, les armes & la livrée de son époux, objet du procès dont on a rendu compte, avoit fini par se remarier, pour éviter toute difficulté, au marquis de Tournon, capitaine au régiment de Condé cavalerie; elle vient de mourir. On remarque que le premier mari n'est pas nommé dans le billet d'enterrement.

12 *Décembre.* On confirme de plus en plus la certitude du mémoire du comte de Grasse, qu'on dit déplaire au gouvernement par les inculpations graves qu'il contient contre nombre d'officiers, ce qui doit donner lieu à des récriminations sans fin, & occasionner un éclat qu'on n'aime pas en France. Ce mémoire ne déplaira pas moins au public, à ce qu'on assure, par le ton d'insolence de l'accusé envers lui, auquel il rend toutes les injures que ce même public lui a prodiguées. Quoiqu'il en soit, le comte de Grasse, non-seulement ne donne pas son mémoire, mais ne l'avoue pas. Cependant ses parents & amis le colportent, & un certain abbé de Grasse a proposé à un libraire d'en vendre des exemplaires. C'est en Provence, sa patrie, qu'on juge qu'il a été imprimé.

12 *Décembre.* On lit dans le journal de Paris,
N°. 327, l'énigme suivante en forme de chanson.

Air: *Ton humeur, Catherine, &c.*

Je suis savant, je m'en pique,
Et tout le monde le sait :
Je vis de métaphysique,
De légumes & de lait :
J'ai reçu de la nature
Une figure à bonbon,
Ajoutez-y ma frisure;
Maintenant cherchez mon nom.

Tout le monde en attendoit le mot le lendemain suivant l'usage, & on l'attend encore, car
il n'est pas venu. On sait aujourd'hui que c'est
un tour joué aux rédacteurs de cette feuille, qui
font les difficiles sur une infinité de choses, &
se sont laissé attraper comme des imbécilles en
cette occasion.

Cette énigme est une plaisanterie faite il y a
plusieurs années dans une société, par M. Pasca-
lis, conseiller honoraire à la cour des monnoies,
sur M. Naigeon, auteur, poëte, philosophe, grand
ami de M. Diderot, & que celui-ci a célébré &
prôné fastueusement dans sa fameuse vie de Sé-
neque. On y décrit la figure, les mœurs, & le caractere assez singulier de M. Naigeon; & comme
cette description ne laisse pas que de jeter sur lui
un peu de ridicule, il est furieux contre les jour-
nalistes, & s'il étoit en crédit, il ne faudroit qu'u-
ne balourdise de cette espece pour faire suppri-
mer leur feuille.

13 *Décembre.* Voici la chanson composée par

M. le duc de Niverneis, en faveur de Mad. de
Boufters, fur l'air : *ma Pantoufle eſt trop petite.*

Dieu mit un tréſor
Au milieu de la Lorraine,
Dieu mit un tréſor
Qui vaut bien ſon peſant d'or.
Ce n'eſt pas de l'or,
Ce tréſor de la Lorraine,
Ce n'eſt pas de l'or,
Mais il vaut bien mieux encor.

Il eſt d'un beau blanc
Des pieds juſques à la tête,
Il eſt d'un beau blanc,
Il n'eſt pourtant pas d'argent;
S'il étoit d'argent,
Il tourneroit moins la tête,
S'il étoit d'argent,
Il ne feroit pas ſi blanc.

Il eſt plein d'eſprit,
Sans rechercher louange;
Il eſt plein d'eſprit,
Quand il parle & qu'il écrit:
Il parle, il écrit,
Il fait des vers comme un ange;
Il eſt plein d'eſprit
Quand il parle & qu'il écrit.

Il fait des chanſons
A la ville, à la campagne;
Il fait des chanſons
Qui nous donnent des leçons.

Vivent les leçons
Que le plaifir accompagne;
Vivent les leçons
Que nous donnent fes chanfons.

Il fait fuir les fots
Si-tôt qu'il ouvre la bouche,
Il fait fuir les fots
Qui redoutent fes bons mots,
Laiffons-là les fots
Que fon efprit effarouche,
Laiffons-là les fots
Jouiffons de fes bons mots.

Il a deux enfants
Qui reffemblent à leur mere;
Il a deux enfants
Pleins d'efprit & de talents;
Mais fes deux enfants
Ne vaudront jamais leur mere;
Jamais fes enfants
N'auront de fi grands talents.

Il a le défaut
De trop aimer fa Lorraine;
Il a le défaut
D'y refter plus qu'il ne faut.
Dites-lui qu'il faut
Abandonner fa Lorraine;
Dites-lui qu'il faut
Corriger fon feul défaut.

Enfin, grace à Dieu,
Je le tiens dans ma retraite;
Enfin, grace à Dieu,
Il eft au coin de mon feu;

Je demande à Dieu
Qu'il se plaise en ma retraite ;
Je demande à Dieu,
Qu'il reste au coin de mon feu.

14 *Décembre.* Il paroît enfin un arrêt du con‑
seil du 7 décembre 1782, portant évocation des
affaires des princes de Rohan & de Guemenée,
& attribution à une commission du conseil, com‑
posée de MM. *le Noir*, conseiller d'état lieûte‑
nant-général de police, *Dionis du Séjour*, *Lef‑
chassier*, *du Fays*, *le Moine de la Clartiere*, & de
Maussion, conseillers en la cour des aides.

14 *Décembre.* Extrait d'une lettre de Besan‑
çon, du 7 décembre 1782.... Je vous adresse ci‑
joint le préambule de l'autre arrêt du 25 novem‑
bre, qui défend de percevoir & d'imposer aucune
somme sans y être autorisé par une loi enrégistrée.
Vous y verrez avec plaisir qu'il y a dans notre
parlement des membres instruits, qui s'appliquent
à pénétrer dans le labyrinthe de la fiscalité, &
à faire valoir les grands principes de la constitution
monarchique. Il est à souhaiter que cet exemple
fasse rougir le parlement de Paris de son inaction,
de sa foiblesse à enrégistrer deux édits bursaux,
dont il n'a pas prévu les suites funestes.

" Vu par la cour, les chambres assemblées,
,, l'arrêté du 6 septembre dernier, par lequel elle
,, a renvoyé à déliberer au 18 novembre sur
,, l'impôt de 60,000 liv., perçu au-delà de l'abon‑
,, nement des deux vingtiemes, ainsi que les
,, arrêtés des 18 & 19 de ce mois.

" Vu aussi le mandement du commissaire dé‑
,, parti de la province de Franche-Comté, en date
,, du 25 avril 1782, adressé aux villes & com‑

,, munautés du reſſort, portant : *Qu'ayant omis de*
,, *comprendre dans les rôles du vingtieme la ſom-*
,, *me de 60,000 livres, dont l'impoſition eſt ſpécia-*
,, *lement ordonnée par les lettres-patentes du 30*
,, *juin 1780, & qu'il étoit d'uſage de comprendre*
,, *avec le principal de cette impoſition, en exécu-*
,, *tion de l'arrêt du conſeil du 14 mars 1775 ; &,*
,, *que, pour peurvoir au rétabliſſement de ce fonds,*
,, *il avoit été ordonné, par arrêt du conſeil du 28*
,, *mars 1782, qu'en exécution des lettres-patentes*
,, *du 30 juin 1780, & de l'arrêt du 14 mars 1757,*
,, *il continueroit d'être impoſé chaque année, à*
,, *compter de la préſente, comme par le paſſé, en*
,, *ſus de l'abonnement des deux vingtiemes, la*
,, *ſomme de 60000 livres pour être employée aux*
,, *décharges, modérations, non-valeurs, rembour-*
,, *ſement des rentes eccléſiaſtiques, & autres dépen-*
,, *ſes d'utilité publique & d'adminiſtration, d'après*
,, *le compte qui en ſera rendu au roi chaque année.*

 " Ladite cour s'étant fait repréſenter l'arrêt du
,, conſeil du 14 mars 1757, revétu de lettres-
,, patentes du 30 mars 1764, les lettres-patentes
,, du 30 juin 1781, & les mémoires qu'elle a
,, adreſſés au miniſtre des finances, ſur le brevet
,, des impoſitions de 1781 & 1782, elle a reconnu
,, que leſdits arrêts & lettres-patentes ſur leſquels
,, on voudroit établir cette impoſition de 60000 l.,
,, loin de l'autoriſer, la défendent expreſſément.

 " Que l'arrêt du 14 mars 1757, attaché ſous
,, le contre-ſcel des lettres-patentes du 30 mars
,, 1764, n'autoriſe aucune dépenſe étrangere au
,, vingtieme, & n'a même été enrégiſtré que ſous
,, la réſerve expreſſe *qu'on n'en pourroit induire*
,, *aucune approbation des frais de régie & des*
,, *comptes mentionnés en l'article IV dudit arrêt.*

,, Que

„ Que les lettres-patentes du 30 juin 1781, por-
„ tant augmentation de l'abonnement des deux
„ vingtiemes, à concurrence de 50000 livres, tant
„ en principal que fous pour livres, préfentoient
„ en effet une fomme de 18480 liv. dont on igno-
„ roit la deftination, outre la fomme néceffaire
„ pour faire face aux non-valeurs, décharges, mo-
„ dérations, frais de rôle & autres ; mais que ces
„ lettres-patentes n'ont été enrégiftrées le 20 juin
„ fuivant, *qu'à la charge que, conformément à la*
„ *fixation portée dans la lettre du directeur-géné-*
„ *ral des finances, datée du 17 novemb.1780, l'aug-*
„ *mentation de deux vingtiemes & fous pour li-*
„ *vres ne feroit que de la fomme de 55000 livres,*
„ *à comprendre par addition au montant de l'abon-*
„ *nement, fans pouvoir y ajouter aucune fomme*
„ *pour frais de rôles, qui ne peuvent augmenter*
„ *à raifon de ladite augmentation de 55000 liv.*
„ *ni pour non-valeurs, décharges & modérations,*
„ *qui ne peuvent jamais avoir lieu, vu la forme*
„ *de répartition de cette impofition dans la pro-*
„ *vince, dans laquelle cette répartition fe fait au*
„ *marc la livre de l'impofition ordinaire.*

„ La cour a reconnu pareillement, à vue defdits
„ mémoires fur le brevet de 1781, que les diffé-
„ rentes dépenfes d'adminiftration que l'on vou-
„ droit impofer par forme d'excédent des ving-
„ tiemes, font déja portées en grande partie dans
„ les excédents de la capitation, nonobftant la
„ déclaration du 13 février 1780, dont l'article
„ défend qu'à l'exception des charges locales,
„ *il ne puiffe être fait ni ordonné d'impofition fur*
„ *les taillables, qu'en vertu des lettres-patentes*
„ *enrégiftrées dans les cours.*

„ Elle a de même reconnu que les excédents de

Tome XXI.   L

,, la capitation étoient illégalement impofés; &
,, que, fans entrer en ce moment dans l'examen
,, de l'utilité ou du taux légitime des dépenfes
,, d'adminiftration qui y font portées, fe réfervant
,, au contraire d'approuver les objets d'utilité pu-
,, blique, lorfqu'ils lui feront préfentés dans la
,, forme fixée par la déclaration de 1780, dont
,, elle maintiendra l'exécution en conformité de
,, l'enrégiftrement, elle fe borne à l'examen des
,, fommes ajoutées aux rôles du vingtieme.

,, S'étant fait encore repréfenter, ladite cour,
,, les mandemens du commiffaire départi pour la
,, levée des vingtiemes de toutes les années précé-
,, dentes à 1782, elle a auffi reconnu qu'ils ne por-
,, tent que la fomme principale des deux vingtie-
,, mes; en forte que l'ufage annoncé dans le man-
,, dement du 25 avril dernier, de comprendre les
,, dépenfes d'adminiftration avec le principal des
,, vingtiemes, n'a jamais été connu jufqu'au mo-
,, ment où la déclaration du 13 février 1780, a mis
,, le parlement dans le cas de s'occuper plus par-
,, ticuliérement du détail des impofitions, & que
,, les prétendus frais de rôles & de régie des ving-
,, tiemes avoient été arbitrairement & fucceffive-
,, ment accrus depuis la fomme de 6000 liv. à celle
,, de 60000 liv.; que cette maniere fourde & ca-
,, chée d'impofer n'a pu former un ufage, & tend
,, à changer la nature des contributions, attendu
,, que la répartition du vingtieme fe fait fur une
,, bafe différente des autres impôts, &c.

15 *Décembre*. Si l'on en croit une lettre de Madrid du 6 novembre, adreffée au courier de l'Europe & inférée au N°. 46, la guerre, ce fléau fi
funefte aux états en général, auroit été cette fois
très-utile à l'Efpagne, non-feulement par les avan-

tages politiques qu'elle en va retirer au traité de paix entamé, mais encore par son adminiftration intérieure. L'auteur voudroit fans doute faire attribuer la nouvelle métamorphofe que ce royaume va fubir, au commerce plus immédiat & plus fréquent que les Efpagnols ont eu avec les François à raifon de leur confédération. L'exemple, les difcours, les reproches, les railleries fur-tout de ces aimables perfifleurs, auroient enfin fait ouvrir les yeux aux premiers, devenus un peuple nouveau.

Le 3 novembre, fuivant le comte de la Serena, qui a foufcrit la lettre, jour où l'on a publié le projet des réformes, arrêté au confeil d'état, auroit été à Madrid un jour de fête, & toutes les claffes des citoyens auroient fait éclater leur joie.

La proclamation royale auroit dix pages d'impreffion, & ne feroit que le préambule d'un ouvrage beaucoup plus long, dont la meilleure adminiftration intérieure des provinces, des réformes dans les finances, l'admiffion des étrangers de religion quelconque dans tous les états de S. M. catholique, même des juifs, & fur-tout l'éducation nationale, feroient les principaux objets.

L'inquifition ne pouvant fubfifter avec ce nouveau génie de gouvernement, dès le 4 décembre le grand-inquifiteur auroit eu ordre de fe retirer dans fon évêché de Salamanque, & tous fes collégues auroient été également difperfés jufqu'à nouvel ordre. Les fonds affectés à ce tribunal exécrable, auroient été confacrés à un ufage vraiment utile, ainfi que les revenus de beaucoup de couvents fupprimés.

Enfin le monarque, fe réformant lui-même, auroit pris fur fes dépenfes de chaffe & fes plaifirs, de façon à n'avoir befoin d'aucune contribution forcée de ſes ſujets pour l'exécution de ſon plan.

L'auteur de la lettre exalte par occaſion une hiſtoire générale d'Eſpagne, à laquelle travaille un dom Jérome de Veras ; & il parle encore d'un *proſpectus* de l'hiſtoire de l'Amérique par le même, hiſtoire qui n'aura guere rien de commun que le titre avec celle du docteur Roberſon. Ces deux ouvrages ſeroient la plus belle choſe du monde.

Quoi qu'il en ſoit, on ne ſait ſi c'eſt ſciemment ou de bonne foi ; mais le rédacteur du courier de l'Europe, malgré toutes les raiſons qui doivent l'obliger de ſe défier d'un récit auſſi circonſtancié & auſſi incroyable, ſemble l'avoir adopté entiérement. Tous les Eſpagnols d'ici ſont furieux, en ce qu'ils regardent cette lettre comme la ſatire la plus ſanglante de leur gouvernement, de leurs mœurs & de leurs préjugés. En effet, quel contraſte avec la conduite d'une nation qui tient depuis 12 ans dans une ſorte d'exil le comte d'Aranda, un des plus grands miniſtres qu'elle ait eus, qui pour récompenſe des ſervices que lui avoit rendu *Olavides*, cet adminiſtrateur digne des plus brillantes récompenſes, le fait feſſer par des moines, & l'oblige de ſe ſouſtraire par la fuite à des châtimens auſſi cruels que ridicules ; qui a proſcrit de chez elle les ouvrages des Monteſquieu, des Voltaire, des Rouſſeau, & en défend la lecture comme un crime politique ; qui, après le combat de Rodney à Gibraltar, pour premier objet de ſa réclamation, lui fait redemander trois capucins priſonniers ; qui, tout récemment encore, dans une capitulation faite lors de la reddition d'un petit fort du Mexique, ſollicite pour condition préliminaire & eſſentielle que les Anglois ne touchent pas aux vaſes ſacrés ; qui, pour tout dire en un mot, eſt gouverné par un moine, con-

feffeur du roi régnant, ofant gourmander & infulter, aux yeux de l'Efpagne entiere, l'héritier
préfomptif du trône !

Si le courier de l'Europe paffe en Efpagne &
y eft traduit, on ne doute pas que la hardieffe
du rédacteur, ou fa bonhommie, ne lui foit funefte & ne faffe interdire fa gazette. Dans l'un ou
l'autre cas, on eft furpris que fa fagacité ordinaire
ne lui ait pas fait découvrir le piege qu'on lui
tendoit. Il eft à remarquer que ce titre de comte
de Serena, dont cette lettre fuppofée porte la
fignature, eft un des titres du roi d'Efpagne, ce
comté appartenant à S. M. catholique, qui en
porte quelquefois le nom, comme le roi de France, celui de comte de Forcalquier.

16 *Décembre.* Perfonne n'ignore que M. le
prince de Soubife, outre la groffe penfion qu'il
faifoit à Mlle. Guimard, avoit fur fa lifte une
quantité d'autres danfeufes de l'opéra. Ces demoifelles ont craint avec raifon que l'on ne leur
retirât des bienfaits auffi mal placés; elles ont
fait de néceffité vertu, & ont adreffé à ce magnifique feigneur une lettre très-noble, par laquelle elles gagnent de primauté, & le fupplient de
confacrer à un ufage plus refpectable l'argent de
leurs penfions. On efpere que les amateurs ne laif-
feront pas perdre cette épitre intéreffante & qu'ils
en multiplieront les copies, dont on affure qu'il
en a déja tranfpiré quelques-unes, ce qui les rendra
bientôt plus communes & mettra le public plus à
portée d'en juger & l'admirer de pareilles héroïnes.

17 *Décembre.* On a enfin joué aujourd'hui aux
François le *Vieux Garçon.* Ce n'eft point une piece de caractere, comme on l'annonçoit, ce n'eft
pas même une comédie, ou plutôt c'eft un monf-

tre mi-partie, qui d'abord farce fans gaieté, dégé-
nere en drame fans intérêt. Le principal perfonnage eft un célibataire qui, foutenant mal fon fyftême, en change tout-à-coup par de très-petits
moyens, & finit par prêcher la morale contraire.
Tous les détails font ignobles, & le ftyle eft tout-
à-fait inégal comme le fonds, tantôt d'une élégance trop recherchée, & tantôt d'une platitude cy-
nique; en général il eft fort incorrect : fur un pareil effai, on peut confeiller à M. Dubuiffon de
refter dans la carriere tragique: fon Nadir avoit
fait concevoir de lui quelque efpoir de fúccès
mieux mérités.

17 *Décembre.* L'abfence n'a point fouftrait le
duc de Chartres aux quolibets des plaifants: par
un calembour relatif à fes bâtiments & fon voyage d'Italie, on dit qu'il eft allé fe faire recevoir
à l'académie des arcades à Rome.

On cite un autre calembour à l'occafion du
fiege de Gibraltar, que, dans fon aimable gaieté,
s'eft permis, dit-on, M. le comte d'Artois lui-
même. On veut qu'il ait dit à la reine, que la batterie qui avoit fait le plus de mal dans le fiege,
avoit été fa batterie de cuifine. En effet, on prétend
que les officiers Efpagnols, fort fobres naturellement & peu accoutumés à la bonne chere, ga-
gnoient fréquemment des indigeftions à l'excellente table que tenoit S. A. R.

Cette plaifanterie feule vaut mieux que toute
la chanfon en neuf couplets, faite fur ce fiege au
retour du prince, trop plate, trop groffiere &
trop injufte pour la rapporter.

17 *Décembre.* M. le marquis de Villette eft intéreffé pour 28,000 liv. de rentes à la déroute du
prince de Guemenée. Il a cru que cette perte lui

donnoit au moins le droit d'en rire. En conféquence il a écrit fur cette matiere une lettre très-plaifante à Mad. de Coaflin, autre victime du fameux banqueroutier pour 24,000 livres de rentes auffi : il s'y permet quelques réflexions malignes contre celui-ci & contre fa femme : la maifon de Rohan l'a trouvé mauvais, & en a fait témoigner de l'humeur au marquis de Villette par le procureur Boudeau, chargé de débrouiller le chaos de la direction ; ce qui a fait naître une nouvelle lettre du même, adreffée à cet officier de juftice, où il n'y a pas de farcafmes, de gaieté & de philofophie.

Quoique ces épîtres ne fuffent pas faites pour être rendues publiques, le marquis piqué a affecté d'en donner des copies, & la foule des créanciers du prince les cite avec avidité ; ils les tranfcrivent, les répandent, & allegent leur douleur par cette petite vengeance.

18 Décembre. La lettre de Mlle. Guimard eft toujours très-rare, fur-tout depuis qu'on fait que la maifon de Rohan a été fàchée de la publicité de celles du marquis de Villette. Cette danfeufe a la délicateffe de ne vouloir pas en donner de copies, cependant tout tranfpire & en voici une.

Lettre de Mlle. Guimard & autres danfeufes de l'opéra , à M. le prince de Soubife.

MONSEIGNEUR,

Accoutumées, moi & mes camarades, à vous poffêder dans notre fein chaque jour de repréfentation du théâtre lyrique, nous avons obfervé, avec le regret le plus amer, que vous vous étiez fevré, non-feulement du plaifir du fpectacle, mais qu'aucune de nous n'avoit été appellée à ces petits

L 4

foupers fréquents où nous avions, tour-à-tour le
bonheur de vous plaire & de vous amufer. La renommée ne nous a que trop inftruites de la caufe
de votre folitude & de votre jufte douleur. Nous
avons craint jufqu'à préfent de vous y troubler ;
faifant céder la fenfibilité au refpect, nous n'ofe-
rions même encore rompre le filence, fans le motif
preffant auquel ne peut réfifter notre délicateffe.

Nous nous étions flattées, monfeigneur, que la
banqueroute, (car il faut bien fe fervir d'un terme
dont les foyers, les cercles, les gazettes, la France
& l'Europe entiere retentiffent) que la banqueroute de M. le prince de Guemenée, ne feroit pas
auffi énorme qu'on l'annonçoit ; que les fages précautions prifes par le roi pour affurer aux réclamants les gages de leurs créances, pour éviter les
frais & les déprédations plus funeftes que la faillite même, ne fruftreroient pas l'attente générale ; mais le défordre eft monté fans doute à un
point fi exceffif, qu'il ne refte aucun efpoir. Nous
en jugeons par les facrifices généreux auxquels,
à votre exemple, fe réfignent les principaux
chefs de votre illuftre maifon.

Nous nous croirions coupables d'ingratitude,
monfeigneur, fi nous ne vous imitions en fécon-
dant votre humanité, fi nous ne vous reportions
les penfions que nous a prodigué votre munificen-
ce. Appliquez ces revenus, monfeigneur, au foulagement de tant de militaires fcuffrants, de tant
de pauvres gens de lettres, de tant de malheureux domeftiques que M. le prince de Guemenée
entraîne dans l'abyme avec lui. Pour nous, nous
avons d'autres reffources : nous n'aurons rien perdu, monfeigneur, fi vous nous confervez votre
eftime ; nous aurons même gagné, fi, en refufant

aujourd'hui vos bienfaits, nous forçons nos détracteurs à convenir que nous n'en étions pas tout-à-fait indignes.

Nous fommes avec un profond refpect, &c.

A la loge de Mlle. Guimard, ce vendredi 6 décembre 1782.

19 *Décembre.* On a parlé d'un traité fur cette queftion : *Qu'eft-ce que le Pape?* par M. Elbèc ; traité qui a fi fort révolté le clergé. Aujourd'hui on voit ici une brochure, intitulée : *Qu'eft-ce qu'un Evêque?* ouvrage traduit, dit-on, de l'allemand du même écrivain. Il y a grande apparence que ce traité eft d'un François qui s'eft couvert de ce nom étranger. Quoiqu'il en foit, l'objet de la brochure, n'ayant que 44 pages, & très-fcientifique dans ce court efpace, eft de détruire la suprématie du pape, la fupériorité des cardinaux d'inftitution purement humaine, de renverfer la daterie romaine, invention ufuraire & monftrueufe ; en un mot, de faper jufques dans fes fondements tout l'édifice de la puiffance du fouverain pontife, en rendant aux prélats celle qu'ils doivent avoir ; & dont tous les titres fe trouvent confignés dans l'écriture fainte. Tel eft le réfumé du pamphlet, où quelquefois il regne un perfiflage qui décele le génie national ; à quelques paffages près de cette efpece, il eft fort ennuyeux, mais très-concluant.

20 *Décemb.* Le procès pour la réhabilitation de la mémoire du comte de Lally, porté aujourd'hui au parlement de Dijon, ne fe termine point, s'allonge même & s'éternife par de nouveaux incidents. C'eft ce qu'on voit dans deux factums récents, dont l'un, intitulé l'*Intervention de M. d'Epremefnil à Dijon*, premier cahier : le fecond, l'*Intervention de M. d'Epremefnil à Dijon*, fe

L 5

cond cahier. Il paroît que celui-ci n'eft pas fort
ancien, puifque l'auteur commençoit à l'écrire
le 10 novembre dernier.

20 *Décembre*. Les comédiens Italiens ont donné aujourd'hui la premiere repréfentation d'*Ane-
ximandre*, petite comédie en un acte & en vers,
qui a été affez bien accueillie. On la dit d'un
jeune auteur de 22 ans, nommé *Andrieux*. Une
romance de M. François de Neuchâteau en a
fourni le fujet.

20 *Décemb*. Extrait d'une lettre de Rennes, du
17 décembre..... Les états ont adreffé au roi une
lettre très-refpectueufe, très-foumife, mais très-
ferme, où ils relevent les différentes phrafes de
la réponfe, qui contiennent des affertions contraires aux privileges de la province. Elle n'a
point eu le fuccès qu'ils en attendoient : elle leur
a été renvoyée fans avoir été mife fous les yeux
de S. M., fous prétexte qu'elle ne pouvoit qu'ir-
riter davantage le monarque.

De fon côté, M. le comte de la *Violais* ayant
rendu compte à fon ordre d'une converfation
qu'il avoit eue avec M. le marquis d'Aubeterre,
qui, après être convenu autrefois de la juftice de
la réclamation des états, de nommer & choifir
eux-mêmes leurs députés, varie aujourd'hui &
contefte ce droit: la nobleffe trouvant de la du-
plicité & de la mauvaife foi dans ce commandant,
a arrêté qu'on n'iroit point chez lui, qu'on ne
communiqueroit point avec lui.

Cependant M. d'Aubeterre a preffé pour les
abonnements. Le clergé, fuivant fon ufage, a voté
pour fe conformer purement & fimplement à la
demande des commiffaires du roi; le tiers a conclu
à une modération fur les différents chefs, & la

nobleffe à ne pas s'occuper de ces objets. jufqu'à ce qu'on lui eût rendu le recours au fouverain.

Tout cela met ici un fchifme épouvantable ; l'évêque de Rennes fur-tout eft deteflé , parce qu'on le regarde comme l'agent fecret de la cour, comme confeil & l'inftigateur du marquis d'Aubeterre, dont la tête baiffe , & d'ailleurs fans beaucoup d'énergie.

On menace du refte de nous caffer & d'introduire une nouvelle adminiftration dans la province.

21 *Décembre.* Dans le préambule de l'arrêt du confeil, qui attribue la connoiffance de la direction des créanciers du prince de Guemenée à une commiffion défignée, il eft fait mention de l'intention de S. M. de l'attribuer d'abord à des magiftrats tirés du parlement. On ignoroit pourquoi cette forme plus légale n'avoit pas été fuivie. On a appris que les membres de la grand'chambre défignés, voyant que toute l'inftruction devoit fe faire fans miniftere de procureurs, d'avocats , fur papier mort; fans aucuns frais, ne fe font pas fouciés de fe donner inutilement tant de peine, & ont refufé de fe charger de l'affaire.

Meffieurs des enquêtes , plus généreux, offroient de prendre leur place; mais on a craint que cette préférence n'excitât un fchifme dans cette compagnie, & l'on a pris le parti de renvoyer la connoiffance de l'affaire à des membres choifis dans la cour des aides.

21 *Décembre.* Un nommé Gardel, danfeur de l'opéra, ayant été trouvé couché avec la fœur Eugénie du couvent de St. Mandé, celle-ci a été conduite dans une maifon de force , & l'autre a été puni par une prifon de quelques jours.

L 6

Cette sœur Eugénie avoit été femme-de-chambre de Mad. du Barri , lui avoit donné de la jaloufie , & avoit été obligée de prendre le voile pour fe fouftraire aux inquiétudes & à la vengeance de fa maîtreffe.

21 *Décemb.* M. l'abbé Ferlet, chanoine de St. Louis du Louvre , a prononcé mercredi dernier à St. Roch, l'oraifon funebre de M. de Beaumont, à l'occafion du fervice folemnel pour le bout de l'an de ce prélat, auquel a officié fon fucceffeur.

Il y avoit un grand concours de monde , & tous les évêques qui fe trouvoient à Paris en ce moment, n'ont pas manqué d'affifter à la cérémonie.

L'orateur , en parlant de la partie de l'adminif-tration profane qui concernoit le miniftere du défunt, qui s'étoit fouvent trouvé dans le cas de travailler avec M. Necker, n'a pas manqué de faire un éloge pompeux de celui-ci ; & cette accolade d'un archevêque avec un proteftant a paru fi extraordinaire dans la chaire de vérité, qu'on n'a pas douté que ce ne fût une nouvelle explo-fion arrangée avec la cabale de cet ex-miniftre , pour tenter un dernier effort en fa faveur. Ef-fectivement , il en a réfulté une grande fenfation, & tous les prélats , adminiftrateurs fur-tout, ont applaudi finguliérement au panégyrifte ; mais il paroît que l'on n'en a pas penfé de même à Ver-failles, & l'on affure que l'abbé Ferlet en a reçu des reproches fort défagréables.

22 *Décembre.* On joue demain à l'opéra le *Seigneur bienfaifant*, opéra mis en quatre actes, dont un nouveau des mêmes auteurs pour les paroles & la mufique. On fait qu'il y a une forte cabale contre de la part de beaucoup de gens, & fur-tout des auteurs de l'*Embarras des Richeffes*.

qui craignent une chûte plus précipitée par cette nouveauté.

22 *Décembre*. Les membres les plus zélés des états de Bretagne, fentant la néceffité de répandre dans le public des copies de leur lettre au roi, pour diffiper les fâcheufes impreffions qui pourroient réfulter contr'eux du refus de la préfenter à S. M. & prouver qu'elle n'étoit point indigne d'être mife fous fes yeux, en ont laiffé tranfpirer des copies, & en voici une : cette lettre eft datée du 5 décembre.

S I R E,

Juftement alarmés des atteintes portées à leurs droits, les états de Brétagne avoient député vers votre majefté, pour dépofer dans fon fein paternel leurs plaintes & leurs refpectueufes repréfentations. Au moment où, pleins de confiance dans votre juftice, ils fe flattoient de recevoir une réponfe très-fatisfaifante, le rapport de leurs députés a jeté dans leurs ames le trouble & la confternation. Ce n'étoit donc pas affez pour eux d'être privés de l'exercice de leur droit, naturel à tout corps politique ? Accufés de défobéiffance à vos volontés, afferwis fous la condition impérieufe d'obéir avant de réclamer, ils voient leurs franchifes & leurs libertés, conditions effentielles du contrat folemnel qui vous donne la Bretagne, envifagees comme de fimples privileges fondés fur une conceffion particuliere.

Nous ne pouvons, Sire, vous diffimuler les conféquences funeftes d'expreffions fi oppofées aux principes conftants de notre droit national. Quelles font alarmantes pour des fujets auffi dévoués à leur fouverain, que jaloux des droits de leur conftitution ; pour des fujets auffi éloignés d'une obéiffance fervile, qu'accoutumés à une foumiffion éclairée & dirigée par les loix que votre majefté a juré d'obferver ! Ce fentiment fe concilie dans nos cœurs avec l'attachement à la patrie. Oui, Sire, ce nom facré eft connu des Bretons. Ils ont une patrie, & des devoirs à remplir envers elle ; ils ont des droits que l'intérêt de votre état ne leur permet pas d'oublier.

Daignez, Sire, vous retracer l'hiftoire de l'heureufe union de la Bretagne à la monarchie Françoife, vous y verrez vos bons & loyaux fujets vous engager librement leur fidélîté, fous la condition folemnelle que leurs droits, franchifes & libertés feroient gardés & entretenus. Vous y verrez les rois de France en confirmer par leurs édits la pleine & entiere exécution. Dans un temps plus récent, votre augufte aïeul, *Louis XV*, fit affurer les états qu'il contiendroit dans leur intégrité les conftitutions nationales de fa province de Bretagne. Plufieurs fois déja votre majefté a elle-même ratifié l'engagement contracté en fon nom d'en conferver les droits, franchifes & libertés ; & cependant dans ce moment, où votre majefté femble les méconnoître, elle exige de nous ou la plus aveugle foumiffion, ou le plus profond filence.

Ainfi nos droits feroient détruits, nos libertés pourroient être anéanties avant qu'il nous fût permis de les défendre. Votre majefté n'entendroit de réclamations que celles de fujets courbés fous le joug d'une déclaration deftructive de leur propriété. Non, Sire, ce fentiment n'entra jamais dans votre ame magnanime & bienfaifante. Vous daignerez confidérer qu'il nous étoit impoffible de nous foumettre à l'arrêt de votre confeil du 4 novembre 1780, fans en approuver les motifs. Repréfentés aux yeux des nations commé coupables de nous porter dans nos élections à des excès dont il n'exifta jamais d'exemples, obéir à cet arrêt, nous taire fur la perte de notre liberté, admettre les humiliantes précautions qu'il preferit, eût été de notre part confacrer le reproche & foufcrire à notre déshonneur.

Ah! Sire, loin de votre majefté ces idées outrageantes! Elles affligent vos fideles Bretons, auffi jaloux de vous témoigner leur amour, que de mériter votre confiance.

Pere de vos peuples, vous n'exercez fur eux d'autre empire que celui des loix; elles regnent par vous, & vous régnez par elles. Les conditions qui vous affurent notre obéiffance, font partie des loix pofitives de votre royaume.

Votre majefté refpectera le droit inviolable des conventions; elle ne fermera pas l'oreille à nos refpectueufes réclamations; elle nous rendra notre liberté; elle protégera toujours des droits dont l'exercice eft auffi néceffaire au bien de fon fervice, qu'au bonheur de fes fujets.

La confiance que nous infpire votre perfonne facrée conferve en nous cet efpoir; feul il peut calmer dans nos cœurs les fentiments douloureux dont ils font affectés.

Nous fommes avec le plus profond refpect, de votre majefté, Sire;

Les très-humbles, très-obéiffants, très-foumis & très-fideles fujets,

Les gens des trois états des pays & duché de Bretagne.

Signés † Urbain R. évêque de Dol, le comte de la Violaie, Bellabre, préfidents des trois ordres.

23 *Décembre.* Le vicomte de Turenne surprit
Stenay la nuit même de ses noces, le 11 octobre
1591. Voilà le trait historique choisi par M. Rochon de Chabannes, pour en former l'acte nouveau de son opéra, intitulé *le Retour du Seigneur
dans ses terres*, qu'on doit jouer aujourd'hui. En
conséquence, il a été obligé de le placer le premier, ce qui est fâcheux en ce qu'on a remarqué
aux répétitions qu'il étoit plus brillant que les
autres, & faisoit une disparate trop sensible avec
eux. Mais il faut le regarder comme un prologue, une introduction au reste.

23 *Décembre.* Les rivaux de M. l'abbé Delisle
fermentent toujours à l'occasion de son poëme
des jardins : voici une épigramme un peu vive
que l'un d'eux a enfantée, qui le pique singuliérement, & beaucoup plus que la piece *du Chou
& du Navet.* Il faut la réduire à son objet, c'est-
à-dire, à un pur jeu d'esprit.

> Quant à Priape on lut par aventure
>
> Certain livret où Delisle a tracé
>
> L'art des jardins, en style compassé,
>
> Le Dieu voyant la triste enluminure,
>
> Et l'oripeau du poëte glacé,
>
> Et qui connoît sa bizarre luxure,
>
> Dit aussi-tôt en style moins pincé :
>
> Ce B.... là n'aime pas la nature.

On prétend pourtant que c'est pour une femme
très-aimable que le poëme a été enfanté en grande
partie. On nomme même Mad. le Couteux du

Moley. On raconte qu'étant à la campagne, à la Malmaifon, nom du château de cette dame, il compofoit fouvent des madrigaux pour elle, des morceaux relatifs aux circonftances, aux fites, aux travaux qu'il voyoit ; que fouvent même il les traçoit avec un crayon fur les patrons de broderie de cette belle, ou fur du papier fervant d'enveloppe de fa tapifferie & autres ouvrages ; qu'un jour en repaffant tout cela, elle lui donna l'idée de lier ces diverfes parties dans un plan général, & d'en former un tout dont eft réfulté le poëme des *Jardins*. En effet, l'origine s'en décele dans les pieces de rapport dont il eft compofé, & les connoifféurs croient en avoir encore par-tout les futures.

24 *Décembre*. Les écrits publiés par M. d'Epremefnil, lors de fon intervention à Rouen, font :

1°. La *correfpondance de mefficurs de Lally &* *de Leyrit dans l'Inde.*

2°. Ses deux *Plaidoyers.*

3°. Le *Précis de fes moyens de droit.*

4°. L'*extrait de fon fecond Plaidoyer pour fervir de réclamation à la réponfe du fieur Tolendal.*

5°. Son *intervention réduite à fept raifonnements.*

5°. Sa *déclaration au fujet de la diftribution clandeftine de la requête en caffation du fieur Tolendal*, *contre les huit arrêts du parlement de Normandie.*

7°. Ses *réflexions fur un écrit du Sieur Tolendal* ,*fupprimé par arrêt du parlement de Paris le* 7 *août* 1781.

Aujourd'hui fon premier cahier contient, 1°. fa *requête d'intervention ;* 2°. fon *premier mémoire à Dijon* ou fa *réponfe provifoire aux obferva-*

*tions du sieur Tolendal , se disant comte de Lally-
Tolendal , sur sa correspondance avec M. le
marquis de Montmorenci ; 3°. son second mémoire
à Dijon , ou sa réponse définitive à ces mêmes ob-
servations.*

Le second cahier enfin, concerne la correspondance de ce magistrat avec M. le chevalier de
Crillon , sur le projet de faire arrêter M. de Lally,
imputé au conseil de Pondichery , par le sieur
Tolendal , & ses réflexions à l'occasion d'un nouveau libelle de ce dernier.

Il seroit fastidieux d'entrer dans la discussion
de tous ces écrits. Il en résulte seulement que
les précautions prises par l'arrêt du conseil pour
écarter l'intervention de M. d'Epremesnil , n'ont
pas réussi , puisqu'il entre enfin en cause. Il n'a
tant tardé que parce que son adversaire ne le
reconnoissoit point pour partie intervenante , &
en conséquence, quoique l'affaire fût évoquée à
Dijon depuis deux ans, il ne lui a fait signifier
l'arrêt qu'à la derniere extrêmité , le 20 juin
dernier.

Du reste , on voit deux nouveaux acteurs sur
la scene dans cette grande affaire. Le marquis
de Montmorenci & le chevalier de Crillon, officiers qui ont servi dans l'Inde avec M. de Lally,
dont les témoignages très-favorables au comte
de Lally , ont fourni des moyens à son vengeur,
& donné des inquiétudes à M. d'Epremesnil qu'il
a desiré éclairer par une correspondance avec ces
illustres personnages, dont il n'a pas été content;
en sorte qu'il a cru devoir les mettre en cause &
les attaquer eux-mêmes , au moins indirectement.

24 *Décembre.* On annonce une brochure nouvelle, intitulée *le Singe de* 40 *ans ;* on l'attribue

à M. Linguet, & l'on prétend qu'elle eſt dirigée contre l'empereur.

24 *Décembre*. On ne peut ſe diſpenſer d'avouer que le nouvel acte du *Seigneur Bienfaiſant* eſt, au premier coup d'œil, un hors d'œuvre, trop diſparate avec le reſte, qui n'y eſt point aſſez lié, & en diviſant l'intérêt l'affoiblit. Du reſte, à le conſidérer iſolé, il eſt très-beau ; plus, il eſt vrai auſſi, tant par le ſpectacle que par le fonds même, qui eſt peu de choſe.

C'eſt le ſieur Gardel qui a contribué le plus à cette partie, où il a jeté beaucoup de variété. Des manœuvres militaires exécutées par les enfants du dépôt du régiment des gardes-françoiſes, & très-bien commandées par Mlle. Audinot, qui fait le rôle de leur chef, ont ſur - tout excité les plus vifs applaudiſſements. Cependant les gens ſéveres critiquent cette deſtination. Ils craignent qu'elle ne faſſe perdre à ces jeunes gens la haute opinion qu'ils doivent avoir de la nobleſſe de leur profeſſion ; qu'ils ne contractent un goût ſcénique qui lui feroit très-contraire ; enfin, qu'ils ne perdent leurs mœurs par le mélange avec les ſujets les plus corrompus de l'un & de l'autre ſexe.

L'aſſemblée étoit très-brillante : la reine, qui n'avoit pas encore vu le *Seigneur Bienfaiſant*, a honoré ce ſpectacle de ſa préſence, & l'auteur a eu la douce ſatisfaction d'y voir S. M. répandre des larmes.

Quoique le ſuccès du nouvel acte n'ait pas été équivoque, il faut attendre qu'il ait eu quelques repréſentations pour en mieux juger. Cependant les perſifleurs ſe ſont égayés à l'occaſion de canons qu'on traîne ſur la ſcene, dont le roi a fait préſent au Seigneur Bienfaiſant pour récompenſe.

de fon expédition ; ils fe font écriés : *qu'il ne falloit pas en avoir peur, que l'auteur n'avoit pas inventé la poudre.* Le calembour a fait fortune, & s'eft bientôt répété dans les loges & aux foyers.

25 *Décembre.* M. Rochon de Chabannes a envoyé la nouvelle édition de fon opéra du *Seigneur Bienfaifant* à M. de St. Marc, avec le quatrain fuivant.

Aux nobles, aux guerriers, aux enfants d'Apollon,
 J'offre en tremblant ce foible hommage ;
 Mais fi j'obtiens votre fuffrage,
Je marche, au milieu d'eux, dans le facré vallon.

M. de St. Marc lui a répondu par cet autre madrigal, non moins galant.

Je reçois le cadeau du *Seigneur bienfaifant,*
 De votre amitié nouveau gage,
 Et doute encore en le lifant
 Si c'eft le titre féduifant,
 Ou de l'auteur ou de l'ouvrage.

26 *Décembre.* M. le comte de la Merville eft à une terre de M. de Semaifons, non loin de Paris ; il a eu permiffion de fe rapprocher. Il reprend confiance ; fes protecteurs lui ont fait dire qu'il reftât tranquille, qu'on avoit fait revenir le roi fur fon compte, qu'il goûtoit fes projets, & que la paix faite, on s'en occuperoit férieufement.

26 *Décembre.* On apprend que le fieur Monvel, qu'on croyoit mort, eft plein de vie & toujours en Suede, où il brille comme acteur & comme auteur.

27 *Décembre.* Un M. Gaudebert, architecte, a
un projet fort bien vu pour tourner en inftitution utile & magnifique, ces carrieres dont Paris
eft miné de toutes parts, & toujours prêtes à en-
gloutir un grand nombre de fes habitants. Il
propofé d'en faire des catacombes ; ce qui fup-
primeroit l'embarras de l'emplacement des cime-
tieres hors de la capitale, dont on s'occupe depuis long-temps.

Cet artifte a expofé fes idées dans une brochure intéreffante, & d'un ftyle qui feroit honneur au meilleur écrivain. Il y a joint des notes
favantes & inftruétives ; mais la piece la plus
frappante par fon originalité, eft une efpece
d'épitre dédicatoire qu'on trouve en tête, à *Ro-*
dope, beauté célebre qui fit élever la plus haute
& la plus riche des pyramides d'Egypte. Elle
peut être mife à côté de celle à Mlle. Duthé,
dont on a parlé.

On dit M. Gaudebert jeune, ce qui ajoute
encore à fon mérite, & annonce un talent fait
pour percer & aller loin : il paroît brûlé de ce
noble enthoufiafme qui produit les plus belles
chofes en tout genre.

27 *Décembre.* On a reçu ici une brochure politique, compofée en hollandois, dont le titre
peut fe rendre à-peu-près aînfi : *Lettre fur la*
vraie caufe du malheur du pays, trouvée entre
Utrecht & Amersfoort ; fon objet eft d'inculper
l'adminiftration du prince d'Orange, & l'auteur
paroît un étranger fort attaché à la France. Quoiqu'il en foit, comme dans cet écrit on attaque
jufqu'à la princeffe, femme du Stadhouder &
niece du roi de Pruffe, on dit que ce monarque
a fait préfenter aux états-généraux un réqui-

fitoire en forme de mémoire en date du 17 de
ce mois, pour exiger des recherches de l'auteur,
de l'imprimeur & des diftributeurs du pamphlet ;
ce qui ne manquera pas de lui donner beaucoup
de vogue à Paris, & d'en faire naître une traduction fi elle n'eft déja faite.

28 *Décembre*. Malgré les efforts des différentes
cabales qui s'étoient formées contre le nouvel
acte du *Seigneur Bienfaifant*, & contre l'ouvrage
ancien même que l'on étoit fâché de voir remis,
il a franchi la feconde repréfentation avec non
moins de fuccès que la premiere fois. Aux me-
nées des auteurs de *l'Embarras des richeffes*, fe
joignoient celles des Gluckiftes, des Picciniftes,
des Sacchiniftes, outrés de voir les ouvrages de
leurs chefs refpectifs retardés, s'imaginant que
ces étrangers doivent exclure les nationaux de
leur propre domaine.

On a mieux fenti le fecond jour la liaifon du
premier acte avec les autres; c'eft le haut de la
bordure d'un cadre magnifique, dont le dernier
acte fait l'autre extrêmité; l'action villageoife
eft enchâffée entre deux, & ils la commencent
& la terminent avec beaucoup de pompe & de
fpectacle.

Le *Seigneur Bienfaifant*, ainfi qu'en a prévenu
l'auteur, a exécuté ce que Turenne a fait : le
jour même où il a marié fa fille, il eft allé furprendre une ville rebelle avec fon gendre. Ils
font abfents depuis trois mois. Les inquiétudes
de la jeune femme qui attend fon mari; l'efpoir
prochain de la femme du feigneur de revoir le
fien; le chagrin du fils de n'avoir pas fuivi fon
pere le trouvant trop jeune, & fon projet de fe
rendre digne de l'imiter bientôt en fe formant

une petite troupe des enfants du village ; le zele des vaffaux à recevoir leur feigneur déja adoré d'eux par fon caractere de bonté : telle eft l'ef- quiffe à-peu-près du fonds de l'acte nouveau. Le poëte en outre, a eu le foin d'y jeter quelques vers où fe trouve le germe de l'action qui va fe paffer au village où la fcene doit fe tranfporter.

Du refte, M. Rochon ne s'eft porté à compofer cet acte que pour avoir égard aux inftances de l'adminiftration, obfervant les trois autres trop courts pour remplir la durée du fpectacle, & em- barraffée d'ailleurs de choifir quelque fragment propre à joindre à cette paftorale.

On a déja dit que la reine, qui n'avoit pas encore vu cet opéra, peu prévenue d'ailleurs en faveur de la mufique du fieur Floquet, avoit été émue de celle du Seigneur Bienfaifant, & du fpectacle touchant & vrai qu'il offre au fecond acte ; qu'elle en avoit pleuré. On fait qu'elle fe propofe d'y revenir. M. le comte d'Artois a fait dire auffi aux auteurs, par le fieur *Goffec*, qu'il avoit été très-content de leur ouvrage.

29 *Décembre.* Extrait d'une lettre d'Utrecht, du 23 décembre 1782. Vous allez juger de la dif- férence de notre adminiftration d'avec la vôtre, par ce qui vient d'arriver au fujet de M. G. T. Paddenburg, l'éditeur d'une feuille hebdomadai- re imprimée ici fous le titre de *Poft van den ne- der-Rhyn*, (la pofte du Bas-Rhin) que le comte d'Athlone, nommé grand-bailli de cette ville par le Stadhouder, avoit attaqué pour s'être fervi, dans plufieurs de fes *numéros*, d'expreffions peu mefurées. Chez vous, qu'il eût eu tort ou raifon, on auroit commencé par mettre cet éditeur à la Baftille : celui-ci lui a demandé, en qualité de

citoyen d'une république libre , de plaider fa caufe. Le 12 de ce mois, on lui a accordé une audience , où , en préfence d'une foule de fpecta-teurs, fon procureur l'a défendu fi victorieufe-ment, que non-feulement les échevins-régents ont déclaré le demandeur non-recevable dans fon inculpation , mais l'ont condamné aux dépens. Ce jugement a été reçu du public avec des dé-monftrations de joie non équivoque fur fon vœu.

30 *Décembre.* M. Dupuy abdique le fecrétariat de l'académie des belles-lettres , & c'eft M. Dacier qui lui fuccede. On ne peut aflez s'étonner de voir parvenir fi promptement un jeune homme qui n'a été reçu dans la compagnie que par fa-veur, par égard à la recommandation de M. de Foncemagne , dont il étoit le complaifant & le lecteur; n'ayant encore aucun titre d'érudition par devers lui , & fur une fimple traduction d'Œlien , où l'on avoit lieu de croire qu'il avoit été beaucoup aidé par fon maître. Quoi qu'il en foit, c'eft d'autant plus remarquable que diffé-rents de fes confreres, anciens membres de l'aca-démie françoife , y avoient des droits mieux fon-dés , fans parler de plufieurs autres qui, fans être de celle-ci, s'en font montrés dignes : enfin , que M. Dacier auroit peut-être été le dernier qui eût élevé à cette place le vœu public.

30 *Décembre.* M. Beaudouin de Guemadeuc, maître des requétes , demeuroit chez fon oncle l'abbé Beaudouin , chanoine de Notre-Dame, riche , ayant une excellente table , & y recevant fort bonne compagnie , fur-tout des miniftres étrangers, des ambaffadeurs , ce qui rendoit cette maifon un bureau de nouvelles, rival de celui de Mad. Doublet qui vieilliffoit. Le jeune Beaudouin

douin avoit contracté ce goût dans une pareille
fociété. Il tenoit note de ce qu'il entendoit ou
voyoit. Sa charge l'appellant fouvent à Verfailles,
il ne laiffoit pas que d'y apprendre bien des anecdotes de cour. On fait que depuis il a été enfer-
mé pour des fautes & même des baffeffes, comme
il l'avoue lui-même. Dans fa détention il s'eft
rappellé beaucoup de chofes contenues dans fes
recueils faifis avec fes papiers, & c'eft du réfultat de toutes ces reminifcences qû'il a compofé
l'*Efpion dévalifé*, qu'on fait pofitivement être
de lui. On ne doute pas que M. de Mirabeau,
fils de l'ami des hommes, & le compagnon d'infortune de M. Beaudouin, n'ait contribué pour
fa part au manufcrit: étant devenu libre & paffé
en pays étranger, ce jeune homme l'y a fait
imprimer.

Du refte, le cadre de l'ouvrage eft fort fimple.
L'éditeur fuppofe dans un petit avertiffement,
en rentrant de nuit chez lui, avoir été obfervé
par un homme qu'à fes manœuvres il a jugé efpion, dont il a voulu fe débarraffer, & qui en
fuyant a laiffé tomber fon porte-feuille où étoient
les différents morceaux qu'il offre au public en
dix-huit chapitres.

On veut que M. Beaudouin, parent ou allié,
ami du moins du duc d'Aiguillon, ait eu principalement en vue dans fon ouvrage de fervir
celui-ci, en ôtant pour jamais au duc de Choifeul, fon rival, tout efpoir de rentrer à la cour.
En effet, ce miniftre eft par-tout très-maltraité
& l'on y trouve même une accufation des plus
graves.

31 *Décembre.* M. l'abbé d'Efpagnac, chanoine
de l'églife de Paris, jeune eccléfiaftique vifant à

l'épifcopat, bel efprit, philofophe, galant, homme
de cour, réuniffant tous les contraires en un mot,
fous prétexte de faire entendre à Mad. la princeffe de Lambale M. Garat, ce phénomene étonnant, même pour les plus habiles muficiens, a
obtenu la permiffion de lui donner une fête à
cet effet. En conféquence, logé trop à l'étroit
dans fa maifon canoniale pour recevoir fon alteffe féréniffime, il a demandé au baron d'Efpagnac fon pere, le gouvernement des Invalides,
où ont été invités beaucoup de ducheffes, de
femmes de cour & de feigneurs. Le tout s'eft
très-bien paffé. On a été enchanté du goût & de
la magnificence de l'Amphitrion; mais ce qui a
révolté, ç'à été de voir faire les honneurs de la
fête à Mad. de Gilibert fa coufine, & femme
de M. de Gilibert, major des Invalides, très-
bien éduquée, charmante, mais tachée du péché
originel d'être fille du fieur Framboifier, infpecteur de police, fœur du fieur Framboifier de
Beaunay, infpecteur de police, niece du fieur de
la Janniere, ancien infpecteur de police, &c.
Un plaifant, indigné de cette indécence, en a
témoigné fur le champ fon humeur par la boutade fuivante:

Sous ces portiques de lauriers
Me trompé-je? Qui vois-je, au féjour des guerriers,
 Siéger près de Lambale à fes offres propice,
 D'un feftin, d'un concert, d'un brillant artifice,
 Faire effrontément les honneurs!
Qui vois-je?....Gilibert: ô honte de nos mœurs !
Toi, fille, niece & fœur d'infpecteurs de police!

31 *Décembre.* On parle encore d'un autre ou-

vrage nouveau fur les *lettres de cachet*, qu'on attribue auffi au fils du marquis de Mirabeau. Il
eft dédié à M. le Noir; mais ce n'eft point un
perfiflage, c'eft un hommage rendu à l'humanité
de ce magiftrat, nullement partifan d'un pareil
genre de punition, qui ne s'y prête que forcé-
ment, & adoucit autant qu'il eft en lui le fort
des malheureufes victimes de cette invention, déteftable d'un miniftre, prêtre vindicatif & def-
potique.

31 *Décembre.* Quoique d'après les lettres publiques des miniftres de la cour de Londres, & le
difcours du roi d'Angleterre au parlement, on
eût lieu de fe flatter d'une réconciliation prochaine, les chofes font encore *in ftatu quo.* On
attribue cet engourdiffement à l'anxiété du cabinet de St. James, qui fent l'impoffibilité de continuer la guerre avec fuccès, & rougit de faire
une paix humiliante. C'eft ce qui a donné lieu à la
boutade que voici.

Sans doute, fiers Anglois, le pas eft difficile :
Il faut pourtant fortir de cet état douteux.
Votre gloire rougit d'un traité trop fervile;
Mais que de maux vont fuivre un refus hafardeux,
   Honte ou ruine, optez des deux !
   Louis, doit-il encor reprendre fon tonnerre,
   Ou le François chanter, dans fa gaîté légere,
     Cent vaudevilles déja nés ?
Vous ferez bien battus, fi vous voulez la guerre;
Si vous faites la paix, vous ferez bien bernés.

ADDITIONS.

ANNÉE MDCCLXXI.

2 *Juillet* 1771. Monsieur le comte de Lau-raguais a déja donné en plufieurs occafions des marques du zele patriotique dont il eft échauffé. Ce feigneur n'a pu foutenir le fpectacle des mal-heurs de la France, & a pris le parti d'aller à Londres, jufqu'à ce que des jours plus fereins lui permiffent de revenir à Paris. Mais pour être loin d'eux, il n'en eft pas moins attaché à fes con-citoyens. Son génie actif ne l'a pas laiffé oifif dans la fermentation générale des têtes; & quoi-que, n'étant pas encore duc & pair, il n'ait point été appellé fpécialement pour s'expliquer fur la queftion importante qui divife la nation, il ne s'eft pas moins cru obligé de configner fes fenti-ments dans un ouvrage propre à éclairer les gens peu inftruits. On affure qu'il a pour titre : *Droit des Francs*. Il avoit expédié une voiture qui en devoit apporter 1500 exemplaires; un homme à cheval l'efcortoit pour être à même de rendre compte à fon maître du fort de cet envoi. Le fecret a été éventé; on a arrêté la charrette; le cavalier a difparu, & l'on a faifi cette précieufe denrée littéraire. Le charretier étoit en outre chargé, dit-on, de manufcrits du même auteur, qu'on a furpris auffi; en forte qu'on parle beau-coup de la brochure en queftion, & l'on ne trouve perfonne qui attefte l'avoir vue & lue.

4 *Juillet*. Il court deux manufcrits très-précieux par les détails qu'ils contiennent, l'un intulé *Remontrances de la Bafoche*, en date du premier juillet 1771 ; & l'autre, *Obfervations fur les officiers du châtelet reftés en place depuis l'édit de fuppreffion*, &c. On parlera plus au long de ces deux pieces.

6 *Juillet*. Le livre de M. le comte de Lauraguais a pour titre : *Extrait du droit public de la France*, par *Louis Brancas*, *comte de Lauraguais*. C'eft une brochure *in-8°*. de 137 pages. Son but eft de prouver que les François avoient un droit public. L'auteur en raffemble les preuves en fept parties.

Dans la premiere, il établit le contrat focial & le pacte focial qui forment la conftitution de la monarchie françoife.

La feconde, contient les développements du pacte focial.

La troifieme, contient les principes généraux du droit.

La quatrieme, traite du cens royal, des tributs & des devoirs.

La cinquieme, des tribunaux.

La fixieme, des juges.

La feptieme, de la jurifprudence civile & de la jurifprudence criminelle.

Sans entrer dans la difcuffion de ces parties, il fuffit d'obferver que le but de l'écrivain eft de démontrer que les événements hiftoriques par lefquels il entre en matiere concernant l'élection des anciens rois & leur dépofition, ne tenoient pas fimplement à l'indépendance d'une nation bizarre, fiere & fauvage, mais aux loix, à la conftitution, au droit public des Francs ; qu'il y

M 3

avoit un contrat focial entre la nation & le roi ;
qu'il en dérivoit un pacte focial entre les parties
conftituantes du fouverain & de la fouveraineté :
1°. dans la fuppofition de l'obfervation des conditions du contrat focial ; 2°. dans le cas de l'in-
fraction de ces conditions, d'où il réfulteroit un
acte réciproque, par lequel un peuple dit à un
homme : vous ferez roi à telles conditions, alors
je ferai *fidele ;* fi vous les enfreignez, je ferai
votre juge.... Et cela fondé fur la définition de la
puiffance qui coopere aux loix qui ne doivent être
faites que par le concours du peuple & du roi,
& qui donne le nom de roi à l'homme qui exerce
cette puiffance ; *s'il eft jufte, il eft roi ; s'il veut
être oppreffeur, c'eft un tyran.*

Ces deux phrafes extraites mot à mot du livre
même, en font à peu près tout le réfultat effentiel.

Du refte, M. de Lauraguais n'annonce fon ouvrage que comme un extrait, un *profpectus* d'un
autre bien plus grand fur la même matiere ; &
il faut convenir qu'il n'y a ni développement,
ni liaifon, ni tranfition, ni rien de fondu dans
celui-ci. C'eft une chaîne de citations extraites
des capitulaires de nos rois, des anciens hiftoriens, des chartres, &c. Le lecteur intelligent,
dégagé des préjugés, en conclut aifément les inductions à tirer ; mais le livre manque de cet enfemble qui rend un raifonnement plus lumineux
& plus à portée des diverfes fortes d'efprits. Au
refte, fi celui de M. de Lauraguais eft trop fouvent
obfcur par une furabondance d'idées qui fe croi-
fent & fe confondent, on ne peut fe méprendre
fur la nature de fon cœur, qui certainement eft
rempli d'amour pour fon roi & pour fa patrie.

7 *Juillet.* La comédie de l'*Homme dangereux*

du fieur Paliffot, en trois actes & en vers, n'eft
qu'une mauvaife copie du *Méchant.* L'auteur a
fuivi fervilement l'intrigue & les caracteres de cet
ouvrage, mais malheureufement n'en a pu imiter
le ftyle & les détails charmants. L'acceffoire auroit
mieux valu que le principal, & la vraie comédie qui auroit réfulté de *l'incognito* de l'auteur, s'il
eût pu les regarder, auroit été beaucoup plus amu-
fante que l'autre. Mais fi cette tournure de faire
ainfi fon portrait de la façon la plus injurieufe pour
capter le fuffrage de fes ennemis, eft adroite &
ingénieufe, elle annonce un défaut de délicateffe
& de fenfibilité, qui ne peut faire honneur au
Sr. Paliffot auprès des gens qui favent fe refpecter.

Cette comédie eft précédée & fuivie de diverfes
préfaces & autres pieces relatives à l'ouvrage,
ainfi que d'une vie de l'auteur par lui-même. On
y remarque une affectation de parler de foi & de
fe louer, qui ne peut qu'exciter encore plus la
rage de fes ennemis, & faire plaider le Sr. Paliffot, s'il eft innocent de tout ce dont on l'accufe
de n'avoir pu trouver aucun apologifte: d'être
obligé de s'enivrer ainfi de l'encens dont il fe
parfume lui-même, ou d'emprunter le reffort ufé
de ces éditeurs poftiches qu'on fait n'être que les
prêtenoms de l'écrivain.

8 *Juillet.* Un nommé *Moreau*, appellé l'*avocat
des finances*, connu pour auteur de différents
écrits politiques dont il a été chargé par le gouvernement, entr'autres, l'*Obfervateur Hollandois*,
&c. eft un des ferviteurs les plus zélés de M. le
chancelier, & on l'a foupçonné d'avoir écrit le
préambule du fatal édit contre les parlements,
&c. M. le comte de Lauraguais l'attaque directe-
ment dans deux endroits de fon livre. Dans l'a-

M 4

vertiffement, page premiere, il dit : " Je n'ai pas
„ eu befoin, comme le défenfeur de la liberté
„ du commerce des Indes, de faire des édits de
„ Louis XIV, *de faire des chartres comme M.*
„ *Moreau*..... " Et dans le cours de l'ouvrage,
page 48, il ajoute. " Si j'ai entrepris cet ouvrage,
„ c'eft pour venger la raifon humaine des fots pro-
„ pos de nos publiciftes, & nòmmément des ar-
„ guments victorieux de *l'infidele Moreau*... „

M. Bertin, fecretaire d'état & miniftre, a
remis au fieur Moreau, aujourd'hui homme de
cour & bibliothécaire de Madame la dauphine,
un exemplaire du livre de M. de Lauraguais, en
le chargeant d'y répondre. On croit que cette
réponfe ne regarde cependant que les affertions
avancées contre lui (Moreau) ; & que, quant au
grand objet de l'ouvrage de M. de Lauraguais,
on a déja détruit d'avance tout ce qu'il pourroit
dire, trouver & citer, en déclarant que *le roi
ne tient fa couronne que de Dieu feul*, ainfi que
Sa Majefté l'a annoncé dans fon fameux difcours au parlement, du 3 mars 1766, &
dans le préambule de fon édit enrégiftré au lit
de juftice le 7 décembre 1770, & comme l'ont
reconnu différents parlements & notamment la
cour des aides dans fes dernieres remontrances.

12 *Juillet.* Le difcours de M. Perrot étoit particuliérement dirigé contre M. le comte de la
Marche, à qui l'orateur reprochoit fa défection
du parti des autres princes ; il témoignoit à fon
alteffe fon étonnement de la voir occuper une
place qu'avoit toujours rempli jufque-là le premier
prince du fang, & jouer un pareil rôle malgré
la proteftation connue des princes & des pairs.
On a cru devoir abfolument donner au porteur

d'ordres du roi la fatisfaction de punir un magiftrat qui avoit ofé abufer de fon miniftere pour
l'inculper auffi témérairement; & c'eft fur la fol-
licitation du même comte de la Marche que
M. Perrot a été élargi. Au refte, il paroît très-
repentant & quoiqu'il fût l'arrangement, il convient qu'il a eu grand tort. Il refufe abfolument
la communication de fon difcours, qui eft comme non avenu, perfonne n'en ayant copie.

18 *Juillet.* Le fanatifme continue à s'étendre
dans les chaires & à profiter de la liberté qu'il a
de fe communiquer. Un certain abbé Dubault,
curé d'Epiais, le dimanche de l'octave de la fête-
Dieu derniere, a fait aux Théatins un difcours
fur le refpect que le chrétien doit à Dieu dans
la fainte euchariftie, en l'affimilant à celui d'un
fujet envers fon roi, de faire une fatyre fanglante
de l'ancien parlement, une apologie du nouveau,
un éloge pompeux de M. le chancelier, & d'avan-
cer les maximes les plus contraires à la liberté
des François, en les réduifant à la qualité de
fimples efclaves, & en annonçant clairement que
le roi étoit maître des biens, de la perfonne &
de la vie de fes fujets. Heureufement que l'audi-
toire n'étoit compofé que de gens du peuple, de
laquais, de femmes-de-chambre, &c. Cependant
quelques abbés s'étant trouvés par hafard là, en
ont été fort fcandalifés: cela a fait bruit infenfiblement, & eft parvenu aux oreilles de M. de
Sartines, qui a mandé le fupérieur des Théatins;
celui-ci n'avoit point été fpectateur; mais, fur les
informations prifes dans fa communauté, n'a pas
difconvenu qu'il n'y eût quelque chofe de trop
zélé dans ce prédicateur de campagne: l'abbé
Dubault, inftruit de l'orage qui fe formoit, a

pris le parti d'écrire à M. le chancelier, de lui
envoyer son discours, en lui marquant qu'il voyoit
avec douleur qu'on lui fît un crime d'être trop
royaliste. M. le chancelier, flatté sans doute de
l'éloge non suspect d'un prêtre obscur, a donné
les ordres nécessaires pour qu'il ne soit pas in-
quiété, & il continue à prêcher de la même maniere. Heureusement cet orateur, digne du 16e.
siecle, est plus propre à faire rire par son style bur-
lesque, son ton baladin, & ses convulsions d'é-
nergumene, qu'à exciter une fermentation dan-
gereuse. C'est vraisemblablement ce qui fait que
M. le chancelier ne l'a pas traité plus favorablement, & s'est contenté de conserver un tel apolo-
giste parmi le peuple, tandis que des bouches
plus disertes le prônent dans le grand monde.

19 *Juillet*. Les Italiens donnent depuis peu une
piece intitulée *Les Jardiniers*, en deux actes & en
vers, mélée d'ariettes. Cette comédie, jouée pour la
premiere fois le jour où Mlle. le Maure chantoit au
colysée, parut presqu'*incognito* ce jour-là. Par cette raison elle n'éprouva aucune contradiction; &
depuis elle a été représentée avec plus d'affluence.

22 *Juillet*. Le Sr. Sorhouet de Bougy n'est pas
moins désolé que M. le chancelier de se voir démas-
qué dans la *correspondance secrete*, &c. Quoiqu'on
ait saisi il y a peu de temps en route 2000 exemplaires de cet ouvrage, & qu'il soit devenu extrêmement cher, la curiosité du public s'évertue tellement que l'on se le prête avec le plus grand intérêt;
la petite quantité d'exemplaires répandus dans la
capitale, suppléé à l'abondance par la circulation
qui continue, & il est peu de gens qui ne l'aient
lue; on en attend la suite avec empressement.

29 *Juillet*. La comédie des *Jardiniers* que don-

nent les Italiens, eft de la compofition, quant
aux paroles, du fieur Davefne, peintre; la mufique eft d'un nommé Prudent, fubalterne de quelque orcheftre.

29 *Juillet.* On ne parle qu'avec la plus grande
admiration des foins que M. le duc de Chartres
prend de fon augufte époufe depuis qu'elle eft
groffe, & qu'elle avance vers fon terme. Il ne
la quitte point; il redouble de tendres careffes,
& bien loin de fe livrer aux écarts de fa première
jeuneffe & qui paroîtroient plus excufables dans
les circonftances où les paffions devroient le do-
miner davantage, il eft avec la princeffe fur le
ton le plus bourgeois & le plus refpectable; ce
qui caufe une joie extrême à M. le duc d'Orléans,
& fur-tout à M. le duc de Penthievre.

30 *Juillet.* Le Sr. Doyen eft un de ces peintres
d'hiftoire les plus eftimés aujourd'hui; il travaille
actuellement à reparer les peintures du dôme des
invalides très-endommagées. Depuis quelque tems,
Mad. la comteffe du Barri a envoyé chercher cet
artifte & lui a témoigné fon envie d'avoir un tableau de fa compofition; mais elle a déclaré qu'elle
ne le vouloit pas dans le genre de dévotion. Le Sr.
Doyen lui a répondu qu'il étoit à fes ordres, & qu'il
ne faifoit pas toujours des corps de faints: elle l'a
laiffé maître du choix, & lui a propofé pour fujet le
trait qu'il prétend hiftorique de cette Theffalienne,
que les ignorans accufoient de magie, & qui ayant
paru devant l'empereur pour répondre fur l'impu-
tation de ce crime, n'eut qu'à fe montrer pour décider la queftion : c'étoit la plus belle créature
qu'œil humain pût envifager. Madame la comteffe
a fenti toute la fineffe de ce madrigal pittorefque;
elle a adopté avec joie un fujet auffi galant, & le

M 6

Sr. Doyen eft très-bien venu de cette dame. Elle l'a accueilli avec une bonté extrême; & fur ce que ce peintre a repréfenté à S. M. qu'il fentoit combien le bonheur d'approcher de fa perfonne royale lui élevoit les idées, & lui donnoit du fublime dans l'imagination, qu'il lui feroit infiniment avantageux de jouir fouvent de cette infpiration, le roi lui a permis de fe préfenter à lui quand il voudroit; & il a fes entrées dans les petits appartements, où il eft admis dès qu'il fe montre.

2 *Août* 1771. Il paroît un nouvel ouvrage, clandeftin toujours, & conféquemment rare & très-recherché, intitulé *Principes avoués & défendus par nos peres.* Il mérite une difcuffion particuliere, & doit être d'un grand poids dans la queftion préfente par la force, le nombre, & la longue fuite d'autorités dont il eft appuyé. On en parlera plus au long.

3 *Août. Principes avoués & défendus par nos peres. Inftitutions que nous fommes dans l'heureufe impuiffance de changer. Lit de juftice de 1770. Edit de février* 1771.

Tel eft le titre de la nouvelle brochure, qui, comme on voit, n'eft qu'un extrait de deux phrafes mifes dans la bouche du roi.

Ce recueil commence par les établiffements de St. Louis, *confirmés en plein parlement par les barons du royaume*, & finit par la réclamation des *princes du fong & pairs de France*, faite cinq cents ans après en plein parlement, énoncé dans l'arrêté du 16 janvier 1764, contre la violence exercée fur les loix & fur leurs miniftres

On oppofe ce recueil contenant une grande tradition, foutenue des ordonnances des rois *faint Louis, Philippe III. Philippe le Bel, Charles V, Charles VI, Charles VII, Louis XI, Charles VIII,*

Louis XII, François I. Henri II, Charles IX, Henri III, Henri IV, Louis XIII, Louis XIV, Louis XV, des principes établis dans ces cahiers de diverses affemblées d'états provinciaux & généraux, des citations & des fentiments des hiftoriens, des écrivains politiques, des difcours des hommes les plus illuftres dans le miniftere public, &c. à cinq ou fix exemples allégués par les défenfeurs du defpotifme, qui ne font autre chofe que des tentatives faites par les miniftres de l'autorité, comme fi on ne les avoit jamais niées; comme fi elles n'étoient pas dans l'ordre de ces chofes qui doivent néceffairement arriver; comme fi la force pouvoit jamais fe créer des titres à elle-même ; comme fi les droits de la nation n'étoient pas imprefcriptibles ; comme fi enfin ces tentatives n'avoient pas été repouffées par des proteftations & par la plus vive réfiftance de la part des miniftres des loix.

On y démontre fur-tout que la plupart de leurs citations font fauffes, & que toutes les armes qu'ils empruntent en faveur de l'autorité contre les droits de la nation, font tirées d'une des *Matinées du roi de Pruffe*, grand roi que la France admire, mais dont le gouvernement très-militaire & l'avis perfonnel ne peuvent ni ne doivent influer fur le nôtre

4 *Août*. Une feconde brochure qui fe répand en même temps que celle dont on vient de parler, c'eft *le parlement juftifié par l'impératrice de Ruffie* ou *Lettre à M. &c.*

L'objet de l'ouvrage eft de répondre aux différents écrits que M. le chancelier fait diftribuer dans Paris De ces écrits qui étoient, lorfque l'autcur écrivoit, au nombre de 50, & qui font aujourd'hui multipliés à celui de plus de 100, il n'en trouve que quatre dignes d'être difcutés , favoir les *Réflexions d'un citoyen*; les *confidérations fur l'édit*; les *remontrances d'un citoyen*, &c. les *obfervations fur la proteftation des princes*. Il cherche à en démêler les fophifmes, tous provenus faute d'avoir établi les principes & la nature du gouvernement monarchique. Il croit ne pouvoir mieux les fixer que par l'analyfe de l'inftruction donnée par *Catherine II*, impératrice de toutes les Ruffies, aux perfonnages chargés de dreffer le projet de fon nouveau code de loix. Il prétend que M. le chancelier, qui s'eft apperçu combien les principes de cette inftruction étoient contraires à ceux qu'il a tâché d'établir dans fon difcours au lit de juftice, & dans le préambule de l'édit de décembre 1770, en a fait défendre l'entrée dans le royaume.

Quoiqu'il en foit, ce beau monument de légiflation eft heureufement connu par les extraits qu'en ont donné les papiers publics, & l'écrivain en queftion le prend pour bafe de fon fyftême. Il en infere des conféquences qui détruifent abfolument toutes les objections des divers auteurs qu'il réfute. L'article le plus neuf de l'ouvrage eft celui où il explique la propofition auffi abfurde que révoltante de laquelle les défenfeurs du defpotifme fe prévalent pour autorifer leurs raifonnements, favoir que *le roi ne tient fa couronne que de Dieu* : il démontre que les parlements qui ont eu la foibleffe de l'admettre, n'ont jamais voulu ni pour lui donner le fens abfolu dont l'expliquent ces adulateurs du trône; il comprend dans cette réfutation les inductions non moins pitoyables qu'on tire de la formule antique des édits, *Louis par la grace de Dieu*, &c. Il prouve enfin qu'il n'eft pas moins faux que *le roi ne tienne fa couronne que de fon*

épée, & il en conclut que ne la tenant que du con‑
fentement de la nation, il doit néceffairement
être foumis à la loi comme les fujets, & que,
pour l'y ramener, tout moyen eft permis, excepté
celui de la révolte & de la fédition.

5 *Août*. Les entrepreneurs du colyfée, pour at‑
tirer du monde, ont donné hier à leurs fpecta‑
cles, outre la joûte, une très-petite pantomime,
exécutée fur des airs connus. Ils ont été obligés
de fubftituer ce divertiffement à celui de l'oie
mife à mort, qui a révolté le public.

6 *Août*. La *lettre d'un homme à un homme*, &c.
dont on a parlé, n'étoit qu'un morceau détaché
d'un plus grand ouvrage, & doit être placée com‑
me la neuvieme d'une collection qui précéde, au
nombre de huit. L'importance des vérités qu'on y
traite eft telle qu'on s'intéreffe encore à cet écrit
qui les reproduit après tant d'autres, mais d'une fa‑
çon plus aifée, plus agréable & plus à portée de
toutes fortes de lecteurs. L'auteur a le ftyle lefte
d'un homme du monde qui poffede fa matiere, &
fait l'embellir de toutes les graces de l'enjouement;
c'eft le Fontenelle de la politique; il paroît avoir le
mieux démélé l'origine des parlements qu'il trou‑
ve n'être autre chofe que *la cour de France*, qui
n'a jamais été créée, mais formée par extrait des
anciennes affemblées nationales, auffi anciennes
que la monarchie, & qui a fuccédé à ces affem‑
blées, quand elles n'ont plus eu lieu, tenu avec
éclat quand le treizieme fiecle eut diffipé les té‑
nebres de la barbarie. Il ôte à cette difcuffion toute
fa féchereffe, & y répand une gaieté noble & dé‑
cente, bien oppofée aux mauvais quolibets, aux
plates turlupinades du plus grand nombre des
écrits compofés par ordre, & débités fous les
aufpices du chancelier.

19 *Août.* Au moyen des changements faits au nouvel opéra, & de l'argent que diftribue le fieur de la Borde pour acheter des fpectateurs, il aura encore quelques repréfentations.

10 *Août.* Jeudi dernier 15 de ce mois & jour de l'affomption, les autres fpectacles vacants devoient être remplacés par un concert fpirituel. On a été fort furpris de ne le point voir affiché ; & le concert en effet n'a pas eu lieu. On préfume que dans l'intention de mieux favorifer le Colyfée, & de forcer les oififs à s'y porter, on a fupprimé ce fpectacle confacré fur-tout aux grands amateurs de mufique, & aux dévots qui fe font un fcrupule de prendre part aux divertiffements profanes. Ceux-ci en particulier font furieux de cette fuppreffion & réclament contre un tel abus d'autorité.

21 *Août.* Un pauvre diable ex-jéfuite, nommé *Roger*, attaché à la gazette de France, malgré fon dévouement à fon ordre, déclamoit avec beaucoup de vivacité & de naïveté contre les opérations de M. le chancelier ; il en a été rendu compte au chef de la magiftrature ; le fieur Roger a été arrêté ; & fa franchife ne lui ayant pas permis de rien diffimuler, il a tout avoué, & il eft à la Baftille.

22 *Août. Les obfervations fur l'édit du mois de février,* 1771, *portant création des confeils fupérieurs,* font une nouvelle brochure dont l'auteur eft fans doute un homme qui a la triture des affaires, qui connoît l'effroyable dédale de la chicane, & tous les abus du palais. On y trouve un détail très-curieux fur les formes de la procédure, fur les épices, & fur la manière dont meffieurs de Maupeou pere & fils ont groffi ces frais énormément, fur-tout le dernier, qui fe faifoit ainfi plus

de 60,000 liv. de rentes. Il donne les moyens d'y
remédier, ainfi que de reftreindre la multiplicité
des voyages des plaideurs à la capitale ; après avoir
réfuté l'édit en gros, il en difcute fucceffivement
les diverfes parties, & le pulvérife dans tous fes
points.

A la fuite de cet écrit eft une *lettre à une dame*
fur le même fujet, où l'on démontre, par une nouvelle façon de voir, que l'établiffement des confeils fupérieurs eft nuifible au roi, à l'état & à la
nation ; qu'il tend d'une part à déprimer le peuple
en général, la nobleffe en particulier, à deffécher
les liens d'amour, de confiance, de fidélité qui
uniffent le monarque & les fujets, pour ne laiffer
lieu qu'à l'autorité, en fappant les loix & l'efprit
de la conftitution du gouvernement François, qui
en font la bafe ; que l'inftitution du choix des
officiers de ces nouveaux tribunaux, fujette en
général à beaucoup plus d'abus que la vénalité des
offices, concourt au même but ; que, d'un autre
côté, il n'a point de liaifon avec ce que l'édit préfente d'avantages réels ; qu'il fait même obftacle
à leur plus grande utilité : qu'il eft inutile pour le
rapprochement des juges & des jufticiables ; que
fans ces confeils l'adminiftration de la juftice peut
être rendue plus entiérement gratuite, plus abré-
gée, plus prompte ; & que l'abréviation des procédures qu'il promet, les moyens qu'il établit
pour empêcher l'impunité dans les juftices fei-
gneuriales, font abfolument indépendants &
étrangers à cet établiffement.

1 *Septembre* 1771. Extrait d'une lettre de Londres, du 20 août 1771. Le *gazetier cuiraffé* n'eft
très-certainement pas de M. le comte de Lauraguais, & ceux qui auront lu ce livre, ne lui feront

pas l'injure de le lui attribuer. Ce feigneur fait
jufqu'où il peut pouffer la plaifanterie, & fe l'in-
terdiroit fur ce qu'il y a de plus facré. D'ailleurs,
il a plus de nobleffe dans le ftyle, & ne fe dégra-
deroit pas au point de s'arrêter fur toute la lie des
filles de Paris, &c. En un mot, il eft affez généralement fu ici que cette brochure eft du fieur
Morande, ci-devant efcroc à Paris, & qui ne l'eft
pas moins à Londres, puifqu'il paffe pour conftant
qu'il a eu mille guinées pour la vente de cette
rapfodie : les libraires de votre capitale n'euffent
pas fait un pareil marché de dupe.

2 *Septembre.* Dans le N°. 67. de la gazette de
France, article de Londres, on lit ce qui fuit.

On dit que Mad. la comteffe de Valdegrave,
époufe du *duc de Gloceſter*, a obtenu une penfion
de 5000 liv. fterl. fur l'établiffement d'Irlande.

On affure que l'ambaffadeur d'Angleterre, s'eft
plaint de cet énoncé comme d'une indifcrétion
défagréable à la cour de Londres, attendu que le
mariage du duc de Glocefter n'y étoit pas déclaré
ni reconnu.

Il paffe pour conftant que c'eft le grief dont eft
parti M. le duc d'Aiguillon, comme miniftre des
affaires étrangeres, pour ôter la direction de la
gazette de France à l'abbé Arnaud & au fieur Suard
fon collegue. Quoi qu'il en foit, c'eft le fieur Marin, cenfeur de la police, qui eft aujourd'hui
chargé de cette rédaction.

9 *Septembre.* L'acteur, éleve de Préville, qu'on
avoit annoncé depuis quelques mois, comme devant faire la plus grande fenfation à fon début, a
paru avant-hier famedi, pour la premiere fois, dans
le rôle de Rhadamifte. Son inftituteur a commencé
par capter les fuffrages par un compliment fort

humble & fort adroit, où il a infinué d'avance
les défauts qu'on trouveroit à coup-fûr dans le
débutant, en donnant en même temps les motifs
d'efpoir qu'il pouvoit fournir. Il n'a motivé fon
inftitution que fur fon zele pour le public, en glif-
fant légérement fur la nature de fon choix, où
plutôt en ne rendant compte en rien des raifons qui
l'avoient déterminé à former un éleve pour le tragique, au lieu du comique qui eft fon genre, & fur
lequel il doit avoir plus de connoiffances naturel-
les & acquifes ; ce difcours a été reçu avec tranf-
port par le parterre & applaudi de même.

Le Sr. Ponteuil eft fils d'un boulanger de Paris. Il
n'a guere que 20 à 21 ans. Il eft grand, bien bâti, a
deux beaux yeux, des fourcils noirs & très-mar-
qués : fa figure n'eft point mal, mais eft quarrée &
fans nobleffe ; fon nez épaté & une groffe levre, gâ-
tent le bas de fon vifage. Il eft rablé & a l'air d'un
payeur d'arrérages ; ce qui plaît beaucoup aux
actrices. Le fon de fa voix eft peu naturel ; elle ne
fort que par fecouffes. Quant à fes qualités acquifes,
il a montré de l'intelligence, une grande fenfibilité & des nuances dans les intonations & les dé-
finances. Il marque les repos. Ses geftes font dans
un défordre effroyable, mais cela peut fe corriger
aifément ; en un mot, il promet. Ce début a occafionné une grande rumeur dans les couliffes, & l'on
s'eft à ce fujet étendu beaucoup fur l'événement.

Parmi les actrices c'eft déja à qui s'emparera
de ce nouveau Mazete. Mlle. Dubois depuis long-
temps fe l'attribuoit, à raifon de fa prééminence
& de fa dignité ; cependant il a débuté avec
Mlle. Sainval, ce qui annonceroit du changement dans le goût de notre héroïne du théatre.

11 *Septembre*. Dans la gazette d'Utrecht, du

mardi 13 août 1771. N°. 65, on lit à l'article de France ce qui fuit.

Paris, le 5 août.

" Selon les lettres de Compiegne, Mad. la
„ dauphine s'étant laiffé fléchir par la requête
„ qu'on (le fieur Moreau, fon bibliothécaire,)
„ lui préfenta l'année derniere de la part des ànes,
„ a non-feulement pardonné le petit défagrément
„ qu'elle avoit éprouvé de leur part ; mais pour
„ leur témoigner qu'elle leur accordoit un entier
„ pardon, elle en a fait affembler, le deux, en-
„ viron quatre - vingts dans la forêt ; & ayant
„ été les joindre avec l'augufte famille royale,
„ & une fuite nombreufe, ils ont encore été
„ adoptés pour monture. Après la formation
„ d'une telle cavalcade, elle s'eft rendue dans la
„ forêt au château de Compiegne au fon des
„ flûtes, & efcortée d'une multitude infinie de
„ curieux. Monfeigneur le comte d'Artois a eu
„ le plaifir de fe laiffer tomber. Plufieurs dames
„ ont été obligées d'en faire autant. Mad. la
„ comteffe de Noailles a fait auffi une culbute,
„ mais qui n'a porté aucune atteinte à fa dignité.
„ Madame la Dauphine fe propofe de renouveller
„ un pareil fpectacle, qui fait l'entretien & l'amu-
„ fement de toute la cour."

Cette narration a paru d'une plaifanterie peu refpectueufe ; elle a occafionné une grande rumeur à la cour, & le miniftere a cru devoir arrêter le cours de la gazette fufdite. En conféquence, depuis vendredi 6 feptembre elle ne paroit plus en France. On croit pourtant que cette fuppreffion ne fera pas longue, la caufe ne portant fur aucune confidération politique, & M. le chancelier étant d'ailleurs affez content du filence de l'écrivain, ou de la façon favorable dont il parle de fes opérations.

12 *Septembre*. On a imprimé un détail cir-conftancié de ce qui s'eft paffé à Befançon lors de la deftruction du parlement, précédé des pro-teftations de cette cour ; on y a joint des ré-flexions fur l'énoncé de cet événement dans la gazette de France du vendredi 16 ; qu'on prétend déroger à fa véracité en cette circonftance, & ne fervir plus que d'organe à l'impofture des minif-tres. Le furplus eft une fortie très-amere contre le rembourfement prétendu des offices, tandis que l'état eft à la veille d'une banqueroute totale, déja ébauchée en grande partie.

On a auffi imprimé la lifte des officiers du châtelet actuels, avec des notes fatyriques fur chacun ; c'eft ce qu'on a déja vu manufcrit. On en a fupprimé M. le lieutenant-général de police, & l'on prétend que ce ménagement eft le plus mauvais tour qu'on pût lui jouer, en le faifant par là fufpecter au chancelier, comme fufceptible de fermer les yeux fur cet écrit.

13 *Septembre*. Malgré le fuccès du difcours du fieur Préville à l'inftallation du nouvel acteur, les gens de fang-froid, qui ne s'enthoufiafment pas aifément, & qui pefent les mots, ont trouvé très-mauvais que cet hiftrion en finiffant ait dit, au milieu de tout fon barbouillage, plus bas que refpectueux, plus fade que décent, qu'il s'eftime-roit heureux d'être utile par la formation de pa-reils fujets aux plaifirs de fes *concitoyens*. Cette expreffion a été relevée, & a frappé d'autant plus, que, tout récemment encore, le parlement a dé-nié à un comédien le ferment en juftice, *comme infame par fon métier.*

15 *Septembre. Réflexions générales fur le fyftê-*
me projeté par le maire du palais pour changer
la conftitution de l'état.

Cette brochure a pour texte le paragraphe
fuivant :

Les actes des rois, qui bleffent directement les
loix fondamentales de l'état, font nuls, & ne
peuvent fubfifter par le défaut de pouvoir du lé-
giflateur. Ces actes n'ont jamais fubfifté qu'aū-
tant de temps que la violence a prévalu fur la
juftice. *Mémoire des princes du fang, préfenté au*
roi en 1771.

On peut juger de l'écrit par cette phrafe ; il
mérite pourtant une difcuffion particuliere.

16 *Septembre.* C'eft le fieur Marin, cenfeur
de la police qui, fans avoir en titre la gazette
de France, eft chargé du foin de la rédaction.
On ne s'apperçoit pas que cet écrit foit mieux
foigné entre fes mains ; l'on y trouve même des
réticences & des tournures de phrafes extrême-
ment louches, & qui peuvent faire paffer certains
articles chez les étrangers, comme des logogry-
phes qu'on leur propofe à deviner.

Au furplus, les amis de l'abbé Arnaud & de
M. Suar, fe flattent que le duc de *Glocefter* & la
cour de Londres voudront bien folliciter leur
réintégration à la tête de ce journal politique ;
leur faute n'étant qu'une pure inadvertance, de
n'avoir pas fait attention aux croix en marge de
l'article qu'on leur reproche, & que tous les miniftres avoient profcrites.

28 *Septembre.* Les comédiens Italiens ont donné, il y a quelques jours, la premiere repréfentation d'une comédie en deux actes & en vers,
mêlée d'ariettes, intitulée le *Baifer pris & ren-*

du. Les paroles du fieur Anfeaume ont paru fi déteftables, que la mufique, toute agréable qu'elle fût, n'a pu en faire difparoître le dégoût & la platitude. La piece eft tombée.

30 *Septembre.* Madame la comteffe du Barri voulant récompenfer le zele du fieur le Doux, fon architecte qui, pour lui plaire, a élevé avec une rapidité fans exemple fon charmant pavillon de Luçiennes, lui a fait avoir la place de commiffaire du roi, infpecteur des falines de Franche-Comté, ce qui lui procure au moins 8000 liv. de rentes.

2 *Octobre* 1771. Le fieur le Brun, fecretaire de M. le chancelier, à qui l'on attribue la plupart des difcours de ce chef de la magiftrature, vient d'être nommé à la place d'infpecteur des domaines, vacante par la mort de M. Freton; il avoit une charge de payeur des rentes qu'il cede à fon frere.

3 *Octobre.* Des plaifants de la cour ont fait une pafquinade à Mad. la Marquife de Langeac dont elle eft furieufe. Le lendemain de la difgrace de Mad. la baronne de la Garde, jour où l'on favoit que Mad. de Langeac n'étoit pas chez elle, ils font venus fucceffivement faire écrire toute la cour à fa porte, comme il eft d'ufage quand il arrive un événement à quelqu'un, qui exige un compliment de condoléance ou de félicitation.

3 *Octobre.* La *Cenquantaine,* opéra du fieur la Borde fifflé dès le premier jour, a cependant eu 21 repréfentations: les directeurs ont eu la conftance de voir déferter le public pendant ce temps: enfin, vendredi prochain ils donnent des fragments compofés de l'acte de *l'Air* du ballet des éléments, paroles du fieur Roi, mufique de Def-

touches ; de celui de la *Sibille ;* du ballet des
Fêtes d'Euterpe , paroles de Moncrif, muſique du
ſieur Dauvergne , & du *Prix de la valeur ,* nouveau ballet héroïque en un acte , paroles du ſieur
Joliveau , l'un des directeurs de l'académie royale
de muſique , & du ſieur Dauvergne , autre directeur.

4 *Octobre.* Le projet de placer la comédie françoiſe à l'hôtel de Condé , & de le faire acheter
par la ville pour y conſtruire la nouvelle ſalle ,
avoit acquis beaucoup de faveur , depuis la nomination de l'abbé Terrai au contrôle-général ;
mais depuis la diſgrace des princes , le miniſtere
a cru à propos de priver celui-ci des avantages
d'un pareil marché , qu'on a décidé ne pouvoir
plus avoir lieu. On remet aujourd'hui ſur le tapis
le plan de M. Liégeon, architecte, qui propoſoit
de faire une place au carrefour de Buſſy, dont
on a rendu compte dans le temps. M. le duc de
Duras , gentilhomme de ſervice , ſemble diſpoſé
à s'y prêter ; il offre même 200,000 liv. au nom
du roi ; la ville en donneroit bien autant ; mais
d'autres incidents rendent le marché plus difficile, & il y a apparence qu'en attendant une dé-
ciſion trop longue , les comédiens vont faire réparer leur ſalle.

6 *Octobre.* Les ſpectacles nouveaux qui ſeront
exécutés à Fontainebleau, conſiſtent 1°. en une
comédie françoiſe du ſieur Goldoni, intitulée le
Bourru Bienfaiſant ; 2°. en une tragédie du ſieur
du Belloy , dont on parle depuis quelque temps ,
ayant pour titre : *Pierre le cruel ;* 3°. en trois
opéra comiques, ſavoir : *le Faucon,* paroles de
M. Sedaines, muſique de M. Monſigny ; *l'Ami
de la maiſon ,* & *Zelmire & Azor* ou *la Belle*
&

& *la Bête*, tous deux de M. Marmontel quant aux paroles, & du sieur Gretry quant à la musique. L'opéra n'est pour rien sur le répertoire.

7 *Octobre*. Le drame du *Fils naturel* n'a point eu lieu, comme il étoit annoncé sur l'affiche, pour une seconde représentation, avec beaucoup de changements. On présume que c'étoit une tournure prise pour épargner à son auteur une chûte absolue.

9 *Octobre*. On vient d'imprimer un recueil de 141 pages *in-12*, contenant les *réclamations des bailliages, sieges présidiaux, élections & cours des aides de province*, contre les édits de décembre 1770, janvier, février & avril 1771. Comme tout n'est pas encore compris dans cet ouvrage, on annonce une suite.

14 *Octobre*. Le Colysée s'ouvre encore; malgré la désertion générale du public, les entrepreneurs de cet édifice affichent du nouveau pour chaque représentation, & peu de gens en sont la dupe. Ils ont annoncé derniérement les aventures de Don-Quichotte en feu d'artifice. Rien de si plat que tout cela, & l'on ne peut plus impudemment en imposer aux curieux.

15 *Octobre*. La suspension de l'introduction de la gazette d'Utrecht n'a été que très-courte, ainsi qu'on l'avoit annoncé; elle reparoît en cette capitale depuis la fin du mois dernier.

Le courier du Bas-Rhin, ou la gazette de Cleves ne paroît plus en cette capitale depuis le dimanche 13, que l'ordinaire a manqué: on ne sait pas encore au juste les motifs de cette exclusion.

20 *Octobre*. Le sieur Linguet, dans sa consultation pour le sieur Simon Sommer, charpentier

à Landau, difcute d'abord fi le divorce peut être
légitimement permis; & il regarde l'opinion de
d'indiffolubilité des mariages, feulement comme
un article de difcipline, qui peut être changé
ou modifié par l'églife : il penfe qu'elle pourroit
faire revivre aujourd'hui les réglements fur le
mariage qui ont été en vigueur dans les premiers
fiecles, & que la puiffance laïque qui promul-
guoit des loix d'après ces principes, le feroit
en toute fûreté de confcience.

Il demande enfuite à qui Simon Sommer doit
s'adreffer pour obtenir la permiffion de fe marier
du vivant de fa femme. C'eft au pape, à qui il
expofera dans une requête fa fituation & fes befoins; c'eft devant fa fainteté que fe font pour-
vus en pareil cas, ceux qui y étoient, prefque
tous, à la vérité, des princes; mais la qualité
d'homme, & la fingularité de la pofition du
charpentier de Landau, toucheront le St. Pere,
à ce qu'efpere l'orateur; & s'il obtient une bulle,
il fe retirera par devers le roi pour en folliciter
la ratification; & cette dérogation particuliere
pourroit par la fuite devenir peut-être une loi
générale, quand un examen réfléchi en aura bien
fait connoître tous les avantages.

21 *Octobre*. Le fieur *Greuze*, ce peintre diftingué par une maniere à lui, par une grande invention, & par un pathétique fingulier, a été chargé
par Mad. la comteffe du Barri de faire fon portrait en pied. Quoiqu'on doute qu'il réuffiffe parfaitement dans ce genre de travail & de figure,
qui n'eft pas trop de fon reffort, on eft cependant curieux de voir fon ouvrage qui, avec fes
défauts, aura certainement du mérite.

17 *Octobre*. Madame la comteffe du Barri com-

mence à manifefter de plus en plus fa protection
éclatante dont elle veut honorer les arts, par fon
influence fur tout ce qui y a quelque rapport. On
annonce que c'eft elle aujourd'hui qui veut fe
mêler de la comédie françoife, & qu'elle daignera
entrer dans tous les détails des divers projets, en
forte que les gentilshommes de la chambre ne
feront qu'en fous-ordre avec elle.

31 *Octobre.* On parle beaucoup d'une comédie
que répetent aujourd'hui les Italiens, dont la
mufique eft de la compofition du petit d'Arcy,
jeune homme de onze ans, qui a déja déployé
fes talents au concert fpirituel, où il a exécuté
fur le clavecin différentes pieces de fa façon avec
l'indulgence du public.

3 *Novembre* 1771. Les comédiens François
ont affiché, pour lundi 4 novembre, la premiere
repréfentation du *Bourru Bienfaifant*, comédie
nouvelle du fieur Goldoni, qui doit être jouée
à la cour le lendemain mardi. L'ufage eft de
preffentir le goût de la ville fur ces fortes d'ouvrages, & de faire ainfi devant elle une premiere répétition, fur le fuccès de laquelle on
juge fi l'on exécutera la piece devant le roi.

10 *Novembre.* La tragédie de *Pierre le Cruel*,
du fieur du Belloy, n'a pu être exécutée hier à
Fontainebleau, à caufe de la maladie de Madame
Veftris, l'actrice principale, attaquée d'une oph-
talmie confidérable.

18 *Novembre.* On développe enfuite dans le
manifefte aux Normands, les divers genres d'in-
fraction qu'éprouve aujourd'hui cette fameufe
charte, dont les dérogations particulieres ne font
que la confirmation, & l'on prévient les inductions qu'on en pourroit tirer en les fuppofant

N 2

comme des titres pour la violer entiérement. *Il
seroit abfurde d'oppofer un défaut de confente-
ment général, que l'ufurpation & la violence
feules ont empêché.*

„ Les rois, continue l'écrivain, ne peuvent
„ pas plus prefcrire contre la nation, qu'un man-
„ dataire contre fon commettant; ils invoquent
„ l'impuiffance de la prefcription à leur égard:
„ à plus forte raifon la nation vis-à-vis d'eux
„ a-t-elle les mêmes droits; car le privilege des
„ rois n'eft fondé que fur l'autorité de la na-
„ tion qu'ils exercent, & n'a pour objet que fon
„ bonheur ".

Il refte deux moyens légaux pour maintenir
cette charte, à laquelle il eft effentiel de remarquer que dans l'édit de fuppreffion du parlement,
on n'a ofé exprimer une dérogation qui eft de
ftyle rigoureux dans toutes les lettres royaux qui
concernent les Normands.

Le premier eft de s'adreffer au roi lui-même,
& en éclairant fa religion trompée, de folliciter
& obtenir le rétabliffement de l'ordre ancien, &
la confirmation des droits de la nation. Tous les
corps enfemble ou féparément peuvent former
cette oppofition ; tous font par la charte dans
l'obligation de le faire.

Le fecond, fi le roi eft inabordable pour fes
peuples, eft la convocation des états de la province, fous l'autorité du roi & par l'entremife
des princes. C'eft vraiment l'unique moyen d'al-
lier le refpect à la fermeté, l'attachement aux
loix & au fouverain, & de former ce tribut folemnel d'hommages, de zele & d'amour, fans
lequel les rois n'ont que l'ombre de la royauté.

Dans une brochure jointe à celle-ci eft contenue cette fameufe *Charte aux Normands*, fous le nom de *Titres de la province de Normandie*. Elle eft dédiée aux maire & échevins de la ville de Rouen. Elle contient un détail hiftorique & curieux concernant l'échiquier, dont le nom fut changé en celui de parlement par *François I*, en 1515.

19 *Novembre*. Les écrivains patriotes ne fe làfient point de répandre des brochures en faveur de la caufe qu'ils défendent ; ils ne craignent point de répéter les grands principes confignés dans tant d'ouvrages, fur la liberté naturelle de l'homme, fur l'imprefcriptibilité de fes droits, fur l'origine des rois, fur le contrat focial, &c. Ils efperent que ce qui ne fera pas affez claire-ment expliqué dans une brochure, fera mieux développé dans une autre, & que fi la premiere ne peut franchir les barrieres de la prohibition, une feconde pénétrera. C'eft fans doute par cette raifon qu'un anonyme vient de faire une *réponfe aux trois articles de l'édit enrégiftré au lit de juftice du 7 décembre 1770.*

Ces trois articles font :

Nous ne tenons notre couronne que de Dieu.

Le droit de faire des loix par lefquelles nos fu-jets doivent être conduits & gouvernés, nous ap-partient à nous feuls, fans dépendance & fans partage.

L'ufage de faire des repréfentations ne doit pas être entre les mains de nos officiers un droit de ré-fiftance ; leurs repréfentations ont des bornès, & ils ne peuvent en mettre à notre autorité.

La réfutation de ces maximes eft d'autant plus aifée à faire, qu'elle fe trouve écrite déja dans le cœur de l'homme, & que tous les monuments

hiftoriques de nos annales concourent à la confirmer par le fait. Le pamphlet en queftion de
21 pages, rempli d'une logique vraie, faine &
lumineufe, roule cependant fur des chofes trop
communes & trop rebattues depuis un an, pour
en faire une plus longue analyfe.

23 *Novembre.* On n'a pas manqué de chanfon-
ner les avocats fur la ridicule & honteufe démarche qu'ils viennent de faire. Voici le vaudeville
qui court fur leur compte.

> L'honneur des avocats,
> Jadis fi délicats,
> N'eft plus qu'une fumée.
> Leur troupe diffamée
> Et de Caillard (1) avide
> La prudence décidée,
> Qu'il vaut bien mieux mourir de honte que de faim.

24 *Novembre.* L'académie royale de mufique
remet mardi prochain fur fon théatre, *Amadis
de Gaule*, ancien opéra qu'on n'avoit joué depuis
long-temps. Les paroles font de Quinault, & la
mufique de Lully. On a, comme on le préfume,
renforcé de beaucoup cette derniere, quant à la
fymphonie, aux accompagnements & aux airs de
ballet. Ce fpectacle a jadis eu toujours beaucoup
de fuccès; mais les temps font bien changés, &
le goût encore plus.

---

(1) Ce Caillard eft un avocat qui, quoique jeune encore, a déja beaucoup de réputation pour la confultation; qui aime fort l'argent, & qui, fâché de n'en plus
gagner, a mis en train fes confreres pour rentrer. Il
étoit de l'affemblée des vingt-huit chez le fieur la
Goutte, où il donnoit le ton, & un des quatre envoyés
à Fontainebleau en députation vers le chancelier.

1 *Décembre* 1771. L'opéra d'Amadis eſt une de ces grandes machines de féerie, qui prêtent beaucoup au ſpectacle par un concours ſingulier d'aventures romaneſques. Le prologue eſt une des belles choſes qu'on puiſſe voir pour le coup d'œil, & fut fait dans le cours des plus brillantes proſpérités de *Louis XIV*, & exécuté en 1684, au milieu d'une paix profonde. Quinault y prodigue à ce prince tout ce que la flatterie peut ſuggérer de plus enivrant, & par une allégorie ſoutenue il fait revivre Amadis en lui. Alguif & Urgande ſortent du ſommeil enchanté où ils devoient être juſqu'à la renaiſſance de ce héros. Au moment où la toile ſe leve, ils ſont encore aſſoupis & toute leur ſuite. La variété des attitudes de cette foule endormie aux deux côtés du théatre, & le développement de leur réveil, font un effet qu'on ne peut rendre & qu'il faut voir. Il eſt fâcheux que le rôle d'Urgande, exécuté par Mlle. Duranci à la voix dure, fauſſe & diſcordante, gâte abſolument la beauté de ce prologue, également court, harmonieux & ſuperbe.

Le poëme, écrit par cette élégance molle, dont l'auteur n'a point laiſſé d'imitateurs, peche peut-être par une langueur trop monotone ; ce qui le fait paroître long.

Le premier acte eſt plein de ſentiment ; l'expoſition en eſt ſimple, nette & naturelle ; on voit dans les ballets divers combats ſimulés, exécutés avec beaucoup d'ordre & de préciſion, mais ſans activité & ſans chaleur.

Dans le deuxieme acte l'expoſition ſe continue, & l'action commence, une ſcene de fureur l'anime, & les enchantements y jettent de la variété. Si le combat des monſtres qui cherchent à éton-

N 4

ner & arrêter Amadis ne produit pas la terreur
qu'il devroit infpirer, la furprife raviffante qu'occafionne de la part du fpectateur l'apparition fu-
bite des nymphes les plus aimables, remplaçant
les démons & féduifant enfin le héros, eft fans
contredit un inftant délicieux. La danfe minau-
diere & pleine d'afféterie de la Dlle. Guimard,
déplacée par-tout ailleurs, eft merveilleufe ici, &
peint d'une façon caractérifée fon objet.

La trifteffe & le noir du troifieme acte, affaif-
fent de nouveau l'ame du fpectateur à peine revenu de fa premiere langueur. Des captifs, des
cachots, un tombeau, une ombre fortant des en-
fers, tout cet appareil lugubre n'eft égayé que
par la derniere fcene, où les prifonniers en liberté chantent de petits airs médiocres pour les
paroles, & plats quant à la mufique. La Dlle. Al-
lard & le Sr. Dauberval jettent heureufement dans
leurs danfes un mouvement qui réveille un peu
l'affoupiffement général.

Prefque tout le quatrieme acte eft encore fur
le même ton d'amants pleureurs & malheureux.
Oriane, dont le rôle s'eft peu développé jufques-
là, occupe la plus grande partie de la fcene ; jaloufe d'Amadis, elle eft toujours dans les larmes,
& fon ame ne reprend d'énergie qu'à ce couplet
admiré & fi connu, où regardant fièrement l'en-
chanteur qui fe vante d'avoir vaincu Amadis, elle
lui dit avec indignation : *Vous vainqueur d'Amadis !...* L'arrivée d'Urgande, fée bienfaifante, dont
l'art fupérieur diffipe les maléfices de fes rivaux,
& délivre Oriane & Amadis, termine cet acte
dont les danfes n'ont rien de remarquable.

Comme le danger des héros eft paffé, l'intérêt
ceffe, & la piece eft proprement finie au qua-

trieme acte : le cinquieme n'eft rempli que par la
reconnoiffance d'Oriane & d'Amadis, fuite naturelle de leur défenchantement. Urgande les unit,
& les fait entrer dans la chambre défendue du
palais magique d'Apollidor, d'où fort une troupe
de héros & d'héroïnes qui y attendoient le plus
fidele des amants & la plus parfaite des amantes ;
cela amene un ballet général, dans lequel le fieur
Veftris brille, avec toutes fes graces majeftueu-
fes ; on y trouve un pas de fix très-agréable, &
fupérieurement exécuté.

Entre les acteurs, Mlle. Arnoux remplit à merveille le rôle larmoyant d'Oriane ; elle file fes
fcenes avec l'onction tendre qu'on lui connoît ;
elle rend fur-tout avec tous les tons convenables,
de force, d'ironie, d'indignation, de nobleffe,
l'apoftrophe fublime dont on a fait mention ci-
deffus. Le perfonnage d'Amadis n'eft pas auffi
bien exécuté par le fieur le Gros, comme acteur,
mais il y déploie comme chanteur les plus beaux
fons, & fon organe y femble reprendre une vigueur nouvelle. Celui de Mlle. Duplant fait un
grand effet dans le rôle d'Arcabonne, & cette
actrice importante reproduit Mlle. Chevalier de
façon à ne pas la laiffer regretter. L'ombre d'Ar-
dancanille & fes fons lugubres répandent une
vraie terreur par la voix fanglotante du fieur Ge-
lin ; enfin Mlle Rofalie met dans le foible rôle
de Corizande, toute l'ame, tout l'agrément dont
il eft fufceptible.

10 *Décemb.* Le fieur du Belloy eft fort occupé
du difcours qu'il doit prononcer à l'académie
françoife pour fa réception, & cette cérémonie
eft retardée en conféquence plus que de coutume. L'obligation où il fe trouve de faire l'éloge

N 5

de M. le comte de Clermont, qu'il a l'honneur de remplacer, l'embarraffe, ce prince étant mort dans des circonftances critiques.

11 *Décembre.* Le chevalier de Choifeul, l'Alcibiade du jour, époufe Mlle. de Fleuri, riche héritiere de l'Amérique, & niece de Mad. la marquife de Vaudreuil. Ce Choifeul eft vraifemblablement celui connu à la cour comme un très-beau danfeur, qui, malgré la difgrace générale de fa famille, s'y eft confervé en faveur à force de baffeffes, & fur lequel on avoit fait le couplet fuivant, il y a plufieurs mois.

Sur l'air : *Margoton, tout de bon.*

Le plus ingrat, le plus bas,
C'eft le Choifeul aux entrechats.
Mais quoiqu'on ne l'eftime pas,
A danfer on l'invite.
Pour les fauts, pour les fots
Il a du mérite.......

16 *Décembre.* Outre l'épigramme qu'on a vu fur les avocats, on a fait les vers fuivants.

Sur un méchant chariot, traîné par l'infamie,
La honte pour cocher, pour poftillon, l'envie,
Couverts de déshonneur, pleins d'amour pour l'argent,
Devers le chancelier cheminant lentement,
Quatre preux chevaliers d'une bande perverfe
Supplioient monfeigneur, que par fa grace expreffe
A vingt-huit repentants il donnât le pardon.
Je l'accorde, dit-il; plaidez, je fuis trop bon;
Plaidez; mais pour punir votre race parjure,
Avec les procureurs, enfants de l'impofture,

Soyez tous confondus, comme eux portez mes fers,
Renoncez aux lauriers dont vous fûtes couverts.
Je vous pardonne, allez, & que ma complaifance
Soit déformais le fceau de votre obéiffance ;
Abaiffez votre orgueil ; craignez de m'indigner....
Il entroit dans mon plan de vous exterminer :
Honteux, légers d'honneur, chargés d'ignominie
Nos quatre mendiants joignent la compagnie :
« Meffieurs, leur dit un d'eux, on nous rend la parole :
„ Nous pouvons tous plaider, mais un point me défole.
„ Déformais à la gloire il nous faut renoncer. „
Un chacun fe regarde, on alloit balancer.....
Mais *la Goutte* à propos haranguant la cohorte,
Plus de gain, moins d'honneur, amis que nous importe ?
Aux autres avocats laiffons ce vain efpoir.
Que l'ardeur de l'argent guide notre devoir :
Foulons aux pieds l'honneur ; eft bien fot qui l'adore.
Nous vivons bien fans lui : nous vivrons bien encore.

28 *Décembre. Supplément à la gazette de France du 8 novembre 1771. Liftes des nouveaux liquidés.* Ce préambule peu important, puifqu'il ne contient que la notice de quatre membres du parlement liquidés, eft fuivie d'une piece plus curieufe C'eft une *converfation familiere de M. le chancelier avec le fieur le-Brun* (fon fécretaire) *du mercredi 13 novemb. 1771, fept heures du matin.* C'eft une effufion de cœur entre le maître & fon valet : celui-ci arrive de Paris ; il a affifté à la fameufe cérémonie de la meffe rouge, à la rentrée du nouveau tribunal, & au gueulleton du fieur de Sauvigny. L'auteur fe fert de ce cadre

pour tourner d'abord en ridicule les perfonnages de la magiftrature actuelle ; il entre enfuite en matiere, &, par des aveux fucceffivement développés, par des anecdotes intéreffantes, il met au jour de plus en plus le génie oblique & tortueux de M. de Maupeou. Il fait voir que fon ouvrage ne s'eft avancé qu'à force de violences, de rufes, & d'impoftures; qu'il ne fe fert que de petits moyens, d'un manege puéril, de manœuvres baffes ; & qu'étonné lui-même de fes fuccès, il en fent toute l'infuffifance. En un mot, on y met à nu l'ame de ce chef de la juftice, & l'on fent quel fpectacle ce doit être.

Cette plaifanterie, au fond très-férieufe, n'approche pas de la correfpondance à beaucoup près ; l'écrivain n'en a pas tiré tout le parti qu'il pouvoit ; mais elle contient des faits très-importants à favoir ; elle révele au grand jour quelques parties ténébreufes des projets de M. le chancelier, dont la connoiffance doit décréditer de plus en plus fon plan, & prouve qu'il n'a ni les grandes vues, ni les refforts néceffaires à un génie ambitieux qui veut bouleverfer un royaume, & que d'un inftant à l'autre fon édifice monftrueux, fondé fur la foibleffe & le menfonge, doit difparoître au moindre rayon de la vérité, ou au premier effort de l'énergie nationale.

Les princes reçoivent dans ce pamphlet le tribut d'éloges qu'ils méritent, & l'on y célebre de la maniere la plus flatteufe le courage avec lequel ils font des facrifices immenfes, plutôt que d'accéder aux propofitions de toutes efpeces qu'on leur a faites, & qu'ils ont rejetées avec une générofité digne de leur patriotifme.

31 *Décembre.* Un particulier de cette capitale

a imaginé un *Almanach des gens de condition* demeurant dans la ville de Paris, où il a raffemblé fans choix une infinité de gens qui ne font rien moins que de qualité, & qu'il appelle barons, comtes, marquis. Cela a l'air d'un vrai perfiflage, & jete un ridicule fingulier fur maints bourgeois & financiers, qu'on pourroit foupçonner d'avoir eu la foibleffe de fe laiffer ainfi tirer mal à propos. On en a porté des plaintes, & l'on ne doute pas que la police ne profcrive cette pitoyable rapfodie, qui cependant, améliorée & plus exacte, pourroit être utile.

2 *Janvier* 1772. On a célébré la grandeur d'ame de Mad. la comteffe du Barri en faveur de M. le duc de Choifeul, par les vers fuivants.

Vers à Mad. la comteffe du Barri, qui a folli- cité elle-même une penfion pour M. le duc de Choifeul.

Chacun doutoit, en vous voyant fi belle,
Si vous étiez ou femme ou déité;
Mais c'eft trop fûr, votre rare bonté
N'eft pas l'effort d'une fimple mortelle.
Quoi qu'ait jadis écrit en certain lieu
Un roi prophete en fa fainte démence,
Quoi qu'un poëte en ait dit, la vengeance
N'eft que d'un homme, & le pardon d'un Dieu.

3 *Janvier.* Le fieur Barthe a fait quelques changements à fa comédie, & l'a fur-tout améliorée dans le dénouement, ce qui la fait paroître moins mauvaife, & la rend même paffable auprès de ceux qui ne font pas difficiles; mais elle peche trop radicalement par l'enfemble, & le caractere

principal eft fi effentiellement manqué, que les connoiffeurs ne peuvent revenir fur fon compte, & continuent à la profcrire comme incorrigible.

4 *Janvier*. Extrait d'un lettre de Rouen, du 30 décembre 1771. Il s'eft trouvé au palais un papier dans lequel on diffamoit tout le confeil fupérieur par l'épigramme fuivante :

> Ici quinze ifs de toute efpece,
> Siegent pour être nos bourreaux,
> Qui devroient porter fur le dos
> Fleur-de-lys qu'ils ont fous la feffe.

11 *Janvier*. Une indifpofition furvenue à madame Préville a facilité à M. Barthe une retraite fort heureufe, & fa piece n'eft point tombée comme elle en étoit menacée. Il eft queftion de donner inceffamment *Pierre le Cruel*, tragédie de M. du Belloy, que la maladie de Mad: Veftris a empêché d'être repréfentée à Fontainebleau.

L'opéra fe difpofe à remettre bientôt *Caftor* & *Pollux*.

20 *Janvier*. Il paroît un *troifième fupplément à la Gazette de France*. Celui-ci prend véritablement la tournure d'une feuille de nouvelles, quoique fon principal but foit toujours de tirer au clair les diverfes liquidations ; ce genre de faits eft aujourd'hui le moindre objet qui y foit traité ; on a cherché à rendre ce fupplément piquant par un recueil d'anecdotes bien fcandaleufes, bien bonnes. L'auteur paroît vouloir fuccéder à celui de la *Gazette eccléfiaftique* ; il tâte le goût du public, & l'on ne doute pas qu'infenfiblement il ne le remplace. Le janfénifme ayant perdu fon grand mérite, fon intérêt véritable par l'extinc-

tion des jéfuites en France, s'eft transformé dans
le parti du patriotifme, il faut rendre juftice à
celui-là, il a toujours eu beaucoup d'attraits
pour l'indépendance ; il a combattu le defpotifme
papal avec un courage invincible : le defpotifme
politique n'eft pas un hydre moins terrible à re-
douter, & il dirige aujourd'hui vers cet ennemi
toutes fes forces, déformais inutiles dans l'autre
genre de combat.

25 *Janvier.* Extrait d'une lettre de Rouen, du
20 janvier 1772. Les placards continuent : on a
trouvé derniérement, à la porte du confeil fupérieur, l'infcription fuivante :

> *Imperatore Ludovico vegetante*
> *Principes in exilio,*
> *Magnates in opprobrio,*
> *Juftitia in oblivio,*
> *Publicæ privatæque res in arcto,*
> *Latrocinium in ærario*
> *Lenocinium in Laticlavio* (1)
> *Anno vindictæ domini.*
>
> 1772.

8 *Février* 1772. Extrait d'une lettre de Rouen,
du premier février 1772. Le confeil fupérieur de
cette ville continue à être l'objet de la dérifion
publique & particuliere. Après avoir été joué par
des farceurs, comme vous l'avez fu, & qui ont été
mis au cachot, il eft difficile qu'un tel tribunal
prenne confiftance & obtienne de long-temps de
la confidération. Les officiers municipaux ne cef-
fent de réclamer leur parlement. Dans leurs dif-

---

(1) Laticlave, ornement des fénateurs Romains.

férents mémoires , après avoir établi invincible-
ment qu'on ne pouvoit anéantir cette cour fans
la violation la plus manifeste & la plus injuste de
leurs privileges , & de leur capitulation en fe rendant à la France ; ils demandent , fi en écartant
même un tel droit, Rouen eft de pire condition
que les autres capitales, où l'on a confervé le
parlement ; fi la Normandie ne mérite pas la
même diftinction , par fon étendue, par fa population, par fon importance, par fa qualité de
province maritime, par fon attachement à fes
fouverains, par fon zele à concourir aux impôts
multipliés dont elle eft chargée. Ils difcutent enfin les prétendus motifs de fuppreffion établis
dans l'édit, en font voir l'illufion & le ridicule.
Ils prouvent que l'émulation fuppofée qui excitoit
les négociants à fortir de leur état pour entrer
dans la magiftrature, bien loin de nuire au commerce , lui donnoit de l'activité , par l'ardeur avec
laquelle on devoit travailler à fa fortune , afin de
jouir enfuite de la confidération que donneroit
la robe ; que rien n'étoit plus propre à diminuer
la population & la richeffe de la ville de Rouen,
que l'extinction du parlement, qui la privoit par
là de la grande circulation d'hommes & d'argent
qu'occafionnoit néceffairement le grand concours
des affaires. Cet article traité fupérieurement,
a fort déplu à M. le chancelier, & n'a pas peu
contribué à faire exiler notre maire. Il a fort à
cœur que ces mémoires ne fe répandent point,
& reftent dans l'oubli où il les a mis.

10 *Février.* Il paroit une fuite du *Parlement
juftifié par l'impératrice des Ruffies,* &c. C'eft *le
Parlement juftifié par l'impératrice reine de Hon-
grie, & par le roi de Pruffe,* ou *feconde lettre,*

&c. Elle eft datée du premier décembre 1771, &
ne fait que d'éclorre à l'impreffion. On donnera
un compte plus détaillé de cet ouvrage, non
moins bon que le premier.

On trouve à la fin un parallele de *l'ancienne
taxe des procédures avec la nouvelle*, dont il réfulte que la plupart des frais eft double & triple
de ce qu'ils étoient auparavant.

13 *Février*. Les brochures en faveur des opérations de M. le chancelier femblent abfolument
arrêtées aujourd'hui, on en a fait un catalogue ;
il fe monte à 87 pieces différentes, dont près
de quatre-vingt ne méritent pas la moindre réfutation. Ce font tous pamphlets, ou plats, ou bur-
lefques, & plus propres à nuire à la caufe qu'ils
veulent foutenir, qu'à la défendre.

14 *Février*. Le mémoire de M. le duc d'Orléans
eft toujours fecret, c'eft-à dire, qu'on ne le fournit à perfonne ; mais S. A. permet aux gens de fon
confeil qui en ont, d'en donner communication
fans déplacer. On cite un paffage de cet ouvrage,
bien remarquable & bien important ; c'eft celui
concernant les apanages qu'il prétend devoir être
accordés de droit aux princes de la famille royale, *que la nation a élevée au trône par fon choix ;*
aveu précieux dans la bouche du premier prince
du fang, & bien contradictoire à la propofition
étrange, avancée dans divers difcours qu'on a fait
tenir au roi, & que les parlements même ont eu
la foibleffe de répéter : *que le roi ne tenoit fa couronne que de Dieu.*

15 *Février*. Les *bouts-rimés*, c'eft-à-dire, l'art
de faire des vers fur des rimes données, la plupart baroques & compofées de mots difparates,
étoient autrefois fort à la mode ; la fureur s'en

étoit paffée. Ce goût puéril a repris apparemment
dans quelques fociétés ; du moins on le juge par
ceux qui viennent d'éclorre & qu'on attribue à
M. Marmontel, qui a trouvé l'art d'en faire une
épigramme très-méchante contre le Sr. Paliffot,
auquel il doit en effet une revanche depuis long-
temps, pour l'avoir fait un des principaux héros
de fa *Dunciade.* Voici cette plaifanterie.

Le poëte franc	Gaulois ,
Gentilhomme	Vendomois ,
La gloire de fa	bourgade ;
Ronfard fur fon vieux	hautbois
Entonna la	Franciade.
Sur fa trompette de	bois ,
Un moderne auteur	mauffade,
Pour lui faire	paroli ,
Fredonna la	Dunciade,
Cet homme avoit nom	Pali :
On dit d'abord Palis	fade,
Puis Pali fou , Palis	plat,
Pali froid & Palis	fat ;
Pour couronner la	tirade ,
Enfin de	turlupinade,
On rencontra le vrai	mot ,
On le nomma Palis	fot.

Envoi.

M'abaiffant jufqu'à toi, je voue avec	le mot ;
Réfléchis, fi tu peux, mais n'écris pas,	lis , fot !

On apprend dans l'inftant, à n'en pouvoir douter que la plaifanterie ci-deffus eft de M. Piron,
qui n'a point voulu fe faire connoître, & a peut-
être fait malignement attribuer la piece à l'académicien.

17 *Février.* La troifieme partie de la correfpondance fecrete entre M. de Maupeou, chancelier
de France, & M. de Sorhouet, confeiller du nouveau tribunal, paroît enfin. On l'avoit annoncée
depuis long-temps, & le public l'attendoit avec
impatience. Cette avidité la rend déja très-chere;
& la police, après avoir mis fes émiffaires fur
pied pour empêcher l'introduction, travaille aujourd'hui à en arrêter le débit, & la multiplicité
des exemplaires.

18 *Février.* Le Sr. Monnet, ci-devant directeur
de l'opéra comique à Paris, de l'opéra à Lyon,
& d'une comédie françoife à Londres, fait actuellement imprimer les mémoires de fa vie, fous le
titre de *fupplément au Roman comique.* Il annonce qu'ils font écrits par lui-même, & qu'on y trou-
vera les merveilleufes, incroyables & véritables
myftifications du petit *Poinfinet.* On doit entendre
par le mot de *myftification,* les pieges dans lefquels on fait tomber un homme fimple & crédule,
& qui ferventà le perfifler. Il paroit qu'il a été inventé à l'occafion des tours finguliers qu'on a
joués à l'auteur en queftion, qui, avec de l'efprit,
étoit fi ignorant, fi fimple & fi aveuglé par fon
amour-propre, qu'on lui faifoit accroire les chofes
les moins propofables à un homme tant foit peu
inftruit, & les plus abfurdes, en le prenant par
fon foible. Il eft mort depuis quelques années; &
il eft affez étonnant que la police permette l'impreffion d'un ouvrage auffi injurieux à la réputation de ce poëte, & où d'ailleurs plufieurs perfonnes vivantes fe trouvent compromifes. L'importance que l'auteur met à fon ouvrage, en pro-
pofant par foufcription un livre bleu de cette efpece, eft auffi très-ridicule. Quoi qu'il en foit, cet

ouvrage en deux volumes grand *in*-12, ne coûtera
que 4 liv. aux foufcripteurs, & 6 aux autres. Il
doit paroître au premier avril prochain.

21 *Février*. La fureur pour voir l'opéra de *Caftor
& Pollux* continue, malgré les acceffoires miré-
rables de ce fpectacle en décorations, & les fujets
déteftables qui remplacent les principaux acteurs.
On affure que les directeurs comptent fi fort fur
cet engouement du public, qu'après avoir prolongé les repréfentations dans l'état actuel auffi
long-temps qu'ils pourront, ils veulent donner
un air de nouveauté à ce même opéra par de plus
belles décorations, des ballets mieux deffinés &
mieux meublés, & par des acteurs plus choifis.

29 *Février*. La péroraifon du nouveau mémoire
de Me. Linguet, roule fur-tout fur la lettre outrageante dont on a parlé : elle eft fi éloquente qu'on
croit faire plaifir aux lecteurs de la rapporter. Il eft
d'abord queftion de la chaleur qu'on lui reproche.

" Il les (les faits) falloit articuler froidement,
dit-on ; ceux qui débitent cette maxime auroient
peut-être eu ce pouvoir fur eux-mêmes ; mais fi
le défenfeur de Mad. la ducheffe d'Olonne, n'eft
point ainfi organifé, s'il n'a pas ce flegme heureux
qui fait rendre fans chaleur des idées vives, fi les
vérités, qui affectent fortement fon ame, infpirent
malgré lui une ardeur impétueufe à fa plume & à
fa langue, peut-on lui en faire un crime ? Il n'a
point cette ironie tranquille & fanglante, dont on
ne lui a fourni que trop de modeles dans fa caufe,
qui égorge en feignant de careffer, & qui fourit
en enfonçant le poignard. Un fang-froid cruel eft
l'ame du vice & du menfonge ; il ne leur eft pas
permis d'être imprudents ; il n'y a que la vertu &
la vérité qui puiffent ofer être indifcrets.

D'ailleurs, le Sr. Orourke ne lui a-t-il pas fait
une néceffité d'être ferme & un devoir de fe montrer courageux? Ne l'a-t-il pas menacé & fait menacer de toutes parts de la vengeance la plus terrible? N'a-t-il pas même compromis des noms
connus dans des propos inconfidérés? N'a-t-il
pas eu l'audace de l'infulter perfonnellement en
plein parquet? Ne s'eft-il pas préfenté avec ce
projet dans le fanctuaire ultérieur de la juftice,
où fes miniftres feuls font admis?

Enfin ne lui a-t-il pas écrit avant les plaidoi-
ries, le 2 janvier, une lettre outrageante? fi celui-ci avoit été fcrupuleufement circonfpect, ne
l'auroit-on pas foupçonné d'être timide? Le Sr.
Orourke n'auroit-il pas été excufable de croire
qu'un moyen infaillible de fe débarraffer des hommes, c'eft de les effrayer? comme il femble perfuadé que le plus fûr pour réuffir à dépouiller les
femmes, c'eft de faire croire qu'il les a féduites.

Sans doute il feroit trifte que le ton fur lequel
cette caufe a été plaidée, fe naturalifât au barreau; mais fans doute auffi les circonftances qui
l'ont motivé ne feront pas communes.

Au refte, ce n'eft pas d'aujourd'hui que des
plaideurs furieux ont voulu rendre les défenfeurs
de leurs adverfaires refponfables d'un éclat qu'eux-
mêmes avoient néceffité. Sans remonter à des
temps bien reculés, on fe fouvient encore au barreau d'un exemple de cet acharnement indécent,
donné contre M. Gueaux de Reverfeau: il avoit
plaidé avec chaleur contre la comteffe de la Ro-
che-Bouffeau: elle fit rendre plainte contre lui à
la tournelle: M. l'avocat-général Gilbert de Voi-
fins conclut à la nullité de la procédure, fur le
feul fondement qu'elle portoit atteinte à la liber-

té dont la profeſſion d'avocat a eſſentiellement beſoin pour être utile. L'arrêt fût conforme aux concluſions; & l'officier qui avoit ſigné la requête en plainte, interdit pour 6 mois.

Enfin, pour répondre ſans réplique aux déclamations du ſieur Orourke, empruntons le langage d'un célébre magiſtrat, M. l'avocat-général Portail, depuis premier préſident. En portant la parole dans une cauſe de la nature de celle-ci, voici comme il s'exprimoit.

" Au milieu des régles de bienſéance, que les
" avocats ne doivent jamais perdre de vue, leur
" miniſtere deviendroit ſouvent inutile, s'il ne
" leur étoit permis d'employer tous les termes les
" plus propres à combattre l'iniquité; leur élo-
" quence demeureroit ſans force, ſi elle étoit ſans
" liberté. La nature des expreſſions dont ils ſont
" obligés de ſe ſervir, dépend de la qualité des
" cauſes qu'ils ont à défendre. Il eſt une noble
" véhémence & une ſainte hardieſſe qui fait par-
" tie de leur miniſtere. Il eſt des crimes qu'ils
" ne ſauroient peindre avec des couleurs trop noi-
" res pour exciter la juſte indignation des magiſ-
" trats & la rigueur des loix; *même en matiere*
" *civile*, il eſt des eſpeces où l'on ne peut défen-
" dre la cauſe, ſans offenſer la perſonne; atta-
" quer l'injuſtice, ſans déshonorer la partie; ex-
" pliquer les faits ſans ſe ſervir de termes *durs*,
" ſeuls capables de les faire ſentir, & de les
" repréſenter aux yeux des juges. Dans ce cas les
" faits injurieux, dès qu'ils ſont exempts de ca-
" lomnie, ſont la cauſe même, bien loin d'en
" être le déhors; & la partie qui s'en plaint, doit
" plutôt accuſer le déréglement de ſa conduite,
" que l'indiſcrétion des avocats! "

1 *Mars*. 1772. La rage des avocats pour faire des mémoires eft telle qu'ils en font même après la caufe plaidée & jugée, & veulent encore entretenir d'eux le public, lorfqu'il y a eu fuppreffion de leurs écrits. C'eft ce qui arrive au Sr. Elie de Beaumont, écrivain fous le nom du fieur Chabans. Cet orateur vivement piqué des perfonnalités mifes contre lui par le fieur Linguet, fon confrere, dans le dernier précis, n'a pas voulu être en refte; il a cru devoir faire auffi un *Précis* pour le comte Orourke, & fous le nom de fa partie donner un libre cours à fes farcafmes & à fa vengeance. Comme fon confrere, pour empêcher de lui répondre, n'avoit répandu fon nouveau mémoire que le mercredi 26 après midi, & que la caufe devoit être jugée le lendemain matin, quelque diligence qu'ait fait le fieur Elie de Beaumont, il n'a pas été poffible que le pamphlet fe divulguât avant le jugement du nouveau tribunal.

Au refte, on lit avec plaifir ce nouveau libelle; la malignité humaine trouve encore à s'y repaître. Pour comparer la maniere des deux écrivains, on va rapporter la péroraifon de ce dernier. C'eft le comte Orourke qui eft cenfé parler.

" Je me fuis récrié, parce que vous m'avez diffamé; j'ai demandé la lacération de votre mémoire ; j'ai dénoncé vos plaidoieries au vengeur public, & j'ai expliqué les motifs de ma dénonciation. Vous avez manqué à l'autorité du roi, réfidant en fa cour de parlement, & à la majefté de l'audience; j'ai réclamé les conclufions de M. le procureur - général pour le maintien de *l'honneur des citoyens*, dont je fais partie.....

Quoi! vous m'outragez ; vous attaquez ma

naiffance, ma conduite, mon honneur! Vous m'annoncez comme le plus vil de tous les étres; vous me comparez à un *Cerbere*, dont il falloit *fermer la gueule avec des monceaux d'or* ; vous m'accufez de *vol domeftique* ; vous avez ofé dire que mon honneur *eft anéanti, écrafé, mort fous les preuves multipliées de mes infidélités & de mes perfidies* ; vous choififfez le temple même de juftice pour le théatre de la diffamation ; vous effayez de m'accabler de ridicule & de honte ; vous vous permettez de baffes équivoques qui ne feroient pas reçues dans un cercle de femmes fufpectes ; & vous me conteftez le droit de m'en plaindre!....,,

3 *Mars*. Il paroît un quatrieme fupplément à la gazette de France, de 16 pages d'impreffion. C'eft aujourd'hui abfolument une véritable chronique fcandaleufe, contenant diverfes anecdotes relatives aux affaires du temps. Celle-ci eft plus pleine de faits que les précédentes, & plus intéreffante par conféquent.

5 *Mars*. Caftor & Pollux étoit hier à fa vingtieme repréfentation, & fon fuccès ne fe dément point : la recette n'a pas encore été au deffous de 5000 livres, exemple unique de l'engouement général !

Fin du vingt-uniem volume.

www.ingramcontent.com/pod-product-compliance
Lightning Source LLC
Chambersburg PA
CBHW071846020726
47502CB00003B/627